MISHIMA YUKIO

三 岛 由 纪 夫

作品系列

上锁的房间

译者＝帅松生

MISHIMA YUKIO

三　岛　由　纪　夫

上海译文出版社

目录

彩绘玻璃 / 1

祈祷日记 / 33

慈善 / 77

死讯 / 105

怪物 / 137

水果 / 161

死岛 / 173

美神 / 191

江口初女备忘录 / 201

上锁的房间 / 221

山魂 / 277

兰陵王 / 297

彩绘玻璃

化妆品柜台上陈列着盛装女子似的香水瓶。即便有人向其伸出手去，她们也一概佯作不知。对他来讲，这些香水瓶就像是冷漠的女人。范围与界限内的液体，犹如清澈透明的石头。如果摇摇瓶子，里面就会泛起女人睡眼一般的气泡，然而转瞬间气泡又默默地变回石头。

退伍造船中将宗方男爵购买了一大瓶香水。他是买给自己的。

一直在下的雨恍若薄荷丝。他走在回家的路上。在路口的邮筒前，他想起了一件事，那就是妻子要参加一个和歌歌会。定下的时间是四点到九点。然而，女人总是喜欢实地检验一下自己打破常规礼仪的勇气，因此她的歌友们在两点以前就会一个不落地聚集在一起。

宗方的弟弟是新加坡分公司的经理。他把在东京念书的儿子托付给宗方后，便前往任职地赴任去了。宗方摁响了门铃。他从前来开门的女佣那里得知，此刻侄子不在家中。玄关内摆满了色彩绚丽的草履。这些草履的主人，在本应镶银的伞柄上，嵌入了一些彩绘雕花玻璃。

他的书房位于里侧的旁厅内。他在那里从未进行过什么研究。书架上随意摆放着纪念阅舰典礼的大型军舰模型，以及铁、银、锡制成的舰艇下水典礼纪念品。一只巨雕剥制标本，酣睡在北美木料制成的台座上。

书桌上放着一张宗方本人的名片。

正面的文字是：宗方祯之助。

背面的文字（八号铅字排作两行）是：被服改良运动委员会会长、少年海军知识普及会会长、日俄战争日本海海战纪念会理事，等等。

也就是说，他在这张书桌上，只需读读下面这些东西即可——抄写在日本纸小册子上的本年度上半年支出决算报告，以及亲戚家闺女前来串门时忘记带走的杂志《少女歌剧》，等等。在海军时代，他每天都是面对墙壁打发时光。墙上张贴着海图、统计表和蓝图。他所参与制造的每一艘军舰，都使他名声大振。对造船这门行当的一整套基本技术，他本来一无所知，却频频提出了令人瞠目的新方案。诸如舰长室窗户的开闭装置、给炮塔的电灯装上特殊装置……他还通过统计，对吊床与天井之间的距离缺陷做了说明，并将吊床的高度降低了若干寸若干分。这一切竟使他不知不觉间出人头地。将其收为养子的养父宗方男爵虽为公卿，却唯对海军情有独钟。每当养子有所发迹，他就会炫耀一番自己择其为婿的先见之明。不久后他便驾鹤西去了（顺带一提，祯之助的生身之父野崎豪昶是在祯之助三岁时离开人世的）。

宗方祯之助的确是个幸运儿。不管怎样，他是一名中将，而且还是男爵。即便在同期同学里，他的发迹史也理应排进前五。

结婚时他感受到了"喜悦",仅此而已。完成有生以来的首次"行水"①后,他便再次奔赴新的人生里程……

年轻的夫人没少在与军官太太们的聚会时说丈夫的坏话。即便说的都是些差不多的抱怨,在此处却产生了奇异的效果。没过多久大家就全都争相攀比起来。聚会结束后,宗方夫人尤为感到自我满足。这或许正是一个衡量自己对丈夫的信赖的标杆而已。

到了半老徐娘的年纪时,她变得有些神经兮兮了。动辄就把"死"挂在嘴边,将自己比喻成遁世者,抑或字斟句酌地推敲起和歌来。这也是公卿华族血统的一种表现方式。

宗方几乎每天都在无意识地过着一种早出晚归的生活。当他偶尔得到放松身心的休闲机会时,却又强烈地意识到妻子的存在。于是一种刺激感便会油然而生。不过久而久之,这种刺激感便显得有些不自然了。在品味刺激的喜悦之前,他那离开"日常"生活的孤寂感,已经钝化了他的心灵。如此奉行刹那主义的这对夫妇,有些令人难以想象……

步入晚年离开海军后的他,突然变得朝气蓬勃了。

"我这是在学外国人!"他一边这样说,一边为雪白的夏装配上一条近乎红色的绛紫色花纹领带。然而其情趣似乎难以摆脱常年海军生活的桎梏,故而难以获得人们的赞赏。

"他怎么就能突然间把自己变成那种样子呢?"

友人们未免愕然。在与那些品行不端的老家伙们一起,为时已晚地重启青春的航帆后,他的清纯主义受到了同样拥有清纯主义理

---

① 为了洁斋而用清水洗净身体。类似"洗礼"之意。

5

念的年轻女性的打击，于是，他再度变回了严谨的老人……

如今打开书房隔扇的，是打那时算起，两三年以后的他了。他成了被大家誉为"好人"并倾力维护这一称号的、善良的半老男人。因其谈吐幽默风趣，故而没有谁想要利用他。人们只是漫不经心地招待他。他相信这是人们在尊敬自己。在他部分性格形成的过程中，某种要素令人困惑——那就是倘若他看准对方在尊敬自己，则立马就会将自己置身于大约只能用"善良"和"风趣"这两个词汇来加以形容的、毫不见外的亲密氛围里。之所以如此，要么是源于他对对方的轻视，要么就是源于讨好的心理。如果是方才提到的那类"尊敬者"，倒可谓正中下怀；而那些罕见的真正尊敬者，一看到这位中将阁下不成体统的样子，便只能对其嗤之以鼻。所有的尊敬者无一例外，都极为擅长态度鲜明地将尊敬转变为轻蔑。

这个家庭增添了一个附属物。那就是侄子犸之助。在祯之助给人当养子之前，他与犸之助的父亲从早到晚争吵不休。哥哥做了别人的养子，弟弟便说："这下清静了！"也不知从哪儿听到了这个消息，哥哥怒火中烧地给弟弟发出一封长信……但如今，他们已绝口不提此事。就像是两个共同投资人似的，这对兄弟都在各自盘算着，怎样才能更为巧妙地利用对方。

以侄子的年轻朝气为标杆，祯之助尝试着使自己也变得更加年轻，但结果大都做了无用功。于是，侄子的蓬勃朝气便更加肆无忌惮地映入他的眼帘。祯之助对侄子开始抱有一种与其年龄相符的固执。这也似乎是他本人的一种镇静剂。

总而言之，如今的宗方就是一位年迈的退伍中将。他时而接受二流杂志的采访，让对方拍摄一张与夫人并肩伫立在盆景前的写真；时而又会为儿童杂志撰写一篇不到一页的说教性文章，并附上一张身穿金光闪闪衣装的照片。对青春年华的无主见，使他事到如今依旧心存遗憾，但若在生死之间令其做出抉择，则确实只有选择死，才来得更为干净利落。就是这样的他，买下了一瓶香水。那香水如今就在他的眼前。购买时他未能战胜诱惑，现在看上去更是与自己极不相称，心中未免惆怅。

将悲戚伪装成喜剧是人的特权。宗方就是这么干的。他自忖：如果"寂寞"将会映入他人眼帘，那我就要把它演成一出喜剧。在他的眼里，演员和观众似乎可以一人兼任。他暗自窃喜，打开了面向庭院的隔扇。隔着榻榻米走廊，立着一扇玻璃拉门。一只壁虎为了躲雨，正紧紧贴伏在玻璃上。可以看到它的腹部就像是一个被翻转过来起毛后肮脏到了极点的绷带。打开玻璃拉门后，雨水拍打枝叶的声音倏然大了起来。他站在那里，晃动了一下瓶子。他向瓶内望去，可液体并不作声，大约只是在默默地考虑自己的事情吧。

宛若睡梦中女人眸子的石竹花色气泡（总觉得它有点像石女）并不打算越界，它们只是窝在自己的小天地里，兴致盎然地向上涌起。气泡立马变成了石头，一副若无其事的样子。宗方打开了瓶盖，残留着的两三个气泡，从小小的瓶口相拥而出。宗方将香水胡乱涂洒在西服的前胸部位和手臂上，即将挥发的香水气味扑鼻而来……

化石般的性格隐藏在她的心中。

从高原的村落骑车到这里，大约需要十分钟时间。少女们骑着自行车，从避暑别墅来到这鲜花飘零的旷野上游玩。那些盛开的鲜花，看上去宛如玻璃纸一般。淡青色的金属光辉未能静止不动。架在斜坡上的自行车脚撑并不稳固，自行车立马倒下，划着耀眼的弧光，挂住旁边自行车的车把，夸张地瘫倒在花丛中。

狷之助与朋友一起，从高出平原一截的路上走了过来。则子在街上经常看到他。不知为何，她就是想多看他几眼，于是便将即便说出口来也不会承担罪名的坏话，牵强附会地编造成一段逸事讲述起来。在众人伸长脖子寻找话题主人公的这段时间里，"看"的责任便减轻了些许。于是她再次和朋友一起，向他投去毫不客气的视线。狷之助觉察到这一点后，虽然途中滋生出敌意或反感，却也还是一瞬间羞红了脸颊。这种敌意似乎反映到了她的身上。在方才脱口而出的诽谤言辞中，她所能看到的只有憎恶。至少她尽力表现出只有憎恶。总之，这一异常的努力，是为了蒙住她的双眼。所谓努力这一行为的动机，大都来自这一反语的含义。

于是，她变成了化石。只有那份憎恶，被冰冻在她心灵的琥珀里。

就这样，她转变为某种人类化学家。因为她已经将与有益的烈性药物相比，生命力更为持久的毒物原料，原封不动地贮存起来了。爱也好憎也罢，只不过是一种称呼而已。

然而憎恶一旦固化成形，它就再也不会是憎恶以外的其他任何东西……

狷之助搬到了伯父家。伯父认识则子的父亲里见。狷之助并不知道里见就是则子的父亲。某日过午，狷之助接到一份差事，要他开着老主顾的汽车去接里见。他被暂且引领到客厅内等候。这时他

8

发现，在庭院尽头那片山毛榉地带，站着两位少女。其中的一位，无疑就是在高原上厚着脸皮死死盯着他看的那位姑娘。他在心中暗想：如果这位姑娘是到这户人家串门的客人就好了，否则自己便会心生畏惧。他讨厌自己在里见家受到约束。好像是意识到了狷之助的存在，少女们跑着向蔷薇缠绕的白格子拱门方向退去。于是那里便残留下一抹敏捷的植物般的飞禽或走兽的白色疾驰与体香……

没隔多久，里见夫人寄来一封信。内容如下：

> 家里最近修建了网球场，拟于某日举行开球仪式并组织比赛。在那之前的一周时间里，请您每天前来练球。一切都将为您准备妥当。

好像是伯父将狷之助曾是网球迷一事透露给了对方……

网球场旁边，挺立着一棵高大的榉树。榉树纤细的身影，令球场崭新的白线，看上去恍若水底的纸条。狷之助和则子每日里始终相对无语。他们觉得倘若开口说话，首先势必冲口而出的，除了那份憎恶以外再无其他。则子似乎是一个苦于应对单纯话题的人，她只是一味地在掌中骨碌碌地摆弄那个硬球。除了他二人外，身旁还有许多学生。在这种场合下，"性"就仿佛是散落在桌上的串珠。就算把它们串在一起，珠宝也只不过徒有靓丽的外表而已。

唯有憎恶才是维系两人关系的纽带。两人的爱之所以滥觞于被称为"斗争"的这一人类最为稔熟的交际形式，不外乎他们太过腼腆。两人怯怯地将身躯隐伏在篱笆阴影下，望着篱笆对面自己想要撷取的花朵而不敢伸手。他们的这副样子，在外人眼里，就像是心被篱笆隔开，相互憎恶着对方。

狷之助总是最先抵达，此乃"守时"。他与则子都对众人到来之前的这段时光束手无策。"他是故意早到的吧？"则子胡乱猜疑，将狷之助一个人丢在图书室里。而这种猜疑又使狷之助觉得，自己似乎真的就是故意早到的。这么做便能与则子产生心灵的近距离接触，仅此而已。在则子的猜疑里，也委实掺杂着一抹希望自己能够猜中的成分。

开球仪式后他们休息了两三天。狷之助睡了几天懒觉。这一天是伯母参加歌会的日子。伯父在离开家门时说过，要去一个什么协会的办事处，回来时还要顺便拐到银座去。狷之助则去了朋友家。从朋友家出来后，与里见家已相距不远。虽然为时过早，但回去一趟太麻烦，于是便直接去了里见家。

他刚刚抵达里见家，天就下起雨来。里见夫妇不在府中。其他人则打来电话，说今天不能前来打球了。于是狷之助便借了把雨伞准备打道回府。就在此时，则子发出了声嘶力竭的尖叫声：

"请你不要回去！"

这一痛切的喊声，令狷之助骇然。他打算雨霁后再离开。这下便轮到则子焦躁不安了。倏忽闪现出来的略含好意的心境令她感到恐惧。最终她还是将原因归咎于对狷之助的憎恶。

两人待在面向庭院的屋子里，谁也不搭理谁。虽然时而就会踱向窗际，却也只是死死地盯着不知从何时起朦胧映衬在窗玻璃上的对方的面孔。女佣多次打开房门，告诉他们某某说今天不能前来打球了，某某也说不能光顾了，等等。则子对这个前来确定两人之间愈演愈烈焦灼气氛的使者产生了憎恶感。说来这种憎恶无非就是被打搅后产生的那种抵触情绪而已。她犹疑不决，多次想要说出"请你不要回去"，却欲言又止。

室内逐渐昏暗下来，却无人开灯。她对开灯后室内将会发生的变化感到恐惧。如果开了灯，唯有在这昏暗朦胧的状态下才能够维系住的感情秘密或许就会暴露出来。两人全都希望维持住目前的这种状态。

狷之助的那道目光令则子怒火中烧——对方的视线正在从自己的脸上径直掠过。如果追问他，他大概即刻就会做出如是辩解："我正在看你身后的那幅画。"她觉得那道视线，恰恰正是对方掩盖其对自己拥有的真实心境的证据。这就暴露出了则子的真实心态：她既希望对方不要袒露真实想法，又渴望对方以更为模棱两可的态度，将心曲清晰无误地表达出来。

屋内的空气，令狷之助感到窒息，于是他换坐到窗边的小椅子上。则子的桌子就在旁边，上面摆放着则子女子学校已故同学的照片。他试着从第三者的角度，臆测起自己正在观看这幅照片的样子。于是眼前立刻浮现出则子妒忌的表情。为了掩饰窘态，他第一次给则子送去了一个笑脸。则子正在这张笑脸的对面望着女人的照片。嫉妒，这一无论多么贤惠或愚昧的女人全都共有的情感，将狷之助的这张笑脸曲解成了狡辩。然而不久，她的敏感就使她感受到羞愧，因为她将对方的笑脸只是看作一种辩解。不得不掩饰这一点的则子，也给对方回赠了一个笑脸。彼此的笑脸，第一次在两人之间，唤起了一种不藏心机的爱恋情愫。同时也使狷之助从内心深处产生了羞耻感，因为自己居然由那张女人的照片，未雨绸缪地意欲感受到则子的妒忌。

"照这个样子看，今天的网球怕是打不成了。"

网球这个词语，使猏之助立时联想起围绕在则子身边的那些男人。他沉默着。突然，则子站了起来，快步向摆放在墙边细长台架上的花瓶走去。

"全都枯萎了呀！该扔啦……"

则子边说边让猏之助取下那只装了水的花瓶，一根又一根地将花枝从花瓶里抽了出来。猏之助搂抱着那个浑圆沉重的花瓶，不知不觉间体验到了花瓶赐予他的某种异样感触。冰冷的感触下流淌着一缕细弱的温馨。花瓶就像是则子的肉体，变得越发沉重起来。

猏之助极为厌恶地盯着则子。则子则做出嗅闻花香的样子，透过枝叶间的空隙，看着猏之助。猏之助渐次苦闷起来。则子的脸在花隙间恍若彩虹一般朦胧难辨。

花瓶被他掉落在地上。

就好像是花瓶自己掉落下去似的，两人均未发出声音。他们觉得，花瓶的不复存在使两人的肉体贴近了许多。他们只想在此揣度出必然性。俯视脚下，黑暗中浮现出花瓶裂口处锐利的白色。这一白色缓和了即将萌生并迸发的某种冲动。

"得擦一擦呀！"则子将手帕递了过来……

——则子迅速关上了百叶窗。室内几近漆黑。只有正在枯萎的花色和水光隐隐浮现在眼前。两人若无其事地走出了那个房间。

"化妆这道工序，对于和歌来讲虽然重要……不过嘛，我倒是觉得和服衬领一类的情趣，才最为惹眼呢！"

A夫人的言语间透着才气。A夫人是和歌杂志《勾玉》的主办人。其夫君乃众议院议员。她倾斜着修长的上半身，在眼前的砚台上，研磨着一块奢华的墨。于是砚台盒盖上的秋草花纹，便被淹没在墨香之中。

杂志的中央部分登载着宗方夫人煞费苦心创作和歌的样子。在往昔的妇女杂志上，每年都要刊登数次夫人的照片。在夫人梳着盖耳式发型的瓜子脸旁边，以纤细的字体，或圆形或山形，印刷着当时某位一流诗人的抒情诗。

不那样就好

小鸟之歌的

朝朝暮暮

淡紫色的彩花外衣

你所燃烧的虚幻色彩

便是云母一般

秋季的森林

前进的方向哟

螺钿的黑暗

将渐次明亮起来

这首诗应该就是《小鸟之歌》。那位名叫丰月的诗人，没过多久就和某位歌剧女优殉情了。在死者的怀中发现了宗方夫人的照片，一时引起骚动。《小鸟之歌》旁边，梳着盖耳式发型的夫人，视线微微上扬，抱着桌上的花瓶，像只猫咪似的将脸蛋蹭向那只花瓶。

"不那样就好 小鸟之歌的……"这首歌的歌词开始在世上广为传唱。不久人们便忘记了照片上的夫人。上述歌词被巧妙地插入新上演的歌剧中，并获得赞赏。夫人外出时发现，已经没有人会注意到她了。舞台上抱膝一展歌喉的，是一位穿着如小鸟一般的轻装、名叫玛丽安的表演杂技的姑娘。

此类轶闻，在座的夫人们全都至少知道一则两则。有的还是自家杜撰的。自不必说，轶闻价值的大小，取决于传播者吹嘘本事的高低。

宗方夫人的神情恍惚，在众人眼里早已是见怪不怪。

"我说您啊……"

"什么？"

"刈谷女士的和歌……啊，对啦，就是射干玉之……"

"嗯，是的。"

"您知道的吧？"

于是，耳畔立刻传来震耳的应答声：

"是的，我知道！"

大家已经将夫人的名字同大批歌人的名字相提并论了。而歌人的代表人物，就是给人以大方文雅之感的九条武子女士。可是夫人并未因此感到满足。然而，自己能够充作歌人模样，倒也着实使她感受到某种慰藉。这慰藉有多大呢？此种想法令她心情愉悦。即便想要和其他夫人们一起谩骂丈夫一顿，她也没了那份兴致。别的不说，一本正经的反省与实施的难度，已经不允许她轻易那样做了。

就算夫人是个愚钝的女人，也不会觉得与先前的鲁莽相比，如今的反省举动能让人看出自己对丈夫更为深沉的爱。更何况，夫人本是精明之人……

运座^①召开之前的轻松氛围，势必使大家变得多嘴多舌。B夫人是一位先后拥有二十年美国上流社会生活经验的人。所以这个女人倡导姓名使用横写文字的妇女运动，也并非难以理解。虽然该运动已于大正年间夭折，但作为妇女运动的一员，她现在的名声依然响亮，以至于不需说出她的姓，只在其名字后面加上"女士"二字，人们也立刻就会明白：啊，原来是那个女人呀！她后来一直在美国生活，直到最近几年才离开。

在报刊的妇女栏目，以及号称"世界第一、日本顶级"的妇女杂志座谈会上，轻而易举就能发现她的名字。不仅如此，她还在很长时间里挂了一个"归国妇女"的头衔。

她十年如一日，始终坚持批判日本男人的专横。

"照这种状态看，日本果真能被称作绅士之国吗？"

这一口头禅，笃定会出现在她写的随感末尾。而接下来的第二句话则是"所以嘛日本的男人……"。她总归不会说出"所以嘛，日本的女人……"之类的话。为何？因为她只用这句话来训斥自己十八岁的女佣。

当家里来了访客，小孩子叽叽喳喳吵闹的时候，这位极具贤明母性本能的女人便会用生猛的美式英语，对孩子严加训斥。此种做法对于"生于彼岸"的孩子很奏效。吃过饭后，她便匆匆将孩子独

---

① 即"运座俳句会"。指出席者创作俳句并互相评选优秀俳句的聚会。

自一人塞进寝室，并从外面锁上房门。夫人以此为荣，访客连声慨叹……

——B夫人抨击男性的饶舌举动，既令在座的人略感困惑，也使她们稍觉无趣。宗方夫人秋子发现，对方话语中含有一个小小的重音。这个重音成为宗方夫人忆起童年往事的天蓝色钥匙。在打开了门锁的门扉彼侧，站着略显憔悴身穿灰色大衣的宗方。

"你去哪儿了？"

"去了那边一下。"

"那边是哪边？"

"就是里见先生那里嘛！"

就是里见先生那里嘛……这最后一句话，就像是从色彩浓艳的印刷品中游离出来后，变成了真实的花束一般飞向了空中。也不知是什么缘故，那束鲜花是用滑冰场的空气一般的天蓝色袜带扎成。

"就是里见先生那里嘛！"

这是充其量也就一两个小时前，刚从狷之助嘴里听到的话。如此想来，她便发现身穿灰色大衣的宗方对面，确实出现了狷之助的身影。两人的鼻子重叠在一起，大小也没什么两样。

"为什么会如此相像呢？"

"因为袜带只有一个。"

"束袜带的女人是谁？"

"看！喏，就是那个重音嘛。"

这最后的一句话，两人又是不谋而合。我家的这位和狷之助，似乎不知哪儿有着无法回避的相似之处。再加上天蓝色的袜带，还有那个重音……哎呀，会是谁呢？语尾有点上挑的……嗯，啊！是

B 夫人！

——秋子以早晨睡梦初醒似的眼神，仔细打量着 B 夫人。于是天蓝色袜带的含义终于渐次明朗起来。

——B 夫人与秋子是从孩提时代起就在一起玩耍的发小儿。在秋子以前的家里，有一个神秘的角落——以三棵橡子树为顶点，描画出了一个三角形。那里始终悬挂着叔父从国外归来时送的一张吊床，在当时的日本实属罕见。吊床下面铺着花草垫。两个疯丫头，便在那里跳上跳下地玩耍。每当两人玩过家家时，还是小丫头的 B 夫人，就会多嘴多舌啰嗦个没完。当秋子将食谱定为"马蓼^①"后，她则持反对意见，用小锅真的焖了一锅米饭。她的脾性就是无论做什么，都必须动真章，否则便不会消停。然而，一旦小题大做，势必要东奔西跑拼命张罗一番。在兴头上时倒还好说，可一旦着手去做，又觉得乏味至极，到头来她便不愿履行善后责任。当时玩得并不踏实，说来都是 B 夫人怂恿的结果，对此，秋子一直心存不满……

祯之助当时就住在秋子家附近。他常来秋子家玩，来了以后，就要咋咋呼呼地捣一番乱。冬季里他总是穿着一件厚厚的灰大衣。当两人劝他玩耍时脱掉大衣时，他答道："脱了会感冒的，家里人不准。"

那天，他刚好从对面走来，在两人玩耍的篱笆墙前停住了脚步。

"你们在干什么？"

"玩过家家呀。"

---

① 一年生草本植物，茎上结红色小花。因为在玩过家家，所以秋子便提出以花朵颗粒与红小豆形似，且发音与"红小豆糯米饭"相同的马蓼代替红小豆糯米饭。

"我当什么呢！这可不是我要玩的游戏。"

这个胖男孩儿以此种傲慢的语气说。

"这个，就给你们吧！"

说罢，祯之助便从臃肿的大衣口袋里掏出一个怪玩意儿，抛到了花草垫上。看到那个东西后，B夫人竟拢不住嘴，不停地跟祯之助搭起话来。她那貌似嗔怒的语气震慑住了男孩儿。男孩儿只是唯唯诺诺地回应着。秋子呆呆地听着那些话语，词汇和语义尽失，传入耳畔的，只是一些带有鼻音的语调。可以说，秋子跟祯之助搭话时的童音里，始终掺杂着这一语调的伴奏。为何？因为秋子总是和B夫人形影不离，而祯之助又总是到她们玩耍的那个地方去。

"这是什么？"秋子问。

那东西呈漂亮的天蓝色，被泥土弄得有些脏，皱皱巴巴地弯曲着。因此秋子便没有用手去触摸它，只是以观看稀有虫子似的目光注视着它。

"是袜带……在那边路上捡的。"

梳着娃娃头、头颅低垂的秋子耳畔，传来了祯之助混杂着B夫人语调的尖锐嗓音，以及似乎在用手指明那边的方向、进而致使大衣袖子发出的沙沙声。因为她听到了"捡的"这个词，于是母性命令她喊道：

"哎呀，好脏！快扔掉呀！"

祯之助有些手足无措。袜带之类的商品，在当时是只有西洋人，或极其前卫的姑娘才使用的物品。在祯之助看来，那漂亮丝绸的天蓝色彩，洗过后大约会闪闪放光的。秋子也极为中意那种天蓝色。用天蓝色皮革包裹着的袜带上，某处还镶嵌着相同颜色的玻璃球……

秋子嫁给祯之助以后，曾赶时髦穿过一阵子西装。说来那西装也不过就是一块披在身上貌似破布的长布条，并在腰椎骨下面的部位上，附有一条皮带而已。按西式裁剪师的说法，当时的袜带似乎流行天蓝色。于是这对夫妇便不约而同地回想起了儿时往事，并同时莞尔一笑。身为海军军官的丈夫，向妻子投去一个含有俏皮意味的眼神后，对妻子说道：

"那就选它吧！"

——浮现在宗方夫人脑海里的幻影，无疑就是这段插曲。她力图回想起丈夫年轻时的面容。于是就像绘画明信片被投进了邮箱似的，狷之助的面庞蓦地闯入她的脑海。她此时并未产生意欲忆起某人相貌而不能时的那种焦虑感。她感到满足并确信：定是天蓝色袜带，令祯之助与狷之助之间出现了相似之处。

这种想法刚一出现，她的脑海深处便强烈地萌生出下述想象——搞不好狷之助爱恋着那个系着天蓝色袜带的少女也未可知。随后便觉得那个少女似乎与年轻时代的自己有些相像。这一空想使得宗方夫人看上去年轻了些许。她被锁定在了"天蓝色袜带"的限界内，进而便更加浮想联翩。宗方夫人将此称为"预感"……

——上述联想的飞跃，即为秋子精神恍惚之所在。

她相信，处于恍惚状态下的自己，与那些只靠回忆活着的女人并非同类。不过她之所以这么自信，无外乎就是因为她具有诗人的特性。她认为以作诗的眼光审视往昔便是诗人的特征，但同时又觉得印第安人的本能恐怕也是如此吧。而正是这种诗人眼光的装腔作势，成为人们将其从无聊女人堆中，稍稍拔高一筹的重要一环。

（笔者打算以三位主人公的零散日记，来填补冠以本故事三个"化"字时，出现的三个场面至翌年第二个场面的空白。）

十一月二日。

听了那些话后我大吃一惊。因为我既未受托照看过，也不曾养育过那个年龄段的男孩，因此格外惊骇。尽管如此，却也并非完全没有预感。当然，自己的内心深处，潜藏着"他也到了青春期"这一想法，更何况对方家里，又有一位年龄相仿的千金——若考虑到这些因素，即便没什么预感，也自然而然会产生那种想法。不过现在串联起来一想，便觉得最近看到狷之助频繁外出心神不定的样子后，自己并未盘问责怪他，真可谓明智之举。狷之助已经坦诚地告诉过我，说他喜欢那个女孩。这无疑是想得到我的帮助。当时的我死死地盯着他，那目光就像是在审视一个从婴儿一下子变成了大人的人。而心境真是爽快至极，干得漂亮！在这件事上自己不能越俎代庖，取代他的家长。必须阻止他……内心虽有过此种想法，但他既已对自己敞开心扉，则只能使我陷入进退两难的境地。

十日。Mon.

考试范围——从 K. 杰克林的散文卷一到卷四。和秋山一起前往某某剧场。

她说明日要去某某剧场。说是前面的座位。秋山生出好奇心，再三提出想去看看她。我购买了后面的票，说你就在那边看吧，如何？秋山有些不满。我想一个人单独看她。——但不知为何，她始终都未现身。

受大屋町先生之邀，前往黄鹤亭。上午在普及会办事处阅读文件。红黄两叶全都变为枯朽之色，不由得使人听到了寒冬渐近的脚步声。

（纸片上的潦草字迹）羽毛时而会如活物般栩栩如生。某日早晨，我去了趟旧书店。店里有一把忘记拿走的鸡毛掸子，暴露在了晨曦下。由于光线变化的缘故，其中的一根羽毛，色彩看上去近似彩虹，蓝色、茶色、看不见的黄色、鼠灰色以及淡雅的红色……看起来都是些油汪汪的颜色。当我用手去抚摸它时，居然出现了温润的脉动。这简直就是荒诞的鬼怪故事。我突然产生了这样的想法——那羽毛岂不正与则子相般配吗。她就是一个鬼怪故事中的少女。每当自己从各种角度来观察她时，都与那羽毛相似，其色彩无不发生变化。即便那颜色之一已经濒于死亡，但对她而言那颜色依然是生的颜色。但凡生的预感，总是要比死的预感美妙生辉。每当我看她的时候，总是能够通过她的心情，将蠕动在自己内心的死的幻影装扮成生的幻影。

二月一日。
参加了 A 女士家中举办的歌会。除了以往的那些显贵名流外，诸多《勾玉》杂志的年轻同好也前来捧场，故而场面热闹非凡。来者似乎皆为大户人家的千金，因此会场上的人声鼎沸，反倒令人心旷神怡。我的和歌得了最高分，连自己都觉得惊诧，因为作品并非都是自信之作。——狷之助今天也不在家。我一直都觉得不可思议的是：我的丈夫为何如此这般总是把家撂着不管呢？如果你跟他说："你年龄也不小了，学校那边的状况也越来越好了不是？"他就会笑着回应道："那倒也是。"那副表情似乎就差说出"我知道啊"这句话了。绝不会是因为他察觉出了什么，可是他近来对狷之助的态度却格外严厉起来——（所谓的严厉，也不过就是人们司空见惯的、可以根据其退伍中将这一头衔做出想象的那种态度）——从他那严肃的态度上，不知为何总能让我强烈地感受到一抹做作，一种他自己勉强做出的、非那样做不可的装腔作势。一言以蔽之，不能全都归结到一个老字上。

写下这些内容，连我自己都感到意外。并不是为了给谁看，而是被一种心情驱使着先写下来再说。狷之助的风华正茂，使我变得多少有些固执。虽然如此，却又在心底，希望他能够对青春有个完整的领悟。然而未几，自己便在这心底的告白中，窥望到了一抹自己打算借此将他的青春年华回馈到自己身上的希冀。如今反躬自省，便意识到自己的心底，曾经存在着不少自卑感。我毅然决然地舍弃了它。虽然想以此种舍弃来倾注爱，但怎样做才好呢？我已经看透了，如果自己舍弃这种自卑，他则势必即刻视我为敌，并对我同样产生反感。于是我便不再反省。为何？因为我知道，如此这般充满敌视的外貌，与世上顽固老爷子之流的作为颇为相似，而且还会受到社会上的教育家和儒学家的赞许，说什么伯父的爱呀，等等。直到我做出下述推测：他的青春之花，正在盛开并且情愫已生。于是我便决心以顽固到底的姿态来面对他。自己仍在心底期盼着，能够对他的青春年华及爱情施以援手。下述想法绝非全无——即便遭到世人的责难，亦打算为这透彻的领悟而不改初衷。并且自己终于意识到：除此之外并无其他任何方法能够保住自己的颜面。

六月十七日。

今年夏季，我决定去弟弟（狷之助之父）的别墅过。想必他也正在新加坡饱受酷暑的煎熬吧？他来信说，今年太忙回不去了，就请你随意利用那套别墅吧。因是南轻井泽，所以雷应该不会太多吧。我亦曾受邀去那里小住过两三次。房子盖得极为宜居舒适，并且思虑周全。据说设计也是他自己搞的。于是我不得不再次钦佩他头脑的聪慧。

房后就是一片白桦林。那里的空气，令人神清气爽如饮香槟。穿过树林，耳畔便会传来义齿咬合似的水车咯吱咯吱的声响。那水车大概已经被用坏了吧。对了，似乎从那时起，水车附近就开始零零星星地盖起了一些别墅。

来到水车附近后，便会闻到一股类似于陈旧烟草或烟袋油子的气味。后来一打听才知道，那是一种水芹的气味。积木般漂亮的小洋楼，篱笆墙上蜿蜒着繁茂的藤蔓。听到从那藤蔓中不断传出的小鸟鸣啭后，便会觉得那声音简直就像是从自己的体内发出的。我在自己体内试着寻觅了一番，看是否存在着阻止那种声音发出的发条。轻井泽的空气，确实会使人过上一种疗养院一般机械式的生活，拥有将人的身体变成机械的奇妙魔法……

六月三十日。

——今年的假期，计划与伯父伯母同去乡村别墅过。绝佳的机会！则子家的别墅居然就在五六栋房子的前面！

轻井泽会使我们变得罗曼蒂克抑或伤感。那里的空气很特别。当云朵在山峦彼侧眉头颦蹙时，远方便会雷声轰鸣。

不知为何，我总是觉得她房间内的窗帘会是充满孩子气的草莓图案或樱桃图案。或许作为我俩外出时的礼仪，那幅窗帘会摇摆着播撒出一种孩子气的、犹如童话一般的情感。如同那充满诙谐意味的星宿一般……

我将会看到她的帽子在晨雾中，一闪一闪地飘移过来吧？我佯作不知地靠近她。牧场上的牛群，大约会浸泡在晨雾这一牛乳浴缸中，被人们挤出奶水吧。我毫不在意地撞了上去。望着我若无其事的面孔，一瞬间里她便体味到了一种奇妙的感觉，而后就立刻看破了我的演技。她有些冒火，歪咧着嘴角。我则佯装不知地与她擦肩而过。

"干吗呀你！等等！"

"欸？"

"'欸'什么'欸'呀！"

她露出一团令人疼爱的、人造宝石般的笑靥叫住了我……

我心不在焉地行走在路上时，额头常会碰到树枝上。于是松鼠就以上了发条似的生硬跑法，将尾巴贴在背上遁逃而去。在那里，我感到自己与风景之间就仿佛隔着一道玻璃窗。当你想仔细眺望它时，玻璃便会碰到额上。玻璃对面的景色总是一片清澄，而且无论走到哪里，风景和自己的距离都一概相等。那些景色分布均匀布局合理，无论在哪里用画框将其截断，都会原封不动地成为一幅画卷。我被风景如此这般刁难着攀登到坡顶的正上方后，立刻向下面望去。我看到了与圣诞贺卡画面相似的洋楼、天窗和狭小的庭院。

附近的友人每天都到家里来教宗方谣曲。刚开始时宗方还有些抵触，可一旦学起来，他便渐渐来了劲头。于是友人甚为欢喜，觉得他值得一教。

"我琢磨着，再过些日子就把你拉进我的协会里。"友人在宗方面前直言不讳地说。

宗方意识到，这方别墅地的蓬勃朝气并未排斥自己，反倒令自己品味到了愉悦。他经常出去散步。在逗留别墅的日子里，受夫人影响，他偶尔也会创作和歌或汉诗。他的温柔，恍若能乐面具的老态，使他变得衰老了。曾一度看上去冥顽不化的他，突然变得和蔼可亲。夫人和狷之助未免对此略感骇然。某日，少见地下了一天的雨。午后宗方外出。夫人和侄子茫然若失地坐在晒台的椅子上，谈论着宗方的和蔼可亲。突然，两人的脑海里，不约而同地萌生出宗方将死的预感。默然对视的面孔，变得一片苍白，相互间立时读出了相同的意思。为了掩饰这一点，夫人讲起了轻井泽的鬼怪故事。于是，不知不觉间，那份不安的心悸被装扮成恐怖的心悸，最终则不折不扣地转变为恐怖的心悸。这古老的鬼怪故事确如中药一般，要比阿司匹林有效得多。

而狷之助的蓬勃朝气，则肆无忌惮地显露到了极致。他从早到晚，不是骑车就是骑马，到处疯跑乱转。则子往昔的那种死钻牛角尖劲儿，在这里也似乎减轻了些许。她因此发生了变化，面孔变得像玻璃纸花一样明快。这种变化也令狷之助感到欣喜。为什么呢？因为她的神色与自行车的金属以及蔷薇花十分相似。与所有的男人无异，狷之助的爱亦如集邮一般，修炼了他对则子的观察力。这并不是什么危险的事，因为每当他给则子寄信时，他几乎都会从邮票上感受到则子秀发的芳香。

秋子歌会的歌友中，大约三分之一的人，都跑到这个村子避暑来了。她们或是去宾馆用餐，或是利用 D 夫人或 F 夫人的车子出去兜风。秋子时而就会在车上，看到狷之助和则子以及几组年轻人骑车飞奔而来的样子。每逢此时她都会品味到一种莫名的感动。而当她意识到这种非比寻常的感动时，她都会"欸"的一声感到不解。他们与自己所在的这一组人的关系甚远。为了抚慰自己，她牵强附会地逼迫自己做出如下猜想：之所以产生了这种源于年龄差的不可思议的自我意识，是因为自己是在以小组全体人员的眼光观察对方。然而可悲的是，她们每个人都是这种想法。

某日黄昏，大雨倾盆，雷声震耳。给人以命运预感似的云朵，闪烁着令人生畏的光。听到第一声雷鸣后，教授谣曲的朋友便打道回府了。他说要呆在自己的家里，慢慢品味雷雨的妙趣。目送走了那位利用这一奇妙的借口惶惶然返回家中的友人后，祯之助再度打开了自己房间的拉门。就在这一瞬间里，一道发青的光，照亮了拉门和他的手。他看到了一把友人遗忘在那里的扇子。他拿起扇子打开了壁橱。就在此时，一道恍若镁光的闪电划过，径直照亮了壁橱的里侧。

雷声隆隆。

宗方注意到，壁橱的角落里摆放着一个眼生的物件。闪电使它看上去具有一种冷艳的美。取来一瞧，宗方内心不禁一惊。原来是只剩下大约半瓶的、去年买下的那瓶香水。这瓶香水理应是在那天以后，被他漫不经心地放在了柜橱旁，或其他什么地方了。似乎是整理房间的女佣有眼力见儿，把它放到了储物柜内。香水已经有些变色。由于发现了这瓶香水，宗方忆起了往事。他并无太深感触地将香水瓶拿到玻璃拉门处映照了一下。就在此时，一道闪电射穿了瓶内透明女人的躯体。

雷声隆隆。

光线渐暗以后，香水的透明度便消逝了。片刻时光里，他的脑海中浮现出自己当时的身姿，并在心里品味着现如今手中切实感受到的、这抹近似于反感的冰冷触感。他的心底涌起一股火山喷烟般的恼怒。紧接着这股怒火便爆发了。他站起身来，三步并作两步走过去，打开了玻璃拉门。一瞬间，他默默伫立了片刻……但随后便猛地把香水瓶向庭院的布景石上摔去。玻璃碎片和液体，迸散在恍若苍白的浊水结晶一般的石头上，几乎就没有听到破碎的声响。那玻璃碎片迸射出强烈的光亮，恍若锐利的视线一般熠熠闪烁。远方各处的景致迸射出巨大的光，旋即便消逝了。宗方心中深知那香水瓶的本质——香水瓶这种魂魄样的物质，无论追到哪里，它都不会死去。

雷声隆隆。

——狷之助在欢呼雀跃。脚光似的闪电，似乎可以使他对那件事笃信无疑。

即便如此雷声阵阵，她也必定会信守承诺。在那逼仄的店铺里……他整理好了自己的行头。他像一只小狼在徘徊狂吠……

祯之助走出房间，默默地注视着狷之助的样子。他看上去并未发火。静静的、宛若运河一般的青筋，描画在他额头这幅地图上……

狷之助想要出门了。他来到伯父那里，说自己要出去一下。伯父面向前方，保持着那副老者的姿态说道：

"这么大的雨……就作罢如何？"

从小就被娇生惯养的狷之助，此刻任着性子，孩子气地怒冲冲地问道：

"为什么？"

"我在说你不要去！"

伯父依然面朝前方，语调不同以往地激越起来。已在伯父心里扎下根基、付诸实施并经过改正的顽固方针，此刻又死灰复燃一般再次炙热地复苏了。伯父已经由此窥出了别样的含义，但他无能为力。

"为什么？"

话到中途，侄子不禁心头一惊。

伯父默默无语地站起身来。"愚蠢！"他嘶哑地喊叫着追了上来。侄子的脑海中浮现出则子的容颜，宛若古老邮票上的公主肖像。他奔跑起来，甚至连伞都没打，便一头扎进雨水中。伯父也趿拉着木屐，以凶猛的势头追了上去。一道闪电划过，照射在雨水中祯之助酷似能乐面具的脸上。

夫人没能拦住他。她对张皇赶来的女佣命令道："快去拦住老爷！"接下来又让男仆跑着追了上去。之后她便伫立在玄关处，远眺似的凝望着倾盆大雨中的门外景色。她从未像今天这样认为自己是个愚蠢的女人，并第一次对侄子产生了类似憎恶的感觉。

翌日，按预定计划在这栋房子里举办了歌会。秋子一回想起昨晚的事，就心绪不宁，坐立不安。腿脚利索的男仆和两个女佣很快就拽住了宗方。或许是兴奋使然，他看上去似乎并不怎么疲惫。然而不知为何，夫人却无法不去回想五六天前曾经出现过的那个死亡预感。或许是因为自己已经到了该对丈夫的死感到担忧的年龄吧。如此想来虽然未免内心孤寂，但同时夫人也强烈地意识到，这抹孤寂中却也包含着相当大的私心杂念。这种清纯的牺牲主义，她是何时又是从何地获得的呢？不如说她在心底，已经对世上所谓的"九条型"①，给予了完全的肯定并想要接受它。而恰恰就是在这种肯定

---

① 日本榻榻米镶边等的样式之一。用来比喻宽容保守的态度或想法。

中，包含了向老耄之年靠近的所有要素……

她的耳畔再次传来 B 夫人的重音语调。秋子想起了天蓝色袜带。于是她便觉得那里似乎喷洒出了一片苏打水似的明亮的光。

秋子感觉，自己将会于今天和以往的一切做个了断。为什么这么说？因为她或许能够见到那个吊着天蓝色袜带的少女了。今天早上狷之助已经说过，要把则子介绍给她。为了避开伯父的眼睛，演一出戏是必须的。按照计划，秋子须于四点整离开家门，走向朝南的围墙。届时她将会碰到两辆来自那个方向的自行车。

今天也和去年一样，B 夫人再次开口对男性进行了抨击。因为目标就是昨天她在报上刚刚发表过感想的人，故而气势高涨的高谈阔论，效果极佳。不过这次歌会却由于轻井泽会员之间所达成的共识，于三点钟便宣告结束。因为大家都在担心几乎每隔一天就要光顾一次的雷雨。

三点半，大家全都乘坐 D 夫人的车子，驶过干燥得就像是用白粉画出的高原道路打道回府了。宗方夫人觉得自己似乎松了口气。

丈夫正呆在书房内。夫人多次看表。她觉得有些滑稽，怎么就像是要出去幽会似的。那副表情出人意料地充满了朝气。

布谷鸟报时挂钟唱响了四遍。

她说要出去散会儿步，接着便神不守舍地取出遮阳伞，缓步走上了明亮的道路。这一次她不再觉得自己是去幽会了。她意欲在自己的身影中搜寻这样的幻觉——一个去见儿子的母亲。只是她的表情依然显得年轻。

从对面方向，有两个人骑着闪闪放光的自行车奔了过来。

"啊，伯母！"

脸蛋已被晒黑的狷之助冲她喊道。两辆车上全都载满了鲜花。自行车"嗤——"的一声（伴随着微弱的沙子摩擦声）停了下来。

"你是叫则子对吗？"秋子问。

少女露出羞赧状，宛若一朵看上去眼生的花。突然，一片鲜活的、充满了现实感的记忆之翼掠过秋子的脑海。

则子猫下腰去，想要调整一下车轮，于是狷之助也躬身想要帮她一把。可是，当他听到伯母下面的话后，便再次抬起了身躯。

"喂，则子姑娘腿上是不是吊着天蓝色袜带呀？"伯母像个少女似的、绯红着脸颊怯怯地小声问道。听到伯母的这句话后，狷之助立刻暗自期盼着则子并未听到这句话，并以略含羞涩的不可思议的心境（他觉得伯母似乎又在测试他和则子关系的深浅，好像在说，你别当我什么都不知道）说道：

"没有啊。您为什么这么问？"

"没什么，没什么，不过……"

狷之助觉得伯母方才一直充满自信的神色，此刻突然崩溃了。片刻后，伯母以略显凄楚的目光凝视着远方，仿佛是在追寻逃逸而去的鸟儿……

祯之助正在书房踱步。他突然发现一扇窗户下，有一团犹如彩纸碎屑的东西。为了看个究竟，他寻找着离得最近的客厅窗户，来到了楼下。那扇窗户向前凸出，一直延伸到低矮的灌木篱笆墙附近。玻璃窗大敞着，只有百叶窗呈关闭状态。他情绪激动地踏上了干燥的地毯。就在他靠近窗际时，耳畔传来了话语声。

"则子姑娘腿上是不是吊着天蓝色袜带呀？"

是妻子的声音。

回忆使宗方心中充满了朝气，他总算支撑住了自己。他向神灵表达了自己能够在此处看到妻子的谢意——他已经很久都没有把秋子当作妻子来审视了。恍若两把音叉一般，他完全明白妻子说出上述话语时的心境。他颔首，面部表情就像一位牧师。

祈祷日记

往昔卖货郎人家的孩子，儿时曾在井畔一起玩耍。长大后却不论男女，相见后都觉得难为情了……。[1]

---

① 引自《伊势物语》第二十三话。

一

　　卧床已有一两个月的光景。一旦能起来走动，季节就像是一件刚刚裁剪完毕的衣物，令人倍感新奇。这种病愈时刻，犹如海岸边的波浪，时或就会冲到岸上，时或又在远处退去。一度被弄湿了的双脚，也会一眨眼的工夫，便令人心旷神怡地干爽起来。常年的疾患弄坏了我的腰，把一个尚未成年的我，变成了与乘坐苇编船的水蛭子①相似的人。当自己神情恍惚地请人修剪脚趾甲时，那声音在自己的耳中，就像是翻山越岭、渡过江湖的击鼓回声。两条腿与我本人的缘分极浅，甚至在能够行走之前，就已经令我尝尽苦辛。耳畔响起从院落大片树丛内传出的小鸟鸣啭声。房间也好外廊也罢，全都明亮得跟在玻璃瓶里似的。尚未倒掉的洗脸盆内的热水，隐隐映射到天花板上，呈现出轻快旋转的涟漪……事情就发生在这样一个早上。我必须抓紧护士的手，练习从外廊的边缘，走到可以望见明朗天空的寂寥窗棂旁。起初真是辛苦得很。当自己挣扎着走到窗棂旁后，便会将梳成娃娃头的小小头颅贴靠在窗棂上，用双手紧紧抓住格子，上气不接下气地喘息一番。累劲儿一旦上来，便会觉得心中没底，脚掌仿佛踏着滚热的沙土，迈出的双腿，似乎就要在原地一点一点地陷落下去。

这种状态也不知持续了多少天。当它已经成为自己每天的乐趣之一时，一位唤作松本的护士，开始领我到户外散步了。最初，我们只是于夕照降临前的清爽黄昏时刻，在家的周围遛弯，后来便开始到各处去兜风……最后竟来到了一座寺庙，庙后有一片树林，林中群集着无数的鸽子。不过有时仍会觉得很疲惫，耳朵深处，静静地回荡着宛若摇动水井辘轳似的沉闷声响。当忍耐终于达到极限时，我就会在原地停住脚步，向她催促道：

"松本小姐，康子累了呀！"

"又要坐椅子了？"

不管当时身在何处，松本小姐总是会立刻蹲下身子来问我，并任凭那雪白的护士服发出轻微的沙沙声响。于是我就会向空中抬起穿着的红色休闲鞋，拘谨地坐到发着白光的椅子上……

有一次，我偶然在市场旁提出了要坐椅子的请求。那时正是晚霞浮游的时刻，彩色的云朵在远方的天际缓缓曳动着。商场的红、黄、绿三色彩旗正在飒飒作响地飘动。就在此时，我发现从那边的街角，拐出一个白色物体，正在逆光中向这边移动。待那物体靠近后我才发现，原来是一位与小男孩牵手而行的护士。我乏味地将脸扭向一旁，在嘴里"啊呀呀，啊呀呀"地哼起莫名其妙的歌来。突然，我的身体被两只手托起，并被相当粗鲁地戳在了地上。我吓了一跳，一瞧，原来是松本小姐。她把我丢在那里不管，却只顾神情专注地和那个护士聊起天来。过后我才得知，那女子似乎是松本

---

① 日本神话中的财神，因天生软骨而遭遗弃，被放到苇编船上随波漂去。

小姐多年未见的朋友。被冷落在一旁的我，只觉得脚下的地面似乎突然塌陷下去了似的，心里空空荡荡的。不过自己是个从不落泪的孩子，平日里听到的这类赞词，此时也起到了励志作用，故而拼命忍住了眼泪。我突然注意到，方才提到的那个男孩，此刻正抓着对面护士的衣服下摆，一双大眼睛里噙着些许泪水。他头颅微垂，似乎只有眼睛在向上看着什么，一副闷闷不乐的样子。我若无其事地望着与自己相似的人，夹杂着似有若无的同情心，开始用近乎羞赧的眼神，目不转睛地盯着那个男孩的脸。突然，耳畔传来水被弄洒了似的奇妙声响。"嗯？"就在自己疑惑不解时，男孩的脸色蓦地发生了变化。那令人吃惊的声音，原来是男孩儿的哭声。大约是被我死死盯住的缘故，男孩儿才突然不知所措地哭了起来吧？护士小姐的谈话立刻中止了。她一边去哄那个男孩，一边匆匆告别。而我呢，则立刻产生了一种模糊不清的懊悔，卷土重来的孤寂，以及某种物体流水一般从自己体内轻轻掠过的感觉……

穿着相同制服的护士小姐，相同的道路，年龄相仿的两个孩子，而且还是在相同的时间出来散步……这不一而足的相似之处虽然全都微不足道，却令我感到兴奋乃至心怦怦直跳。对面那个男孩儿的心境，似乎也是大同小异。在尚未开口搭话的两人之间，上述相似点，似乎已经唤起了小孩子之间常见的那份好奇心——诸如心有灵犀的默契啦、秘密的规矩啦等等。即便被我盯视着，男孩儿也不再哭泣了。对方也开始以略显滑稽的表情注视着我，相互间就像是熟透了的桃子，终于可以对视一笑了。男孩儿似乎饶有兴致地享受着见所未见的"椅子"这一重要的休憩场所。两把白色的椅子被并排摆放在道旁。两个至关重要的客人，只是时或相视一笑而已，反倒是两把椅子在进行着沟通交流……傍晚散步时，如是打发时光已经习以为常……

　　某日中午时分，松本小姐向母亲告假，说她那位护士朋友负责照顾的人家，雇主今天外出。说罢便离开厨房，跑到那个朋友家聊天去了。等到松本小姐回来后，不知为何我竟发起了高烧。虽然松本小姐向母亲道歉的样子可怜兮兮，但我却认为，今天自己之所以发烧，就是因为松本小姐不在。于是我既不敷冰袋也不吃药，大声哭闹起来。因此，散步便被搁置了数日。然而烧很快就退了。我躺在床上，望着布满天花板的彩带和避瘟药袋，大声唱起了童谣。从发烧那日算起，两三天后的某日过午时分，女佣走进房间不知说了些什么，松本小姐立刻飞身向厨房奔去。未几，便从厨房方向传来一阵嘈杂的声响。我凭直觉意识到，好像是她的那位朋友到家里来了。于是我便溜下床来，准备出去吓唬一下松本小姐。可就在这个当口，她却跑进屋来对我说："那个男孩子就要进来啦！"说罢便再次回到了客人那边。我大吃一惊，差点没喊出声来。随后便面向院落略显拘谨地沉默起来。身后传来了轻微的嘈杂声响。

　　"小姐，哎呀，不对劲儿呀，你在睡觉吗？小少爷来了呀！"

　　这话语声几乎不可思议地令我变得乖巧起来。我的目光从庭院转向格窗，又从格窗转向天井，再从天井转向松本小姐，整整扫视了一圈，却只将脖子歪着对准来客的方向。男孩儿和我全都自然地舒展开了笑颜。

　　"他叫弓男。是山岸家的小少爷。小姐的名字叫什么来着？"

　　听了这些话后，我只是羞怯地小声回答了这么一句：

"康子。"

男孩儿不知为何，抱着一本颇为豪华的金黄色书籍。他把书放到榻榻米上，接着便一骨碌趴在了榻榻米上，说道：

"我来给你读吧！"……

在摆脱病魔之际，已经难以用"解放"一词来加以形容了。就仿佛是经过了极为漫长的迷路徘徊后，这才偶然走到了一块空地上。因此，当自己在那块空地的虚幻境界里展望明天、后天以及之后更为漫长的岁月时，便觉得路程十分遥远漫长。

我和小弓男手牵手地走进离家不远的一座小小的稻荷神社^①里。诸多油漆已经剥落并开始倾斜的红色鸟居，相隔五六间^②的距离，密密麻麻地排列在那里。我俩走进那座神社的目的，并不是要去参拜，而是想去确认一件附近的孩子们全都笃信不疑的传闻。两个人跟跳房子似的、轻快地从鸟居下细长的石板上蹦跳过去。一番糊弄人的参拜结束后，两人一边听着从"鳄口"^③传出的微弱声响，一边蹑手蹑脚地绕到神社后院。祠堂后面是一片竹林。当小弓男被草丛中的石子绊倒时，虽然当时是深秋的午后，却仍有蚊群静静地飞起，并毫无声响地惶惶然作鸟兽散。在祠堂后面，露出一个搬掉巨石后留下的洞穴。传闻里面有狐狸的，就是这个洞穴。也不知是何人所供，洞穴前摆放着一只小小的白色器皿，上面供放着油炸豆腐。先是小弓男跪在了洞穴前，两人全都十分紧张，心怦怦直跳。

---

① 祭奠掌管五谷的仓稻魂神的神社。
② 日本的长度单位，1间等于1.818米。
③ 吊在神社里的扁平或圆形中空铃铛，参拜者可拉绳敲击铃铛并许愿。

小弓男在经过再三踌躇后，终于将脖颈完全探到洞穴里。见此光景，我不禁将手放到他的肩上大声问道：

"看见了吗？看见了吗？"

于是，小弓男瓮声瓮气地答道：

"疼啊！喘不上气呀！"

他一边说一边不安地蠕动身躯，扭动着屁股将脑袋抽了出来。他哭丧着脸，梳着光润短发的头上，缠绕着蜘蛛网和落叶。两三根蜘蛛丝，悠悠垂挂在他额头的发际上。即便看到他的这副样子，我也依然作弄人似的满脸认真地问道：

"有狐狸吗？"

"没有。"他哭丧着脸做出了否定的回答。

我根本就顾不得刚刚上身的洋服会被弄脏，以和小弓男相同的姿势，跪在了洞穴前的地面上。我用双手撑着洞穴的边缘，小心翼翼地将头部伸了进去。长满青苔的地面，冰冷的感觉沁入膝中，一股恰似打开了陈旧藏衣箱后的气味，飘逸在洞穴里。黑暗似乎已沁润至双眸。为了看个仔细，我把头探到洞穴里，致使肩膀几乎触碰到了洞口的边缘。我扫视了一下洞内，只觉得似乎有一个白色物体，从对面黑暗中的某个角落倏地一掠而过。我任凭脑袋咯噔咯噔地触碰着洞穴的边缘，急慌慌地抽出头部，站到满脸惊诧的小弓男面前，瞪大了眼睛说道：

"在里边呢，狐狸！"

话音刚落，两人便不约而同地浑身颤抖一阵心悸。无可奈何的恐怖感涌上心头。不知为何，我俩全都在竭力避免去看对方的脸，一溜烟地逃离了那座稻荷神社。

曾有一段时期，我俩打心底喜欢上了一座空房子。在那座空屋的四周，蜿蜒着铺上了煤渣的黑色小路。此类小路在那一带的街上并不鲜见，甚至还有拐过几个街角后，最终就会变成死胡同的小径。古老的樱花树，从一条小径两侧的黑色木板围墙，或雅致素朴的篱笆墙上探出枝头。如果沿着那条小径前行并一直走下去，就会被一堵高高的篱笆墙挡住去路。在右手木板围墙的一隅，可以看到一扇腐朽近半的旁门。——在通往这扇旁门的途中，坐落着一位琴师的宅邸。透过昏暗的窗棂，可以隐隐窥见里面人练琴的样子。因此，事到如今这种现象依然如故——每当我走过那条煤渣小路时，通过那种可以在脚掌产生轻微反应的、与行走伴生的、咀嚼物体似的温和声响和触感，笃定会使我回想起当时那浓郁而又华美的琴声。那琴声宛若和煦清爽的春风，在所有的小径上飘荡。即便在琴声中断以后，亦会将柔和的余韵残留在自己的耳中……

　　某日，小弓男到家里来玩。不知为何，在不得要领的玩耍过程中，没过多久他便感到了厌腻。他好奇似的眺望着我的桌子上方，最后拿起一个银制小盒给我看，并问道：

　　"这是什么？"

　　那是叔父赠送的国外旅游纪念品。小小的宝石盒盖上，镶嵌着一块圆玻璃，还贴着凡尔赛宫的蓝色照片。

　　"那是宝石盒呀！那张画，是法国的大豪宅嘛！"

　　我自鸣得意地说。男孩儿着了迷似的看了一会宝石盒，接下来便小心翼翼地打开了盒盖。盒内装着各式各样的碎宝石。那些细小的宝石，大约是叔父或叔母的戒指、首饰或者领带夹的残渣碎屑。都是一些微小的颗粒状粗玉。记得以前我曾在白色的搪瓷洗脸盆底部摆上这些碎渣，并把水倒进洗脸盆里。在阳光的照射下，这些碎渣闪烁出清爽漂亮的深紫色、藏青色或鲜红色。

小弓男用手捏起其中的一个颗粒。就在他把目光投向我时，突然想起了什么似的，眸子里倏然间熠熠生辉。他的脸变得通红，结结巴巴地说道：

"去那座空房子……"

他的话音刚落，我就已经明白了他想要说些什么。我也同样睁大了眼睛，兴奋地拍着手说道：

"好主意呀！好主意呀！"

如此这般诞生于两人之间的秘密，甚至都会令大人产生焦灼感。两人交流时动辄就会省略掉一些词语，代之以众多的"对吧，对吧"一类的说法、眼神或是疯子一般的笑声。

——我们将琴声甩在身后，踏着那条黑色的小径，一边极为谨慎地留意着周遭的动静，一边向那座空宅方向走去。从栽着矮树篱笆的某户人家，传出了鹦鹉闹人的鸣叫声。阳光轻柔地洒在那道篱笆墙上。两人颇费周章，总算打开了因昨日下雨而变得膨胀了的旁门。旁门打开以后，天空竟不可思议地空阔起来。红蜻蜓在空中飞来舞去。四周弥漫着苔藓的气味。种植在旁门一侧的山茶花浅粉色的落英，稀稀拉拉地飘落在苔藓上……我们愈加小心地靠近了一块被两三棵七叶树围绕着的苔藓洼地。这个几乎不必担心会被人注意到的场所，即便偶尔有孩子前来抓蜻蜓什么的，由于岩石与繁茂的灌木丛相连接，故而不会引起其注意。我们蹲在那个洼地旁，轻轻地翻起厚厚的苔藓。小弓男用枯树枝挖出一个细长的深坑，把从家里拿来的带底儿的竹筒一直插到深坑底部。接下来便一本正经地催促我道：

"可以了呀！"

我从衣兜内取出一个红色折纸包，将精心包在里面的大约十颗宝石屑倒出，重新数了一遍后，沙沙作响地将宝石颗粒倒进竹筒内。一粒因失手掉落到苔藓上的红宝石，看上去十分的美丽。我把盖子盖到竹筒上，再用土把竹筒盖住，接着又把一度掀开的苔藓小心谨慎地拼回原来的样子。之后便若无其事地离开了那座空宅。等到返回家里以后，两人这才相互对视，忍俊不禁地纵情大笑起来。母亲以诧异的神色看着我们的样子。

接下来我便和小弓男在一张偌大的画纸上，用彩色铅笔画了一张地图。在地图的中央部位上，用金色蜡笔画了一个皇冠记号。那是两个海盗偷偷藏下的、令人眼花缭乱的宝藏埋藏地。小弓男还在图画的一角补画了一艘帆船。紫色的风帆已经完全张开，帆船正在驶向黎明前熠熠生辉的大海。我聚精会神地凝视着恍若渗透了日光的、云朵一般的白色画纸背景和辉煌的画面。

我们对草坪、秋千和滑梯已经不屑一顾。每天放学后，两人要么窃窃私语地商议一番，要么就是书写已经记不清张数的秘密文件。而且每天笃定要跑到那个宝石埋藏地去望上一眼，以这样的方式度过了每一天。不久，冬天降临了。西北风从那条黑色小径刮来并掠过小路。寒风中回荡着卖豆腐小贩吹出的喇叭声。偶尔遇上个小阳天，日光下便会弥漫起颇具冬季特色的尘埃聚集的气味。某个深冬之夜，天下起雪来。翌晨，不知为何，五点左右我就睁开了眼睛。窗外的大片雪景惊呆了我，令我喜出望外。可随后我便立刻感到了不安。在这样一个早晨，其他小朋友一定会想到要去那栋空房的院子里堆雪人的。薄薄的积雪不敷使用，他们毫无疑问会把院子里所有角落的积雪全都收集到一起。在汇集积雪的过程中，那个竹筒盖儿就会与苔藓和泥土一起被他们弄掉吧。眼尖的孩子就会发现它吧……如此这般一阵胡思乱想后，我便再也坐不下去了。距离上学的时间还早，于是我就跑到了小弓男家。听到我的招呼声后，小弓男不停地揉着眼睛，只是穿着睡衣便走了出来。他立刻就对我提出的现在就去把宝贝挖出来的建议表示赞同。

"我这就去换衣服，洗把脸后马上赶过去。你可要在那儿等我呀！"

听了他的话后，我叮嘱道：

"你可一定要一个人来啊！"

"嗯，所以呀，你就守在那儿等我。我随后就到。在我赶到之前，可不许你把它挖出来呀！一定要咱俩一起挖才行！"

说罢，他便跑进屋里去了。于是我无可奈何地一个人向空屋方向跑去。朝阳在那一带雪景的反射下，令人眼花地熠熠放光。阳光下，三三两两地有人在扫雪。在那条黑色小路上，只留有一道木屐脚印。它令我感到些许安心。走了一段距离后，那个脚印便消失在一户人家的门内。眼前的积雪泛着蓝色，美不胜收令人眼花缭乱。那家的鹦鹉又在不停地鸣叫着……

我在灯笼旁蹲下身子等候着。灯笼上的积雪已经塌落了一半。庭院中的雪在闪闪放光。檐端处发出清脆的声响，是水滴在不断滴落。不知不觉中我已经等得不耐烦了。耳畔传来了说话声，我猫下自己的身躯。一些大人不知何故，不停地欢笑着，拐到了对面的路上……焦虑与无处藏匿的无聊，似乎巧妙地相互融合在了一起。一方面我有些担心，如果在小弓男到来之前来了别的孩子，那可如何是好？另一方面是等待已经令自己感到百无聊赖。因此，我曾多次想要独自一人将宝石挖出。不过，这可是我有生以来，第一次背叛和小弓男之间的约定。一想到这，我便百般踟蹰难下决断。人借着某种势头，是能够一下子越过自己平素无法飞跃的距离的。那宝石本来就是我的嘛！……想到这，心头似乎顿时轻松下来。我开始不顾一切地挖着地面上的土。将宝石完全揣进衣兜后，本打算再次将竹筒按原样埋入土中的我，当时不知为何，心境竟突然狂乱得连自己都无法理解，居然故意把那个竹筒抛掷在雪地正中容易被人看到的地方。青黄色的竹皮，在雪的反射下闪烁着晶莹的光。我突然意识到"自己做了错事"，便想要伸出手去埋好那个竹筒……事情就发生在此时。耳畔传来了嘈杂的声响，那扇旁门蓦地被人打开了。站在头里的便是小弓男。咋咋呼呼围绕在他身后的，是五六个学校的小淘气包。我的后悔之念顿时云消雾散。我目不转睛地盯着小弓男的眼睛。小弓男以极为认真、祈求宽恕似的惴惴不安的眼神望着我。可是，当他看到已被挖掘过的土痕，以及雪地上活生生的竹筒颜色时，他的态度便倏地变了——那神色即便在孩童看来，也令人恐惧，清晰地铭刻在了我的心头。我感受到了一种难以忍受的寂寞。而小弓男的感觉也不会例外！这种想法使自己越发感到孤寂不已。我一声不吭地从大家的身边挤过，走出了那扇旁门。在我走出旁门跑回家中的这段时间里，伴随着自己奔跑的脚步，泪水已经汩汩涌出……

我至今仍然无法忘记小弓男那充满哀诉的目光。同时也无法忘记与那哀诉一起瞬间变化而来的憎恶眼神。他大约对自己的些微来迟有些介怀，正默默地向那座空宅跑去。当一群玩雪的孩子问他跑什么时，他并未回答他们。于是那些孩子便有些心焦，跟在他的身后跑了过来。自己这么个跑法是有理由的——当时即便做出这种辩解，那群孩子也不会接受的吧。随着空宅的临近，孩子们大约提出了堆雪人的计划吧。如此说来，我又怎能责备小弓男呢？他又哪里做错了呢？虽然还是个孩子，可打那以后所度过的懊悔日子，却恍若居丧一般，至今依然历历在目。

二

　　小孩子身上屡见不鲜的见异思迁或没常性，哪怕动机微不足道，人们也依然希冀能从中探寻出某种重大的意义。就我而言，一直祈盼着能与小弓男尽快言归于好，然而即便在学校等地与其偶然邂逅，他也装作没看见我扬长而去。不久后，已经彻底失去耐性的我，便只能和女孩子们一起玩耍了。只是一想起那些模仿海盗的游戏，有时便会觉得这些温和的游戏令人难以忍受。

　　小弓男的母亲是一位寡妇。据说他的父亲，是在独生子小弓男出生三个月左右时去世的。而我呢，虽然父亲确实健在，但在独生子女这一点上，却与小弓男并无二致。而且无论是小弓男的妈妈还是我的母亲，她们都还很年轻。我的父亲是个养子，是一位了不起的博士。但作为小孩子，我却不得不每每感受家里无形中飘逸着的那种过于安静的寂寥……

　　冬季过半的时候，母亲开始到一位从法国归来的画家那里去学习绘画。随着学习日数的增多，母亲时而便会在庭院的草坪上支起画架，在冷风习习的阳光下练习写生。某个春意渐浓的日子，我放学归来后，绕到了一如既往正在院落内画画的母亲身后，出神地注视着母亲手执画笔，任凭彩色的笔尖在画布上飞龙走蛇的样子。面对着画布、貌似并未发现我的母亲，突然开口说道：

"我说康子啊，去年常到咱家来的那个小弓男的妈妈呀，现在也到妈妈学习绘画的那个老师那里去学习绘画了。"

"是吗。"

我答道，并未觉得有什么特别令人惊讶的。

两三天后，小弓男的母亲来到家里。以前只是走在路上碰到后点头致意一下而已的关系，由于此次学画的缘故，似乎变得亲近了许多。看到我以后她温柔地说道：

"哎呀，康子姑娘，都出落成大姑娘了呀！最近你可是一直都没来家里玩啊！弓男可是在等着你呢，到家里来玩吧！"

即便如此，我也并未积极地产生要去他家玩耍的念头。小弓男也和以前一样，并未到我家来玩。不过也许是他母亲对他说了些什么的缘故，其冷漠的表情虽然并未彻底消除，但相遇后，他大都会向我投来一抹淡淡的笑意。只是在朋友过多的场合，两人依旧会摆出一副形同陌路的架势。而在内心深处，我已经将两人在没有其他人在场时互致的那抹笑意，理解为一种道歉的方式了……

我茁壮地成长着。在我升入六年级时，弓男考进了他一直笃志要进的学校。从那时起为了考进女子学校，我也把一切都抛在脑后，丢了魂儿似的，只是一个劲儿地拼命学习。考进那所女子学校的前后两年岁月，真可谓弹指一挥间。那样的两年时光，就恍若在秋花荒野之夜，猛然抬起沾满秋草的头颅，目送驰往原野尽头的火车一般。火车汽笛嘶鸣，震颤着笼罩原野和山谷的夜雾，向河川的斜面上不时喷吐出雪白的袅袅烟雾，恍若梳子一般梳理过那些排列成行的明亮车窗后，转眼间便会将车身隐匿于山峦的彼侧吧。那汽笛声将会在虫噪如雨的秋花荒野上，犹如粗重的宝石一般，存留于耳鼓深处吧。于是伫立在那里，神情半近恍惚的我，已经无法领悟自己究竟失去了什么。

在女子学校念到三年级的那年五月，是一个与以往的穿着打扮感觉迥异的季节。业已滋生出来的、想要把自己打扮得漂亮一些的心理，与同时产生的浮萍般不确切的忧思，开始折磨起自己来。某日，梅雨就像是一种令人郁闷的记忆，劈头盖脸地包裹住了处在这种状态下的我。就在这一天，别墅的管理员老伯，给母亲寄来了一封佶屈聱牙的长信。大意是：我家附近的一处较为适宜的别墅，眼下正空在那里。务请将这一消息转告给山岸太太，等等。原来那位无依无靠的弓男的母亲，希望无论如何都能在今年夏天，在我母亲的别墅附近找个别墅住住。如今总算夙愿达成，遂立即给对方发出了应允的回复。

不久后，从树木枝叶间流泻下来的日光，逐渐增强变黄了。当日光如火焰般照射到庭院正面时，从树荫深处，断断续续地传来孱弱的知了叫声。站到花园正中后，头发都热得似乎有些干燥。即便如此，拂面而来的清风，依然将花儿吹得摇曳不止，让人觉得如果戴上帽子，就会产生郁闷之感。虫儿传入耳畔的振翅声，已经充满了金黄色彩。如果把身躯凭依到栎树上，悄无声息的寒气，就会透过背后的衣物渗进躯体。清晨，我凝视着一滴偶尔落下的露珠的内部光景——柔软纤细但却健实的叶脉也好，招人爱怜的绿色绒毛也罢，抑或承载着它们的草叶（露珠上方相互交错着的众多草叶，为露珠投下了隐隐可见的影子）……这一切都像是在用放大镜观察一般，精致而完美，令人不可思议。

这种变化方式简直就像在映现季节本身。奇妙的是，我已经完全找回了当初的自己。一个就要变成大人的人，却几乎将人生倒退至了孩提时代。暑假来临后的七月中旬，我和母亲一起启程前往某海滨别墅。父亲则因为研究工作在身，留在了东京。

当你用手拨开岸边的海水向前游去以后，不断闪烁着明亮灰蓝色彩的波涛，便会像冰山一样迎面扑来。在略显凌乱的浪头飞沫上方，夏云翻卷炫目。乘着蓝色的波涛朝海上游去以后，清澈的海底景象，便渐次近在咫尺般变得清晰可见。网眼似的波涛影子，边缘闪闪放光，摇曳不定地映现于那片海底。每逢此刻，我便会再三观望正在海面上航行的轮船身影。在从左侧海角驶出的轮船隐没于右侧海角之前的这段时间里，海鸥正在成群结队地展翅翱翔。下方那片与色彩娇艳的云峰紧密衔接的海面，看起来格外耀眼。当轮船彻底隐没以后，便觉得方才一直充溢于胸的那种感觉，突然间恍若泄洪一般变得空虚一片。在品味这种感觉时，我并未尝试怎样才能控制它，而是始终被忍耐的极限到来之前的苦闷袭扰着。

七月快结束时，海滨越发喧嚣起来。山岸阿姨的新家，从很早以前开始，就有一个土木建筑维修工在里面搞装修。经过一番彻底的维修后，以满载着诸多行李的卡车为先导，山岸阿姨坐着汽车，从东京赶了过来。在对日常家用器具等的安放地点做出指示后，她最终并未住进那栋宅子里，而是借住在我家的别墅内。翌日，虽然做好了在那栋房子里住宿的准备，但阿姨总是到我家来玩，所以那个新家仅仅是供其就寝罢了。在那里连续住了两三天后，弓男突然袭击一般的来到了这个 Y 海岸。他虽然在手上拎着一个小型旅行包，却仍然给人以一种小孩子似的感觉。

从第二天起，每天日上三竿以后，妈妈、阿姨、弓男和我就会一起沿着松林到海滨去。弓男很快就和我的那些年长友人交上了朋友。

——在海岸线旁宽阔公路的尽头，有一个迄今为止从未得便去过的唤作 H 的避暑胜地。某日，当大家游泳游累了躺在沙滩上休息时，也不知是谁率先提出的，总之大家一致决定，翌日要去 H 镇瞧瞧。人群中年龄最小的弓男和我，也随大流一起跟了过去。那天早晨，我将装满了水果、三明治和巧克力的提篮，放在自行车的后座上，骑着车子奔向了那片松林集合地。领队的是一位年龄最大唤作佐佐木的大学生。就我而言，十五岁正是一个易于焦虑不愿服人的年龄。我察觉到不知为何，弓男似乎有意在众人面前躲避着我。

三十辆自行车宛若蚊虫一般奔驰着。空气的航迹，恍若看不见的缎带，在车队的后方飘曳。左侧是炫目闪烁的大海，后视镜中充斥着一辆又一辆熠熠闪光的自行车。H 镇相当远。抵达目的地时，已经是日上三竿时分。尽管都在同一条海岸线上，可那里却是一座从未见过的城镇……话虽如此，当小船划到海面上时，便可看见那座小镇引领着草丛般茂密的森林，横卧在平缓的海岸线一带的山坳里——仅此一点，便与我们在脑海里暗自描画过的那座美丽城镇大相径庭。于是悲伤之感顿生。我们登上了一条布满石块的坡路，走进 H 镇尽头的一片林子里。坡路的尽头，出现了一片美丽的林中草地。我们在那里小憩了片刻。当我坐在杉树根须部位柔软的草上，开始和那些大姐姐们一起享用午餐时，从另一个方向，传来了弓男在那群年长的学生中，扯着嗓门发出的喧闹声。他大约是想告诉我，瞧！我也同样有很多伙伴呢！他时而还会将脸扭向这边，朝我投来一个自鸣得意的笑脸。虽如此，我却隐隐感觉到：那些年长的学生们，已经于无形中，将弓男视为一个累赘。因为像弓男那个年龄段的人，大都孩子气盛，行为上难免不随心所欲。正所谓"话不投机半句多"！就此略有所感的我，突然产生了几分惊讶与落寞的感觉，因为我觉得，即便是弓男本人，似乎也对此有所察觉了。

——吃过饭后，大家漫不经心地侃着大山，脸上全都流露出些许疲惫的神色。我想到林子里去转转，便独自一人离开了那个嘈杂的环境，在树林里遛起弯来。走着走着，我发觉弓男也跟在了自己的身后。两人默默无语地在一条狭窄的小路上并肩而行。小路将我们引领到了树林深处。日光洒落在四周生长着的杉树根须上，看上去就像是一大片抛洒下来的蕾丝。只有杉树的树干，已被染成高贵的、恍若雾气似的淡淡的日光色。不知从哪儿传来了小鸟的鸣啭……

此时的道路变成了弯弯曲曲的羊肠小路。在小路一个即将往上攀援的拐角处，伴随着一阵沙沙的声响，一个身材高大的人，兀立在那里挡住了去路。我险些惊叫出声来，却发现那人是佐佐木，于是嘴角露出了无可奈何的笑意。事到如今自己依然记忆犹新的，是佐佐木被我的笑靥吸引后——与其说被吸引，不如说是因为我的笑意，才促使他吃惊地露出了相似的笑脸。在他的那副笑脸出现之前——本来，惊奇很难使人想起这一点——佐佐木的脸色相当凶险，岂不就是一副怒气冲冲的样子啊！……总之自己当时似乎看到：在彼侧的杉树丛中，有一个穿着白色洋服的女人在晃来晃去。——我有些困窘，终究没有跟佐佐木搭腔。就在我迈开脚步想要折回时，"山岸君！"耳畔传来他招呼弓男的声音。我记得本来打算跟在我身后的弓男，似乎扭头望了望。而此时的我，反倒加快脚步独自一人向前走去。片刻后，弓男从后面追了上来。在低头行走在我身旁的那段时间里，他似乎多次想要跟我搭话说点什么，却又欲言又止。这就更加使他变得焦躁不安。我朦胧地意识到：他这明显是在期待着我能够先开口问他："有什么话你倒是说出来！"然而我就是一直顽固地一声不吭……

俄顷，佐佐木和一个今年刚从女子学校毕业、唤作和子的女生，从完全不同的方向回到了大家所在的休息地。或许是心情关系，和子小姐的脸色看上去有些苍白。此时又有许多手执花束的女生加入到人群中，因此她的变化看上去并不十分显眼。

——归途中。太阳仍高悬天际。海风已经相当大了。那种干燥得几乎发焦的风里，弥漫着一种苏打水似的气味。所有的自行车上，全都驮着成捆的野草或鲜花。前方自行车上的花朵，时不时就会稀稀拉拉地掉落下来。虽然心里边想着不要碾碎那些掉落在路上的花朵，但我最终还是碾碎了它们。染在轮胎上的花色，随着自行车的前行，眼看着染上了泥土色……

佐佐木的自行车，不知何时降低速度向我靠来。为了躲开他，我加快了自己的骑车速度。于是佐佐木紧追不舍地跟了上来。两人变成了自行车队的排头兵。佐佐木在我的耳旁，以大人揶揄小孩子似的口吻说道：

"你和弓男君的关系相当不错嘛！真没想到啊！"

我的心情立刻被搅得一塌糊涂。于是默默地让自行车后退，与佐佐木拉开了距离。他已经不再追我了。我茫然若失地踩着脚蹬子，恍若凝视某种不祥的幻影一般，望着眼前的白色花朵疯狂地一朵一朵杳无声息地飘落下来。

——记得那天的晚霞真是美极了。松林内横亘着松树细长的身影，晚霞辉映下的周遭地面美不胜收，仿佛翻卷着团团烈焰。抬头望去，只见一粒粒嫩小的松果，均被染成了淡淡的茜红色。松叶在空中描画出来的剪影如此鲜明，几乎触手可及。在那片松林里与大家分手后，自己无意间踏入一条细长的近道。那条近道无法骑车，我只好拖着沉重的自行车，向家的方向走去。方才发生的事，满满登登地簇拥在脑海中。两三只螃蟹正在横着快速越过小河旁边的道路……

我突然注意到，弓男也走在这条路上。他和方才进入林子时一样，默默无语地拖曳着自行车跟在我的身后。这种相似点不知为何越发使我焦躁不安起来。当弓男意识到我已经发现他后，便有些结巴地开口说道：

"佐佐木说，不要把那件事告诉大家。"

"是吗？"

我一边说一边回过头去，却因用力过大，致使自行车猛地一晃。一直费力前行的我，竟觉得他的话使自己突然茅塞顿开，于是便回过头去毫不客气地说道：

"他为什么对我，就一个字都没提呢？"

弓男沉默了片刻，之后便突然想起来似的嗫嚅道：

"原来这样啊，他对你什么都没说呀。"

接下来他便继续默默无语地跟在了我的身后。那副样子看上去真是满满的孩子气……

因为父亲在等着我们，母亲和我很快就返回了东京。对这个暑期的回忆，恍若决堤的洪水一般倾泻下来。它既和每年的内容一模一样，又好像略有不同似觉生疏。那是一种并未牵挂什么的心有所系。而这并无缘由的牵挂，反倒似乎成为自己的励志之源……

九月过半的一天下午，我放学回到家中。父母全都不在的家，令人觉得煞是空虚落寞。我信步来到从未踏入过的庭园后院。拐过回游庭后，高高的篱笆树墙将庭园死死围住，使人看不到园内的景色。

大约两年前，家里将从南方国度得到的礼物——某种舶来植物种在了后院墙边。那大朵大朵盛开的鲜花令我感到新奇，遂任凭几只小小的蟋蟀跳上脚背，咯吱咯吱地用力踩着令人难以迈步的松暄土壤，向那些花朵走去。

那植物不知哪儿有点像红秋瑾。硕大的花朵宛若袄纱巾一般，沉闷地重叠在一起争芳斗艳。我呆呆地注视着那深红色的花朵，只觉得脑海中似乎蓦地出现了微小的失落，就像钟表的指针啪嗒一声停止了回转，机械表盘偏离了一位数字一般。

与此同时，自己方才一直无意识地凝视着的那些花朵——本来状态依旧——却不知为何，居然觉得它们似乎完全变成了另外一种物体。就在自己与方才一样继续凝视它们的过程中，心底突然涌出一种使自己益发感到苦闷的不安。它与水从沙地上突然涌出并扩散开来的状态相似。自己正在被一种迅猛袭来的眩晕所袭扰，却又无法从那里脱身逃遁，莫如说反倒产生了一种被拖往那里似的——那种与病人即将睡醒前所做的噩梦相似的感觉——我对自己萌生出这种无奈的心境感到束手无策。

这种如同骨胶一般凝固住了的数秒钟时间逝去以后，伫立在那里的自己耳边，终于开始传来小鸟的鸣叫声。紧接着又从四面八方的草丛中，传来了群集的唧唧虫鸣……

——自打看过那些花后，我就产生了下述疑问：和以前的自己相比，我是否发生了某些变化呢？正因为自己想要极力掩饰心生疑窦这一事实，故而导致盛夏的明媚渐次逝去。不过这一不同于梅雨时节的另类担忧，似乎就要将自己拖进深不见底的深渊，但同时也使自己意识到了某种类似于新生事物萌芽般的气息。

晚秋时节，父亲的一位故交从海外归国来到家中。他的专业是与父亲无缘的植物学。他最终成了一位博士，是父亲自高中时代起就无出其右的挚友。因此，当他提出要去采集暌违多年的日本植物时，尽管父亲对朋友的建议毫无兴趣，且他原本就是一个不喜欢外出的人，但还是经不住朋友的再三央求，最终承诺下了这一郊游活动。因为对方说人数越多越好，故而母亲对我说：

"那就把山岸阿姨和弓男也都叫上吧！"

听了妈妈这句话后，我不禁心头猛地一跳，连我自己都感到吃惊。于是我便产生了将自己未能即刻作答的窘态及可怕的恍惚模样，用其他方式来遮掩一下的想法。

"欸？"

我装出刚刚注意到母亲问话的样子，回问了一声。

母亲的脸上流露出些许不耐烦的神色，但随即便若无其事地重复了一遍方才的话。我已经能够凭借大人般的平和心态，来倾听母亲的第二遍话了……

未几，另一种悔恨涌上心头。自己向母亲隐瞒了真实心境，欺骗了母亲……这原本是一件琐碎小事，可是这小小的谎言究竟为何会让自己懊悔不已呢？

和朋友一起一边唱着高中时代的宿舍之歌，一边在前面行走的父亲，迈着迄今为止从未有过的稳健步伐。母亲和阿姨一边走一边愉快地交谈着什么。我走在她们的身边。而背负着沉重帆布背包的弓男，则在那位博士的旁边，热心地就那些不知名称的花草询问着什么。路旁的枫树已经开始着色。金光闪烁的武藏野平原尽头，群峰耸立状若白云……父亲朋友的植物采集箱，已经被各色花草塞满了。穿过竹林，变成上坡路的红土小径，已于不知不觉间，将我们引向小山顶端的一座古老神社。

参拜完神社之后，我们走上了一条下坡的道路。我被一棵小小的树桩绊住，摔了一跤。从袜子到下摆，全都被黏黏的红土弄得脏兮兮的。赶巧母亲当时走到了我的前面，我差点没哭出声来。就在此时，耳畔突然传来泉水声。在平缓的斜坡中央，有一块平整的土地。那里有一道小小的泉水，形成了一个水洼。这时，落在后面背着帆布背包的弓男，急匆匆地赶了上来。于是，我就托他给母亲捎了个话。望着他的背影拐过前面的道路后，我脱下了鞋和袜子，把它们并排摆放在泉水旁边湿漉漉的岩石上。随后便把脚静静地浸到泉水中。清泉的凛冽感觉渗透了整个身躯，只觉得自己身上似乎有什么东西被它猛地掠走。阳光透过栗树的间隙，洒落在泉水和自己身上。这样的日光让我感觉，它似乎正在美美地摇曳着令人心里没底但却平和的空气。恍若潺潺流水一般的清风，似乎只是在脚下掠过。一片片落叶，在自己的腿上发出干爽的声响后，须臾间便落入水中，又是一眨眼的工夫便随波逝去。这一切就像梦幻般周而复始。栗树梢头，百鸟啾鸣。突然，耳畔传来用力踩踏落叶的脚步声。我回头望去，原来是母亲神情愕然地伫立在那里。她的身后出现了略显忸怩，却紧张地窥望着自己的弓男的身影。得知自己摔了一跤后，母亲便手持创伤药赶了过来。

"喂！快让我瞧瞧！"

母亲边说边蹲下身躯，将药涂抹在我腿部的擦伤上。由于注意力全都集中在了腿上，故而片刻后才想起弓男来。他正全神贯注地注视着我的腿。我的一条腿浸泡在泉水中，另一条腿搭放在岩石上。母亲一无所知地将绷带紧紧缠绕在我搭放在岩石上的那条腿上。我的腿突然间难以自已地抖动起来……当我把视线从弓男身上错开以后，反倒使腿部感受到了他那抹视线的沉重。我心神不定地将目光在母亲的领边、布满了落叶的地面以及弓男的脸上穿梭着。因此，在母亲缠好绑带，稍微后仰身躯站立起来对我说"啊，应该没问题了"后，我才终于松了口气，甚至无意识地莞尔一笑。当我拂去泥土穿上袜子以后，母亲又若无其事地笑着开口说道：

"康子，你的脸色可是不怎么好啊。简直就像是受了重伤似的。"

这次轮到我以难以言喻的苦闷心境，来聆听母亲的这句话了。我无法不去想起那位和子小姐从夏季林中走出时的脸色。一团雾状的物体，正在以难以追索的速度，笼罩于自己的心头。我一边体验着这种感觉，一边拎起自己的行李。之后便跟在母亲的身后，默默地走下秋季里已被染上缤纷色彩的坡道。

那日回到家里以后，我心乱如麻不知如何是好。如果说是因为母亲的话，这才导致自己内心苦闷不安，那也只能被视为一种辩词。这种苦闷的心境，为什么在弓男凝视自己时并未产生呢？悔恨之余，我开始责难自己，在被弓男凝视时，自己似乎忘乎所以地产生了喜悦之情啊。这种自责更加促使自己对上述事实笃信不疑……我觉得自己真是一个可怕的女人，居然被这无法释怀的心绪和不顾一切的思虑所驱使。可这种无法释怀的心绪，正在一心寻求着某种救赎。我顽固地敦促自己不要向救赎的方向转头。于是便近乎愚蠢而且迫不及待（本来这种急迫劲儿，迄今为止从未在自己身上出现过）告诫自己：一个面貌一新的我，曾被弓男那样凝视过，这件事本身就已经是一件不道德的事。随着这种心情的出现，我进一步意识到，适才被凝视期间，那舒畅而且并无苦楚感觉的心境，岂不恰恰就是一片真正的净土吗？

从那时起，我便一直努力回避与弓男见面。我觉得这种做法反倒使自己的苦楚得到了缓解。不过这种心理活动，或许是因为并未在心底切实扎下根基，它逐渐变得淡薄起来。有时竟会在一周甚至十天的时间里，将这种想法彻底忘却。当这种暧昧的、带着几分幼稚的心境消逝以后，我居然动摇起来。那种痛苦仿佛不再是痛苦。只有那抹亢奋的记忆，似乎与各种幼稚的追忆无异，越发增加了它耀眼的光芒。我并不期待与弓男邂逅，也并不拒绝与弓男相逢。因此，我的所作所为，全都成为一种随遇而安的应景之举……这种迷信的想法，始终萦回在我的心底。

三

　　季节已经从暮秋进入冬季。听说弓男最近在学习弓术。女仆觉得"弓"男先生居然开始学习什么弓术，这有些可笑。不过当初之所以给他起名叫弓男，正是因为他那已经过世的父亲，非比寻常地喜好弓箭。想到这一点，我便觉得这似乎就是一种无与伦比的象征——弓男父亲身上的血，再次轮回到了弓男的身上。冬季的寒冷越发严酷起来。弓男从一大早起，就要跑去在寒冷的气温下习练弓术。我也不再像小时候那样，一看到下雪就激动万分，而是守在家里不出门。

　　在意识朦胧的这段时间里，春天来临了。庭院内大片草坪萌发的绿芽，将其隐隐可见的娇嫩葱绿色彩在地面上铺展开来。从那时起，我开始跑去学习插花。在忙东忙西的这段时间里，樱花树新叶的绿色，渐次水灵灵地在眼前闪烁起来。

　　尽管每年都会受到舅舅的邀请，但迄今为止我从未去过舅舅家。今年则等到夏季到来后，少见地到舅舅位于信州某山麓的别墅小住了几日。母亲笑话我的心血来潮，舅舅也对我突然产生了造访其宅的念头惊讶不已。虽然如此，因是稀客，他仍然盛情款待了我。那栋别墅位于 A 村，我从比邻的一个有名的避暑胜地乘坐大巴前往。村落中飘逸着近乎落寞的古朴氛围。乡邻们像舅舅那样依据这一特色建造的别墅，零散静谧地分布在村落各处。舅舅有一个和我年龄相仿、似乎不愿见人的老实闺女。与我虽是表姐妹关系，却给了我一种疏远的感觉。不过她一点儿也不讨人厌，是个十足的温柔女孩。她始终穿着土里土气的服装，令人联想起身为鳏夫的舅舅家境况。失去了母亲，使得这位唤作信子的女孩儿，变得更加内向懦弱。纤弱的外表下，她以低沉语调说出的话语，亦只限于亲人之间的那些稚嫩话题。她以与她那似有若无的记忆并不相称的熠熠发光的眼神，不厌其烦地讲述着我无从知晓的、与她那过世的母亲沾亲带故的姨母或外祖父的往事。就我自己的感觉而言，她的话就恍若春天的地气，裹挟着不得要领的故事飘逸而去。她时而就会从那些故事中毫无缘由地游离开来，时而又会融入那些以相同的温情语调讲述着的故事情境中。每逢此时，就连那些并无价值的话语，也都恍若风掠树丛一般，清爽地摇动着我的身躯飒飒而去。一边听她叙说，一边漫步在青山翠岭中那片开阔的夏季原野上的我，已经无法摆脱这非比寻常的思虑的侵扰。这是一种现实与梦幻之间境界线似的、稍纵即逝的思虑；有时又像是从两者缝隙之间流泻出来的一道亮丽光线。我这究竟是怎么了？——每当悬浮于山巅的云朵昏暗下来，夏季罕见的凄冷沉闷的日光，便会倾泻到我的头上。

正因为房屋建在了高台上，故而可以通过外廊的玻璃拉门，足不出户地眺望到对面的山腰和村落中的景色。到了夜晚，便可以看到彼方山麓的众多灯火在雨中闪烁不停。我觉得自己所注视着的那些灯火，似乎正在朝这边投来含情脉脉的凝视。如此想来，从这扇窗户漏泄出去的美丽灯光，是不是会与对面若干灯火中的某盏灯火拥有不解之缘呢？——我甚至不得不生出诸如此类的想法：在此厢灯火与彼厢灯火相互间极其苦闷的对视过程中，彼厢的灯火是否也会开始映照出与此厢灯火映照下的景致并无差异的光景呢？舅舅将喝了一半的茶水放到桌上，突然摘下眼镜，用一块黄布专心致志地擦拭起来。在那快速摆动的镜片上，灯光好像被镶嵌上去了一般闪闪发亮……我在近旁一边观望眼前的这一情景，一边不厌其烦地追逐着这样的想法：或许在那边沿山丘闪烁的某个灯光下，也存在着一个并无二致的场景呢。那边肯定也有一个女人，正在做着与信子相同的事情——一个扎着辫子的文静女孩，以梦幻般的举止，一边摆弄自己的衣袖，一边茫然注视着旁边正在如此这般擦拭眼镜的舅舅。不一而足。

山谷中这种太过沉静的朝朝暮暮，越发使我变得精神恍惚。而当初促使自己特意跑到这个山村来的、那个连自己都不明所以且并不可靠的理由——它大约是在自己心底扎下了根基的某种行为吧——就连它也似乎被自己忘得一干二净。现在，既然已经忘却，被这山坳所吸引的、那个自己心底的原有状态，按理说也已经消失殆尽了吧？当我把这种想法，与滋生出来的、怀恋城市的思绪融合在一起以后，便听到了这样的教诲声："你不可以离开这里！绝对不可以离开！"

然而，不久后，我终于难以忍受这种孤寂的生活了。跟舅舅道过别后，我便奔向了母亲居住的那片海岸。信子将我送到了邻村的车站。我在那个种植了向日葵和其他不知名称的野草野花的小小车站登上了列车。随着列车的渐渐远去，信子那古香古色的遮阳伞的茜红色彩，也令人目眩地变得越来越小。在我眼里，那把阳伞永远像个陀螺似的在旋转。于是以往我所看见的各色记忆——比如被我抛掷在雪地上的青色竹筒——在自己眼前持续不断飘落下来的白色花朵，诸如此类并无关联的情景竟像彩虹一般，苦闷鲜明地开始在自己的脑海里梭巡起来。恰在此时，列车发出不祥的轰鸣从铁桥上穿过。不知为何，自己对业已产生的那种眩晕般无依无靠的感觉竟然束手无策。仿佛列车正在不停地驶向一片洼地正中，令我产生一种极为不安的感觉。

母亲带着女佣前来车站接我。我从母亲的脸上，发现了一种不同以往的新鲜感。在我小的时候，老家曾发生过一件不幸的事，导致母亲有两三天不在家。我寂寞难耐了一整天。然而，早上醒来时却发现，本该翌日归来的母亲，已经回到了家中。说不出是喜悦还是惊讶，我以无法自抑的可怕架势向母亲扑去。就在那时我才开始注意观察母亲的面容。分别也不过才两三天而已，可是母亲的容貌，看上去竟恍若别人的母亲一般，不可思议地年轻了许多。更何况那张平素温柔的脸，如今仿佛是在凝视某种即将消逝的虚幻之物，给人以一种战战兢兢的孤寂、兴奋乃至悲伤之感，时而还会令人感到恐惧。我在这种恐惧面前败下阵来。啊，现在的母亲已经不再是以往的那个母亲了。现在的母亲或许就是一个由狐狸幻化而成的女人。或许真的就是也未可知啊。从前的那个母亲不是死了就是被吃掉了吧？此外，现在的母亲或许明天早上就会变成一个灵魂出窍的躯壳吧——这类空想对我而言真是爽快，甚至可以说是美妙至极。不过这种恐惧并不是那种需要向谁求助的恐惧。它反倒让我任性撒娇地向理应是这一恐惧的源头——自己那"不可思议"的母亲寻求了救助。被女儿视为狐狸精而毫无察觉的母亲，只以为还是以往的那种撒娇，于是便遂了我这个小姑娘的愿。及至翌晨，我只是看到了一个与往昔并无二致的母亲。

结合孩提时代的这种回忆，一种想法油然而生——母亲与我之间似乎隔着一道玻璃。于是这种想法便促使我越发向母亲撒起娇来。然而过度的爱，却又使我无意识地希冀能够一下子就将那片玻璃融化掉。在从车站回家的途中，我一边走一边将那个山麓村庄的事情——将舅舅和信子的事，一件又一件不停地讲给母亲听。母亲无法插嘴，只能默默无语地倾听着我的绵绵讲述。母亲边走边从侧面向如此述说的我，时或投来含有笑意的目光，并多次温情脉脉地颔首。它使我觉得：眼前的母亲，已经逐渐变得与原来的那个母亲毫无二致了……

微微飘来的海潮气息，熏染着新换榻榻米的清爽香气。波涛阵阵的海面上方，碧空宛若珐琅一般在远处闪闪放光。母亲似乎觉得正在发呆的我有些孤寂。我则在心里自忖：想个什么法子才能解除她的担忧呢。在我和母亲之间，已经没有任何可聊的话题，这就使气氛更加紧张。当我面向庭院听到身后传来母亲摇动蒲扇的声响后，便在心中制订了一个小小的伺机而动的计划。当我听到摇动蒲扇声停止，意识到母亲正在把蒲扇静静地放到榻榻米上去的那一瞬间里，我猛地回过头来。本打算抓住蒲扇跟母亲说上三言两语的我，在把蒲扇抓到手上以后，却仿佛喉咙里塞了东西似的，一句话也说不出来了。眼下我把母亲刚刚放到榻榻米上的蒲扇抓在手上，而嘴里却说不出话来的样子，该是多么的可憎而又可怖啊！这令人窝心的失策，使我的心境不同以往地粗暴起来。不仅如此，我再次面向庭院，用手中的蒲扇略显粗鲁地扇动起来。当我看到方才伸到自己身子左侧的那把蒲扇时，便觉得心都快要碎了！——俄顷，母亲站起身来走出了房间。我心头的焦躁狂乱，已经变成了难以忍受的悲哀和寂寞。细心呵护培育起来的善心柔肠，也就两三个月的光景，竟如此这般轻而易举令人发疯地被玷污了不成？究竟是何种力量驱使自己走到这般令人难以直视的愚蠢境地呢？……如此这般钻着牛角尖的我，没过多久便尝到了在无形的墙上碰了壁的滋味。让自己就要泪目的心境，说来就源于这堵墙壁，但也可以这样说：恰恰是这堵墙壁，才让自己多少忍受下来将自己搞得犹如一枚池面落叶似的这种头昏脑涨的感觉。

　　与去年截然不同的日子开始了。气候也极为不顺。火辣辣的暑天与闷呼呼的雨天交替而至，仿佛在眼前，展现出了一幅天空与自身为敌的惨不忍睹的战斗场景……

　　自己去往海滨的日子越来越少，每天都过着杂乱无序的生活。要么窝在家里看书，要么往所有的小箱上张贴千代纸，要么就一个接着一个地将法国小偶人的材料组装起来。因为房间里到处都摆满了这类手工艺品，故而母亲取笑我说："你这就像是跑到海边来打零工了。"而且，这还是个阴雨连绵的夏季。某日清晨，母亲给我拍了一张照片。当时的我，正坐在满室凌乱的手工艺品的围城中，脸上飘浮着百无聊赖的笑脸。母亲对我说，这次回东京时，把这张照片带上，让你爸爸看看。我的内心虽然有些愧疚，但尚未强烈到可以使其成为理由的地步，故而并未介怀，只是把那张照片理解成了一句单纯的笑谈——山岸阿姨好像打听过我的情况，前些日子见到母亲时，曾问过我身体状况如何。以往她来我家时，总会跑到我的房间里玩玩，可如今却不再露面。这是她对我的关爱，不愿打乱我的心绪，更不曾向我转达过弓男的消息。此外，自己之所以如此这般地宅在家中，或许就是因为自己担心，一旦离家外出，就有可能见到弓男。

这种日子既漫长又苦闷，真是无聊得很。它就像是一团在自己浑然不觉之间，就已然缠满周身的蚕茧，一种自己无从应对的空气，正在身边扩散开来。我觉得甚至就连那空气，都像蚕茧将再次匆匆走向毁灭一般，正在专心致志地向某种物体的内部靠拢。我蓦地想起了那个从山麓出发的列车之旅。或许我从那时起，就已经对今天有了预感也未可知。提到这种心灵的急迫状，它与入冬后所有池塘的水都会相继结冰相似。自己的心灵之冰，大概也在期盼着那个破裂时刻的到来吧。冷彻骨髓的感觉，正在益发凶猛地向自己迫近。

就在上述感觉快要接近极限的一天，母亲要去看她那个绘画老师的画展，于是顺便邀上阿姨去东京购物。

日历上，今天是宣告秋季莅临的时刻。到了夜晚，令人悚惧的涛声，隆隆作响此起彼伏。母亲不在的家，寂寞得让人绷紧了神经。吃过晚饭后，我来到二楼，坐在外廊的藤椅上。藤椅旁微弱的台灯亮度还算不错，故而室内并未点灯。浑圆模糊的台灯光亮，给人以一种小小魔环似的感觉。整个庭院恍若蓝壶①内部一般昏暗深邃。

我一边倾听晦暗树丛彼侧激越的潮水喧嚣声，一边翻阅着《更级日记》②。与日记中那位秉持坚定信念、为夙愿而坚持不懈的少女相比，我无法不为自己这段时期焦虑至极且又毫无目标的人生感到羞愧。与此同时，我甚至产生了一种迄今为止的郁闷似乎已被自己忘怀于某处的梦幻感觉，并被那感觉牵引着……

突然，从大门通往玄关的石板路上传来脚步声，我不由得竖起了耳朵。仿佛是在奚落这样一个我，挂钟竟悠悠鸣叫起来，紧接着玄关的格子门被打开了。我在某种可怕预感的撞击下，极力控制住自己的心悸，表面上作出并未分神的样子，一动不动地继续阅读着《更级日记》。未几，耳畔传来有人走上楼梯的迟滞响声。我不由得缩紧了身子，来人却是女佣。

"是哪一位？"我急切地问。

"是山岸先生家的小少爷。"

"是吗？你把他领到这儿来吧。"我魂不守舍地说。

刚从乡下出来的女佣，保持着方才的表情，缓缓地走下了楼梯。于是，适才说出的那句傻话，突然像泉水一般渗遍自己的整个身躯。我打算叫住女佣，然而声音却与睡梦中的叫喊无异，脆弱地凋谢了。这样的我，就像是一张吸墨纸。为什么这么说呢？因为让我萌生想法的，毫无例外都是外部的感觉；能够感受到的，便是眼

---

① 盛装蓝色染料水的容器。
② 日本平安时代中期作品，由菅原孝标女（1008—？）所作，是女流日记文学的代表作之一。

下的全部。

耳畔再次传来登上楼梯的脚步声。我保持着原来的姿势，面对着那本书。不知为何，竟觉得自己似乎就要成为一尊永恒不动的雕像。我倏地仰起脸来。弓男已经伫立在自己的眼前。

"晚上好！"他说。

说罢，他便坐在桌子对面的藤椅上。于是我也低声回复了一句"晚上好！"，随即又将视线挪回到书上。我觉得那语言就像是整个世界上最愚蠢的话语。

"听说你去了一趟 A 村？"

"是的。"

"不觉得寂寞吗？"

我将他的话做了别样解读，于是，一边任凭心中冒火一边答道：

"怎么会寂寞？！"

我的话似乎让弓男有些吃惊，他说道：

"因为你是妈宝女嘛！"

"你是在看《更级日记》吗？"他又接着问道。

"是的。"

"你的书好多呀！我只要呆在家里就无聊得很。"

"那就借给你看看吧！"

我来了精神，相信把书借给他以后，他肯定马上就会回家。因为我觉得他一定是孤独得受不了了。我当时并未觉察到自己的怪异——乐见其返回家中的心情，居然达到如此迫切的地步。这或许只是将书借给对方后的一种喜悦……

书架位于房间深邃昏暗的一隅。我想点亮屋内的灯，然而方才明明缓缓关上的电灯，此刻却怎么也点不亮了。我焦躁地扭动着开关，想方设法去旋动那纹丝不动的灯泡，专心致志地做着无用功。因为我觉得这份努力，或多或少能够在这危险的静谧和夜晚中，保护住自己。然而越是着急灯就越是点不亮。方才围绕在身边给人以柔和之感的昏暗，渐渐增加了沉重感和令人窒息的成分。一些红、蓝、银色的微细物体，正在这近乎清爽的沉默氛围中，轻盈地流动。我觉得身后似乎有人。回头一瞧，发现弓男就站在身后近在咫尺处。我无法形容自己当时手的抖动状态……

"点不亮是吗？"

耳畔传来他的问话声。

"嗯。"

弓男从我的右侧绕了过来，将他自己的手伸到灯泡上（当时那隐约可见的白底碎纹布衫，如今似乎依然在我的眼前时隐时现）。仿佛突然遭到了电击一般，我立刻将手缩了回去。弓男轻而易举地就把灯泡抽出，并把它递给了我，笑着说道：

"你看，这不是灯丝断了吗？"

随后弓男便将台灯上的那个不太亮的灯泡卸下并换了上去。接下来他就躬下身躯，专心致志地在书架内搜寻起来。片刻时光里，我茫然注视着他的一举一动，产生了一种附体之物猛然脱落下来的感觉。当那危险的瞬间过去以后，意识才终于回到自己身上。痛苦令我脸色苍白几乎失去知觉，只觉得有一种凶险又令人窒息的感觉，几乎让我无法继续呆在那里。我强迫自己专心致志地寻找着离开此处的借口。就在弓男想要去拿书架上那本厚厚的全集时，我注意到他的袖子不知为何竟奇妙地被划开了。

"那儿怎么搞的？"

我坐在原地，极力使自己的心情平静下来，以不同寻常的尖嗓门问道。

"你是说它吗？哦。"

弓男的脸上浮现出方才似乎已被他忘记了的、看上去很自然的微笑，接着说道：

"在那片枸橘篱笆墙上刮了一下。"

"口子可够大的。"

我终于令人不解地平静下来，好歹说出了这样一句话：

"我给你缝上吧！你等我一会儿啊。"

说罢，我便一溜烟儿地跑下了楼梯。

不过，人的心情这东西，实在是捉摸不透啊。自己刚刚还在搜寻着能够尽量长时间呆在楼下的借口，可终于找到了借口，却连穿针引线这点时间都等不及了。就在方才，去往楼下还是自己唯一的目标，可如今却是给弓男缝补袖子变成了真正的目标。我已如此丧失自我，自己却未能意识到这一点。

将穿完线的针拿在一只手上后，我轻轻地扶着把手登上了楼梯。我看到了位于房间里侧的弓男的脊背。室内微弱的光线，一直照射到眼前的毛坯墙上，令方才他一直坐着的那把椅子周遭沉浸在一片类似于拂晓之际微暗混沌的状态中。刹那间，我感受到一种灯芯即将燃尽般的静谧。从树丛尽头繁星镶嵌的院落中，传来阵阵幽微的虫鸣。走上楼梯后，我身不由己地伫立在了那里……

——就在此时，很早以前观赏庭院花卉时出现过的那种失落感，似乎再次出现在脑海中——大约是与之酷似，故而脑海中才再次闪现出与往昔并无二致的失落吧。不知为何我突然一阵错愕，只觉得方才与弓男近在咫尺时，几乎就要喷吐到自己领边上的那股炙热的气息，如今再次涛声般在耳畔隆隆响起。那危险燠热的晦暗，正在自己身上卷起千百倍令人窒息的漩涡。我再次猛地跑下了楼梯。

我端坐在针线盒前，刻意缓缓地将线从针孔内抽出，为的就是要平复一下自己的心情。我像做梦似的，再次听到了自己胸腔的剧烈悸动声。

俄顷，耳畔传来下楼的脚步声。弓男似乎在女佣的目送下打道回府了。如此痛下决心采取这般待客之道的我，一边感受着不知何时滋生出来的这点可怜的坚强，一边审视自己竟然成为一个如此完全陌生的刚毅女人。

深夜，母亲回到了家中。我急不可待地等候着母亲的归来，目的只有一个，那就是要向母亲汇报方才的事情。我坐到正在解下和服腰带的母亲身旁，仰起脸后立刻这样说道：

"弓男来家了呀！七点左右的时候。"

"噢，是吗？"

母亲的回答，不知为何，似乎说得心不在焉。本打算借助母亲的回答平复一下心绪的我，不得不品味一下绷紧的心头之弦刹那间松弛下来的感觉了。母亲无所谓的问话方式，令我感到遗憾，再说一遍的不自然劲儿，自己亦心中了然……

四

两三天后，收到了弓男寄来的信：

"亲口确认未免可笑，故寄上此信。前几天你下楼后便一去不返，此事令我介怀。我觉得自己似乎说了什么惹你生气的话。请你笑话我这个居然为此事而神经兮兮的人好了。我只是想知道，是因为我说了什么不该说的话，还是因为别的什么原因？请回复我。"

——我觉得上回发生的事，因为这封信，就像春天的薄冰一样消融了。于是我打算立刻回复弓男。我甚至都神清气爽地坐在了桌前。但就在自己意欲执笔之际，却又打起怵来。心里想着动手写明信片，却又担心被阿姨看到，于是便拿出邮票和信封看来看去。然而，将信封封死的恐惧感，却早在尚未动笔之前，便已经向自己袭来。这种犹疑立马给方才的神清气爽蒙上了一层阴影。若如此这般一动不动地呆在原地，则只能毫无意义地越发消沉下去。我再次轻而易举地回到了方才那种一直自认愚蠢的心境中，拿着信走下了楼梯。母亲将画布立在庭院内，正在那里写生。

"弓男来信了呢！"

"是吗？"母亲若无其事地回答。我担心事情又会变得像上次那样，于是便勉为其难地打起精神说道：

"您不读读吗？"

"是写给你的吗？"

"是的。大家住得这么近。"

我打算用这句话撩起母亲的兴致。

"好嘞！"

说罢，母亲便用沾满了颜料的指尖，令人担心地捏着信纸边儿，接过了仅仅一页的信笺。她的嘴角露出些许笑意，随后便逐行扫视起信件来。读罢信后，她默默地把信还给了我，开口说道：

"这叫啥事儿啊！"

"谁让他在我一个人的时候来家了……而且还来得那么晚！"

"所以你就跑到楼下去了？"

"嗯。"

"可真够差劲的啊！康子……"

说完这话，母亲放声大笑起来。我觉得当时母亲的脸上，泛出一抹从未有过的青春光彩。不过自己的心底，却已经充满了被当作小孩子对待后的不服气心理，和意欲责难母亲轻率举动的想法。

"你回信了吗？"母亲问。

"没有。"

我这样答道，只觉得莫名的茫然无措的心情逼着我不得不品尝到一种奇妙的滋味。我用一只手拿着那封信，吃力地转身背对母亲。于是，令人目眩的夕阳光线，便从正面松林的上方，朝自己的脸上射来。我异常坚毅地忍受着那道笔直射来的强烈光线。这期间，正如接触到烈性药水后，感光玻璃板的表面就会渐次显现出画面一般，我的脑海里渐渐呈现出一种迄今为止自己从未思考过的崭新图像。它使母亲倏然展现的不可思议的年轻样貌，看上去是那样的清晰夺目。母亲那充满朝气的微笑，难道不正是一种含有微妙力量的表情吗？它在告诉我：母亲通过她自己的直觉，已经意识到女儿发生了脱胎换骨的变化！母亲那令人心醉的美丽瞬间，将成为使自己面貌一新的诱惑力。为了再次温柔地看看那样的母亲，自己已于不知不觉间，将身体转向了面朝画布伫立在那里的母亲的背影。

慈　善

就这样，又开始了永无止境的日进三餐。诚如某位俄罗斯诗人所写："展现在我面前的，是一连串没有止境的果腹进餐。"这简直就令人难以忍受！但是，战争结束返回家乡以后，为了这一连串永无休止的果腹而工作，如今反而刺激了他的冒险心。于是复员不久，水野康雄就匆匆在大学暂且挂了个学籍，随后便进入某火灾保险公司，当上了一名跑外业务员。从某种角度讲，他已经是一个可以适应各种危险状况的人了。因此，如果说还有什么新鲜事物能够刺激并激励他的话，他以为也就只有那些他尚未熟稔的"绝对安全""安全无误""安全第一"等，与安全有关的标语类了。不过入夜以后，他就会去参加往昔一起弹奏吉他的学友组织的爵士乐队演出，过着一种到各处舞厅走穴赚钱的别样生活。因此夜晚的他，仍然是以往的那个他。从中学时代起，拥有战前公子哥气质的他就尝到了玩女人的滋味，因为轻薄，故而能在女人面前不断开出纯情又机智的荤段子。在那个社会圈子里，他被身边的年轻伙伴们推崇为老大。而康雄白天的生活，即那个并不适合他的跑外业务员生活，也只能被认为是源于他的好奇心或心血来潮。这一干人等的天性，令他们压根儿就无法在行为的动机中，寻找出本质性的东西。

战后流行的各类美国风潮——鲜艳的花纹领带、花格子双排扣西装、奇异的发型或粗大的戒指——这些流行物和日本人的早熟面孔并不般配，但却与他的容貌和体魄没有违和感。虽然如此，却也还是令人觉得哪儿有那么一点点的不协调——他就是具有这样一种特质。这种特质，大约来自其与罗马人相似的鼻子和冷漠微蓝的双眸，再就是他所拥有的微黑皮肤，以及具有挑逗肉体欲望的、肉感厚重的脖颈。笔者绝无刻意追寻其血统之念，只是从其容貌上能够窥出，他与流行之间存在着些微的不协调。被称作"流行"的这一现象，总是要求先摆脱流行本身，而后才能够形成。如此说来，其身上拥有的这种微妙的不协调，或许恰恰正是流行本身也未可知。

生于优渥之家的他，几乎是在见不到爹妈的情况下长大成人的。父亲在被开除公职之前，另有两处住宅。母亲则有两个情人。姐姐未婚时，每周都要让男性朋友拎着皮包到外地去旅游。当大家凑在一起吃饭时，父母也好姐姐也罢，全都交谈甚欢无忧无虑，毫无内疚的阴影，且脸上总是泛着理想的明朗神色。为了迎合这种真切的、洒满阳光的家庭氛围，康雄也必须配合大家做出一件违背道德的事。与女孩子的初吻，发生在他十六岁的时候。当他把这件事偷偷告诉姐姐时，姐姐虽然满脸认真地向他保证，绝不会告诉任何人，但还是在吃饭的时候，把这个秘密向所有的家庭成员做了披露。于是父亲夸赞他干得漂亮，母亲那边则笑弯了腰。年幼的妹妹和弟弟，放下手中的筷子，对哥哥瞠目而视，还以为他的代数考试破天荒拿了一百分呢！

然而，康雄刚一步入青年时代，心底便迅速萌生了对他人进行攻击的精神欲求。结果便是比他人先行一步，倨傲地看破红尘，认为将行为正当化，便是思想的实用价值。战争开始后他发现，青年人全都踊跃参战，故而再也找不到比这更合适而且充满朝气偏离常规的谛观了。若问为何？因为只有这种谛观，才能将放荡和战争置于同一条线上。他以学生的身份加入海军，且表现勇敢。

——战争结束了。巨大而辉煌的失望！事实使他第一次深切地意识到，自己有必要进行一种新的思考，那就是无论如何都不去使自身的行为正当化。作为前提，他有必要去找出一个无法使之正当化的行为。也就是说，要通过那个行为，反过来对那个思考进行探索。——比如，像小孩子所做的那样，为了确认自己的叔叔是否真的爱发火，先把叔叔公文包内的重要物品偷出来。

他的生活充塞着某些琐事缠身的忙碌。由于女人对生活的介入，人会变得爱上繁琐。男女关系从某种意义上讲，就是一件非常机械式的乐事。

康雄每天早上八点醒来。在八点这个庸俗的时刻醒来后，世界看上去单调且平安无事，这令他感到愉快。早上权且按时上班，之后便是一成不变的跑外业务，故而总是利用拥挤的东京都营电车前往 S 站。上车后他必定会凭依右侧的窗际而立。当电车驶过一座名叫 Y 桥的小桥时，他便会将身子从车窗内向窗外探出，将目光投向对面高台的上方。那里是一片遭到焚烧后残留下来的高台住宅地。绿叶掩映下的一座座小巧房舍欢声迭起。在这片住宅区内，有一座外观并不怎么漂亮的二层小楼。可以看到，二楼的遮窗板只有一扇并未收起。这扇遮窗板，虽然半隐于庭园树木的荫翳里，却仍然是一个轮廓鲜明隐约可见的标志物。上班高峰时刻，忙碌的电车转瞬就会驶过高台，一瞥过后，那扇遮窗板便再难寻觅。

——大约十天前的一个过午时分，他带着续签保险合同的任务，造访了那户窗外安装了遮窗板的人家。出来开门的夫人，居然是他十八岁时的女友。他一家与她一家每年夏季都会在海水浴场上邂逅，某日黄昏，两人单独散步时顺便来到了那个海岸边。他们脸对脸，双腿交叉地荡起了同一架秋千。因他用力过猛，导致年方十七的她，浴衣下摆完全张开。他的裤子碰到了她的大腿，疼得他直皱眉头。于是她便做出要从秋千上摔落状，突然用双手搂住了他的脖子。然而，他当时真心喜欢的，却是一位年龄稍长的傲慢女人。故而与《达夫尼斯与赫洛亚》①中类似的那个十七岁女孩之间的恋情，也就仅限于那个夏季而已，过后就被他忘在了脑后。

年轻的夫人以狐疑的目光，目不转睛地打量了眼前这位朝气蓬勃、穿着得体、既时髦又高傲的青年许久。能够用事务性的眼光凝视男人，这是已婚女性的特权，是一种最适于公私混用的特权。

接下来她便以人妻身上常见的那种慵懒而自甘堕落的语气，向康雄畅叙起阔别之情。或许是体态丰盈之故，其穿戴不知为何总给人以一种邋遢的感觉。他知道，这种邋遢与艺妓束紧身躯的穿戴方式相较，含义恰恰相反。这是一个对丈夫忠贞的证据。这种邋遢或不修边幅，与她现在的年龄并不相符，因此身上便散发出一种老成少女般令人痛惜的美。但当她客气地说出"屋里乱七八糟"，并将康雄让到铺着榻榻米的客厅里以后，望着对方为了沏茶而起身离去

---

① 古希腊晚期作家朗戈斯的田园诗式爱情小说。

的身影，康雄竟突然联想到，对方那看似倦怠懒散的举止，或许正是因为她担心自己的矜持会再次被我损害，故而于不知不觉中采取的一种自卫手段呢。

从客厅边缘一直到阳光房似的宽檐廊上，晾满了夏季服装。都是一些明石绸、平织纱罗、大岛薄绵绸以及乔其纱类的衣物。樟脑和衣物发霉的气味，反倒使新鲜而又强烈的夏季日光以及夏季的芬芳在心底复苏了。然而，定睛一瞧，只有寥寥可数的几件男装，被虐待般丢在房间一隅。独享晾晒效果的，只有那些她本人的衣物和华美的女性饰品。女人无意识地沉迷于自我的瞬间，按理说是危险的。她的丈夫难道就不能从这些晾晒物的些微表象中，做出某种预知吗？康雄又转回到方才的思虑中——她在十七岁的时候，就已经有过那种经历了。而只是为了糊口，就终日里忙忙碌碌，却并不知道一个本应知晓的理所当然的前提——这种不幸令他人都跟着心焦！

果不其然，她在端来茶水在桌子对面落座以后，聊的话题始终只有一个，那就是她如何如何的幸福。而且她本身的幸福分析法，也不可思议地令听者产生了一种其心术不正的感觉。

太阳被遮掩住了。晾晒的衣物看上去有些晦暗。

"啊，该把衣物收起来了。"

她老气横秋懒得动弹似的说道。幸福的话题如罪过一般令人疲惫不堪。对她而言，似乎并不清楚自己心境一直微微不爽的原因。于是便婉转地寻找着收拾衣物的机会。她明知眼下的阴影，不过是云朵瞬间掠过的结果而已。

康雄拿着皮包站了起来。她并未过分挽留。两人一边向玄关挪动脚步，一边看着庭园一隅树荫下，在微风中不停摇曳的一架小小的儿童秋千。

"还有秋千呀！"

"是这栋宅子的前房主置办的。一想到我们早晚也得要孩子，就这样保留下来了……"

"是儿童秋千呢！"

她将康雄故意做出的随意笑靥理解成了挖苦。于是作为回应，嘴边泛起一抹看似经过些许努力才生成的微笑。这种给人以寥寥倦怠之感的努力，几乎无疑就是这个女人无意识的意气用事而已。但不知为何却让康雄产生了抵触情绪。他想要极力顶撞一下对方。他在走廊中间回过头来。这不过是一个处于近乎恍惚状态下的并无意义的动作，却因其身材伟岸，只要站在那里，别人便无法通过。

"忘了什么东西吗？"

说这句话的时候，她的声音始终是平静的。但随后便突然从肩部开始，整个身躯全都笨拙地僵硬起来，一直僵硬到了脖筋。她俯视着脚下，用双手拼命地将康雄的躯体推向玄关。一边推一边喊道：

"不行……不行……听我说……回去！快，回去！……求你了！我会痛苦的！"

一种宛若朗读似的呆板的滑稽腔调。康雄以某种既非愉快亦非不快的固执情感，倾听着对方这种冒失的先行告白。他觉得她那夸张的举止，仿佛是在荒谬绝伦的远方做出的，随后被不合情理地扩大后，映入自己的眼帘。

他错开了自己的视线。并且遵从着她手掌的强制命令，向玄关方向走去。羞耻促使他加快了脚步。而另一方面，他又在内心再三坚持着自己的观点——该羞耻的并不是我呀！他在心中暗忖：她的羞耻已经令人困惑地附体于我的身上。

然而情欲却强制性地迫使二人自然而然地表现出了行动上的默契和谐。当康雄来到玄关后，他发现自己竟然和女人同时坐到了摆放在三铺席大房间墙边的长椅上。难道他不应该毫不犹豫地走到台阶板那里，并穿好鞋子吗？——当他坐到长椅上以后，这才发现自己的手上还拿着公文包。皮包的重量感重新回到了手指上。在这种场合，即便只是上述微小的忘却，亦足以挫伤他的自负心理。

他满脸不悦，手里依然拽着已被他平放在椅上的皮包，眼睛直勾勾地盯着门口的方向。

"真是岂有此理！我的回头一瞥，并无任何意思。自己根本就没有要对这种女人出手的打算。是这个女人自己随心所欲地产生了误解。因为误解，这才信口开河地表白了一番。我嘛，说来我就是个保险公司的业务员。可是自己居然连手里拎着公文包这件事都给忘记了。好可悲啊！"

玄关处镶嵌着白色磨砂玻璃的拉门映入他的眼帘。在拉门的对面，理应有一个狭小的庭院。树荫纹丝不动地洒下纤细的影子。一只小鸟发出笨拙的鸣啭，身影落在了玻璃上。

秀子突然以只有在快乐的一瞬间才会发出的、放肆的高嗓门儿喊道：

"太危险了呀！我们差一点儿就要做出傻事了不是！"

她的眸子，因为这扯开嗓门洋洋自得的自我满足而湿润了。这真让康雄忍俊不禁。此时的女人面孔，就像是一只填饱了肚子的猫。于是他靠近长椅，精准地感受到了将身子凭依在他肩头的秀子肩膀的重量感。他把手绕到了对方的肩上。

"你要做什么？"

秀子扭过脸去，远远地死盯着他，眼神里毫无惊诧之色。

她的丈夫是一个死板的男人，以循规蹈矩的生活为信条。早上走出二楼的寝室后，就不会再次回到楼上。在楼下的餐厅里草草用过早餐后，他会比康雄早一步赶往公司上班。利用丈夫的这个习惯，秀子想到了一个给每天早上乘电车经过坡下的康雄传递信号的方法。通常情况下，秀子会在丈夫于一楼看报的这段时间里，打开二楼的遮窗板，并在丈夫上班后打扫二楼的房间。如果将打开的遮窗板留下一扇，岂不就可以将自己今天方便与否的消息告知康雄了吗？当一扇遮窗板被留在中间时，表示"我在等你"；如果有一扇遮窗板未被打开并且连着板窗套，则意味着"可以待一会儿"；如果整套遮窗板全被收入板窗套，那就是"今天不可以过来"的信号。

五月的阳光太过明亮，使人的皮肤产生了一种发了霉似的、色彩绚丽的毛织物一般的感觉。那天早上，不知为何康雄的心头有些沉重。他在 S 站下车后，走在通往保险公司大楼的路上时，看着将街道明快划分开来的日光，使他产生了一种与"确凿性"所赐予的不安相似的感觉。他在想：这叫什么事儿嘛！当他从保险公司细长的科林斯柱式圆柱旁走过，抬脚迈上两三个石阶后，他做出了如下解读：倘若今天也按照那扇遮窗板所给予的信号前往她家的话，与以往相同的那个行为，笃定会在那里等候着他。这便是事实的确凿性。这一确凿性打今晨起，就一直使他内心郁郁寡欢。他只是在第一天，品味到了真正的欢悦。这个战争年代的孩子，已经失去了平素的正常生活，习惯了"星期日以外禁止出行"的规定。也正因此，战后的日常生活便唤起了他的冒险心。当他屡次发现，就连不道德的事，也同样存在于日常生活中时，便大梦初醒似的愈加感到败兴。针对理想不被正当化之行动的决心，也似乎拜上述发现所赐，变得钝化了。每天早晨上班后，都是同一张煞风景的办公桌在等候着他。与之相似，只要他按照那个信号前往，等候着他的，便永远是一成不变的美味佳肴。这令他难以忍受。只要他去，就笃定会有那个在那里候着他。他对这一定理已经疲于应对。

那日的幽会，他第一次爽约了。转了三个地方以后，他回家睡了一觉，并于六点钟前往他常去的那家舞厅。他将黑色的钢弦吉他盒夹在腋下乘上了电梯。距定好的康雄等人乐队的集合时间还有差不多半个小时，故而乐队的伙伴们均未到场。这是一支由吉他、长号、小号、次中音萨克斯、鼓、低音提琴、钢琴演奏员及歌手共十人组成的乐队。隔壁的探戈乐队正在演奏，乐声令人不快地飘逸到休息室里。椅子数与人数相比总是缺一个，捞不到椅子的那位，便会坐在圆桌上。这已经成了一个惯例。在交换乐队的半小时里，乐师们便东拉西扯地侃大山。

康雄在被香烟灰弄脏了的圆桌上坐下，一边满脸认真地查看乐器，一边时不时地将视线扫向下述景观——房间墙壁上依旧悬挂着去年圣诞节留下的锡纸吊钟及彩绳，上面布满了尘埃。薄暮中被战火焚烧后残留下来的楼房透过窗子映照在镜子里。隔壁奏起了伦巴舞曲。摇动响葫芦的声音尖锐刺耳。

就在此时，歌手走进了这个房间。她一身西式穿戴，显得十分得体。走起路来昂首挺胸，恍若一只精力十足的水鸟。连衣裙外面罩着天蓝色毛丝鼠皮披肩，长着一个任凭谁，都会想着上去捏一把的、并不十分显眼的双下颏。那白嫩的皮肤、那些微的皱褶及富有弹力的绷紧状态，还有那沁入肌肤的冷艳光泽，所有这一切，都让人觉得她身体的特长似乎全部集中到了下巴上。

"哎呀！今天您怎么来得这么早？少见啊。"

"没约会成，被人给甩了呀！"

"说这种掉价的话，反倒让人恶心哟！"

两人如是交谈着。说话间她的身子已经隐没在更衣室里。方才那活泼的声音和肢体动作，就像她把烟头扔到烟缸里离去后烟头冒出的烟雾一样，暂时在室内沉滞、飘荡。这位唤作朝子的姑娘，通过经纪人的介绍，从 L 乐队转入康雄等人的乐队已经有三个月了，却从未发生过那种在乐队女人身上屡见不鲜的事件。康雄曾有所耳闻，说是在她以前呆过的乐队里，没有哪个乐师未与她发生过关系。然而乐师与歌手之间如果不发生关系，那反倒不可思议了。乐队经常去外地演出，自然就会产生机会。女人如不尽快找个归宿，有时就会影响演奏的和谐，反倒会成为一件令人困惑的事。之所以如此，是因为就一般乐队而言，乐师虽有妻小，但却仍然好色，此乃职业特性使然。而康雄等人的乐队，乐师们全都年轻有教养，故而未与朝子发生绯闻。本来朝子身上早就有过此类传闻，可来到这个乐队以后，居然处处小心谨慎。这便令所有人都感到不可思议，不知道她内心打的什么算盘。是因为觉得大家都是公子哥，故而难入其法眼？还是做出一副老实状，打算从中遴选夫婿呢？想来只有这两种可能，非此即彼。可即便如此，朝子却又故意似的，要么在乐队里最年轻的学生面前，撩起裙子调整袜带；要么就每晚让乐师们轮班送她回家。而且还真就没有哪个人让她属意。是否真的没有人被她相中？似乎无人知晓。不过这个人数寥寥朝夕相处的年轻人圈子，相互间就对方的风流韵事全都如数家珍。即便通过眼神，相互间也可以把握住对方生活的大致内容。若是与谁搞在了一起，瞒是瞒不住的。

　　耳畔传来惨叫声。紧接着便是物体倒下的声响。康雄立马有一种直觉，这惨叫并非那种恨不能响彻云霄的悲鸣，惨叫声中含有试探外界反应的主观意识。然而他已经勇敢地开始行动——他扔掉吉他飞奔到了更衣室里。这种行为与在部队时的反射作用并无二致，当听到长官的怒吼后，在尚未搞清是否针对自己之前，身子会先死死地站定在那里。说是更衣室，其实里面只不过是放置了仅供五个八点上场演出的舞女进行化妆和更衣的设备而已。两张梳妆台并排摆放，朝子也可以使用其中之一。进去一看，只见椅子倒在了地上。朝子只是穿了一件女式贴身衬衣，背靠墙壁从远处怯怯地望着梳妆台上方。

　　"究竟怎么了？"

　　"蜘蛛呀……有蜘蛛！"

　　作为悲鸣并非虚假的证据，她的脸色确实一片苍白。

　　"在那儿呢。掉到白粉盒里了。"

　　备用的白粉盒中，一动不动地俯卧着一只毛茸茸的大蜘蛛。康雄用手一碰，蜘蛛立刻慌乱地在白粉中扑腾起来。他顺手将旁边的纸折叠起来，利用那道折痕将蜘蛛抓住。一种出乎意料的硬疙瘩似的感觉传导到手指上。此时的蜘蛛拼命挣扎起来，试图从康雄的手指上逃走。溢出的白粉，差点没呛着小心谨慎地将脸颊贴近白粉盒的康雄。

"是扔掉呢，还是留着明天做菜吃？"

"讨厌……哎呀，你讨厌！心眼儿真坏！"

朝子像个孩子似的做出了自以为是的判断。她以为康雄势必会戏谑地把蜘蛛硬塞给自己，于是便耸起裸露的肩头准备跑开。她那近乎滑稽的认真面孔，使康雄突然想起了在走廊上一边推他一边说"不行……不行……"时的秀子的表情。他突然变得残酷了。

也就是一两秒钟的光景，两人站在那里，相互间怒目而视。当我们玩游戏时那种在面孔上倏忽一闪后就会增加游戏趣味的原始憎恶，以令人目眩的速度在两人面前一掠而过。

"你傻不傻呀！"康雄笑出声来。随即又接着说道："瞧你那眼神儿，好像要把人吃了似的。"

"搞恶作剧！你真是的。"

康雄背对着朝子，将裹着蜘蛛的小纸包从窗口扔了出去。这时他发现：三个拎着乐器盒子的人，正走在那条通往这座楼房背面行人稀少的废墟路上。三人都是乐队的同事，乘坐都营电车上班。走那条路是为了抄近道。康雄急忙离开了窗际。然而毫无疑问，他的身姿已经映入那三人的眼帘。

别的不说，聚在一起的，都是对恋情嗅觉敏感的小青年。他们不可能将康雄身子一闪从六楼扔出纸包的窗户，错看成是休息室的窗户。等他们进屋后就会发现，先到的伙伴只有康雄和朝子二人，而康雄方才所站的位置，便是更衣室的窗际……就这么回事而已嘛！康雄改变了主意。他心想：如此一来，我就不得不去追求朝子了。而且必须把她追到手！即便她实际上不止一次地拒绝过别人。可被人看到了追求现场的蠢货，却只有我一个人呀！既然如此，自己便没有其他选择，只能成为第一个成功者了……

尽管这种粗暴的决心，也不过就是在对朝子始料未及的感情倾斜度上，事后附带的一种遮羞辩词而已。应该说他再度陷入到了一种简单明了使行为变得正当化的思考海洋里。符合年轻人身份的虚荣心，虽屡屡将人从如此浅薄的动机引向近乎恶俗的行为，但恶俗本身却无论如何都不会将人引向不被视为正当化的行为。恶德的虚荣心，会对恶德本身设置障碍。若要保持"灵魂的纯洁"，至少对青年而言，较之美德的虚荣心，恶德的虚荣心更为奏效。

他在计算时间。计算那三人抵达门口、登上电梯来到六楼敲响这扇门扉所需要的准确时间。

他扶起倒下的椅子让朝子坐下。朝子顺从地面朝镜子坐了下去。若从镜子里被看到，那就是男人的失败。

"我知道您在想些什么。有话要对我说是吗？"

"嗯。"

"今晚能送我回家吗？"

"嗯。"

朝子从镜子里回过头来，从正面仰视着康雄的脸。她的脸上浮现出对自己的歌曲感到满意并陶醉的、小孩子般令人难以亲近的表情。她眉头颦蹙，嘴角飘逸着一抹似乎心术不正的紧张感。康雄发现，对方那含有不可思议的纯洁敌意的眸子，此刻眼帘已经低垂下去。任何男人看到了都会觉得一旦那眼帘低垂下来，便是万事俱备了。

"真的吗？"

他好歹才憋出这么一句话来。

"真的哟！"

朝子回答。

几十分钟后，这位康雄坐在舞台的小椅子上，一边弹奏他的钢吉他，一边隔着乐谱架，眺望正在唱歌的朝子那柔美暗淡的裸背。他觉得这个女人似乎全身到处都布满了酒窝。而这种女人却往往脸上没有酒窝。

他的冒险，如此这般地到处都触碰到"确凿无疑"这堵墙壁。这难道不矛盾吗？他难道不是在确凿无疑中寻求冒险吗？对于难以被认可的行为的欲求，唯有这略显怪异但却困难的冒险心才能够予以满足。不是吗？

他或许动辄就犯下了方法上的错误。他只是在恶德中寻找那种无论如何都难以被正当化的行为。这或许错了。如果在恶德以外的地方寻觅，这堵确凿无疑的墙壁就会破裂，针对确凿无疑的冒险，或许就会成为可能吧。

当康雄想到，秀子每天早上都是如此这般毫无意义地重复着开闭遮窗板的行为时，一抹存于恶德中的百无聊赖感，就会向他袭来。事实上他与朝子的私情，已经让他更为深切地体验到了恶德带来的欢愉。两人的这种关系，并未招致局外人过多的妒忌眼神或社会舆论的谴责，反倒是充满了违背道德行为的欢愉。难道道德感也是由快乐的深浅来决定吗？似乎并非如此。与朝子的关系所带来的快乐，好像来自背叛秀子的意识。如此看来……康雄自忖：或许自己就是在如此这般奇妙地兜了一圈后，仍然爱着秀子呢。

——康雄从母亲那里得知：在他外出的某一天，秀子曾来过家里。她给出的造访理由是：她那天来这一带办事，看到了战火焚烧后残留下来的水野家，出于怀旧便登门拜访了一下。她通过这种方式，探明了康雄并未得病，而且每天都继续按部就班地过着正常生活的事实。四五天后，她寄来了一封冒充男人名字的信。

"希望这个星期四，能在上野的 N 酒楼见上一面。这样也就可以避免我老公上班后在家里见面时那种战战兢兢的屈辱感。只见这一次即可。如果想分手的话，就请你来当面告诉我。"

——没想到一封能令人忆起她的夫人状、语感倦怠注释颇多的信，竟会是这样一种文风。

星期四早上，康雄和以往一样，在都营电车的摇晃下前往公司上班。电车驶过 Y 桥后，便来到可以仰望高台的地方。那是一个与最近数日极为相似的日子——阴郁的天空仿佛在预告梅雨即将到来。当他看到这阴沉的天空后，便觉得什么人的习惯、旧习陋俗以及规则之类的东西，会不会就是从那里掉落下来的呢？这阴沉的日子，与其他阴沉的日子如出一辙。说到什么相似，人类世界里绝没有这般相似的东西。人忍受不了这种残酷的相似。

来到高台以后，每天早晨抬头仰望那里，已经成为一个应该令康雄讨厌的习惯——最为高贵美丽的"忘却"作用，总是与最为丑陋愚蠢的"习惯"作用连接在一起。没有比这更不合理的了。遮窗板因日而异，时而意为"我在等你"，时而意为"可以待一会儿"。看到这些标识后，康雄就清晰地意识到了自己在她生活中所占有的位置。康雄确实填补了她的空间，但如此眺望过去后，他便觉得那个空间如果不被自己填补，秀子也完全可以在不被填补的状态下度过那一天。这就好比半开玩笑地调教某个孩子玩恶作剧游戏，暌违一个月再来看时，发现那个孩子依旧在玩那个游戏。他用看到上述情景后产生的那种自我厌恶的心情，眺望着每天早上遮窗板的变化。因为是遮窗板，所以问题变大了，内心才会受到如此这般的伤害。倘若那是一张扑克牌，结果又会怎样呢？丈夫不在，年轻的太太独自玩游戏，大约既不会有人责难，亦不会有男人窥视吧。她绝不会看着符咒一般立在桌上的一张红桃 A，在心里边期盼着男人的到来。看着红桃 A 的只有她一个人，除了她以外没有人在看。如果她相信有人在看，并会按照那个标识，为了短暂的幽会而飞速赶来的话，那就是迷信。如此看来，又有谁能说每天早上立在那里的一扇遮窗板不是迷信呢？

之所以不得不采取这样的拒绝方式，或许正是因为康雄的心未能彻底残酷起来。他觉得自己再次通过那扇遮窗板，看到了秀子那张经过些微努力后勉强挤出的固执笑脸。他觉得自己看到了一个相当年轻的女人，穿着和服略显放荡地在玩一个人的游戏，以及她那形单影只的漫长白昼和时或一人独处的夜晚。这种明显孤独的生活，在渴望康雄的同时，实质上又拒绝了康雄。将康雄完全嵌入这种生活的想法，与其说是为了康雄自身，不如说是因为秀子才令人难以忍受下去。就这样，他每天早上一边关注着那扇遮窗板，一边在心中自忖：今天可是该去一趟了。于是便毁掉了早上睡醒后的那个决心。而夜晚的他大都是与朝子共度时光。朝子的身体一到夜晚，似乎就令人堪忧地变成了一场开始燃烧的不可思议的森林火灾。

——然而康雄星期四早上，通过电车车窗眺望到的那栋房子二楼的内部状况，因为正赶上阴天，故而未能看清。不过遮窗板一扇不留全部收起，看上去倒煞是清爽。这种情况以前从未有过。如果从信号的角度考虑，那就应该是"今天不可以过来"。然而它已经不能再被视为信号了。她的身上出现了某种转折点。二楼大约跟举行丧事的房间无异，清澈而空荡吧。她外出了。

于是，时或造访康雄心田的那个富有灵感的突发性决心再次出现了，并促使他履行了直到刚才都不想履行的于白天在 N 酒楼见面的约定。

N 酒楼并非远近闻名的酒家。不过附近倒是有一家颇为有名的酒楼，但因受到战祸的影响，只好像经营副业似的维持着店铺生计，将总店迁移到了寿喜锅店内。即便接到饭店一律歇业的命令，N 酒楼也还是以出租场地的名义维持着经营。针对熟客，酒楼也会提供酒水饭食；对交情笃厚的顾客，酒楼则会视为自家人予以留宿。于是店内便渐次飘逸出可疑的氛围。在情侣房的壁橱内，不经意似的放着房事用具。秀子与这家酒楼老板已出嫁的闺女，曾就读于同一所女子学校，她经常应邀来这里，所以正好为己所用。

康雄泰然自若地被引领到秀子的房间里。他的本事就在于与女人邂逅或别离时，绝不会装腔作势或拖泥带水。他早就晓得：在这种情况下，采取事务性的态度最具魅力。能够如此这般随心所欲玩弄自己感情的人，是最具备恋爱资格的。在这一点上，它含有现代世界无法随心所欲的妙趣。当然，另一方面，它也是将随波逐流的自己视为主动拼搏的自己——一种仅仅借由这种正确的固定式误判组合而成的、明快而又毫无误差的世界的妙趣。因此，不自觉的人，也完全能够在意识到了一切的错觉中生活。针对这一错觉亦然，因为他永远都不曾自觉，故而他笃信的那个自己"已经意识到了"的意识，最终便形成了一种纯粹架空的形式，结果便是他虽再次做出拼搏状，实则随波而去⋯⋯

秀子将身躯转向走进室内的康雄，并匆匆地将坐垫让给对方。她的脸上一扫以往那种看似倦怠慵懒的神情，那种倚靠什么生存似的安心感所带来的自甘堕落的样子。一副正襟危坐的凛然态度，甚至都表现在了她的衣着穿戴上。俄顷间，不贞就把她变成了一个精悍的女人。缄默无语时的她，看上去十分有威严。

"你是打算和我分手的，对吧？看你那眼神儿我就知道。"

这是只有怯懦的女人，才会采取的先声夺人策略。突然受到这种劈头盖脸攻击的康雄，毫无惊讶之色。不可思议的是：在这一瞬间里，今晨在心里嗫嚅过的那句独白"或许自己⋯⋯仍然爱着秀子呢"，此时竟变成了一种麻木的确信，并阻止了他的惊诧。被阻止住了的惊诧，使得他有时间意识到下述事实——那已经硬化了的爱的确信，实际上无非就是他自己怯懦的铠甲。他怯阵了，想辩解几句。

"你不要说了！我绝不会像一个傻女人似的难为你。你不要做解释或是力图说服我了！"

她的声音有些颤抖。尽管在努力控制自己不要哭泣，下唇却已然抖动起来。不过她觉得如果取出手帕，自己似乎真的就会哭出声来。这想法使得她没有掏出手帕。她觉得掏出手帕这件微不足道的事很麻烦，于是便像品学兼优的好学生似的，举止端庄地将十根手指齐刷刷地放在了桌面上。因为是在饮泣吞声，所以连她自己都不曾意识到，她的表情看上去顽固得令人难以接近。

面对着这样一个戴着假面具似的女人，康雄一边喝着端来的酒，一边想象着每天早上费尽心机琢磨遮窗板开闭的这个女人令人恐怖的专心致志的脸。她被描绘成了一副凄惨可怜的样子。当然，康雄并不是一个能把那副可怜状当作自己的可怜状反复品味的男人。在因天气转阴而彻底变白了的柏油路的彼侧，有一泓唤作 S 池的池塘。秀子一边时不时地将悲伤的目光投向那灰蒙蒙的池塘，一边对康雄说，她打算从明天起，就和老公分居一段时间，回到老家去。和康雄交往以后，她清醒地意识到，自己并不爱自己的丈夫。若继续自欺欺人地和他一起生活下去，结果只能是既毁了自己也毁了老公。这就是她毅然决然做出分居决定的理由。但是，将如此坚定的决心付诸行动并且毫无悔意的这个女人，居然自己提出了"分手"，这到底是意欲何为呢？事到如今还有必要因为惧怕矜持受到伤害而先下手为强吗？康雄在诧异的同时，无意识地对秀子的身体产生了下述空想——秀子穿着一件他曾在那日晾晒的衣物中见过的、色彩绚丽的夹和服。胴体在正值梅雨季节潮湿闷热的空气里，显得十分成熟。她的肌肤上，似乎飘逸着一抹郁闷而又纠缠不休且势头越来越猛的甘美芳香。康雄的脑海里，毫无缘由地再次接连浮现出从那些晾晒衣物上散发出来的樟脑味和霉菌气味，以及复苏于心头的强烈的夏季之光。这期间，秀子一边唠叨，一边一点一点地将身子靠近康雄。原本坐在桌子对面的秀子，不知何时已经和康雄膝盖碰膝盖地坐在了一起。

康雄突然鲜明地感受到一股被对方膝盖压住了自己膝头的力量。压着康雄的秀子，以佯作不知的表情低头说道："为了分别，就最后再吻我一次，这总该没什么不可吧？"她自以为说得很坦然，康雄却完全听懂了蕴含在她这句话里的赌注。从方才一直延续到现在的那种虚假的分手态度，也全都是一种欲擒故纵的套路。她寄希望于这一吻，并认为可以借此彻底挽回一切。她像两人在海边跃入水中时那样，用她那白皙的指头扣住了康雄的手指。十指相扣，长吻伊始。事实是：这是一种刻骨铭心的吻。就像少年和少女一样，两人并未感觉到自己是在犯罪。这种实感毋庸置疑。

然而，令康雄感到无以言喻之不快的，就是这种天真无邪的感觉。康雄以一种想要用酒清洗嘴唇的样子，迅即把酒杯端到了唇边。看到这一幕后，秀子的脸色一片苍白。

"你干吗急着喝酒？不满意吗？"

"不怪你。"

——康雄用这种场合常用的套话推诿着，心底涌动出一股激情——那我就把实话全都告诉你吧！这是一种可被视为残酷的爱情宣示。

"只是，我嘛，已经对你我相互间良心上并未产生自责之苦感到厌恶。即便现在也是一样。虽然嘴上这个那个说得好听，不也还是像两个纯真的孩子一样接了吻吗？它使我莫名地想要发火。怎么可以和背叛了丈夫的女人这样接吻呢？"

"可是，女人对自己真心爱着的人，心境随时都会变得纯真的嘛！"

"那又另当别论了。两个人做着不道德的事，却又丝毫感受不到良心的苛责。这算什么！这不成了我们怀着干缺德事的打算，却什么缺德事都没干了？我们是否可以明明白白地说背叛了你的丈夫呢？”

“你这不就是拘泥于无聊的小节吗？说到家，你只不过是因为三角恋没有迸出火花，所以觉得无聊是吧？要什么良心的苛责呀！所谓的不贞，也不过就是指和丈夫以外的人睡觉罢了。任谁都能做出的事而已！”

“是那么简单的事吗？”

——康雄为自己的这种说法忍俊不禁了。但是秀子的话，又突然在耳畔回响起来，一个启示在心头一闪而过……

说什么战争使道德沦丧，那是谎话。道德无处不在。但是，就像运动需要运动神经一样，如果失去了道德方面的神经，道德也就无法把握了。战争使人们失去的，就是道德方面的神经。在这一神经缺失的情况下，人就无法做出遵守道德的行为。因此也就无法抵达真正意义上的无德。

但是如果遵从秀子顺嘴说出的那句话，康雄与秀子，似乎已在完全不具备道德神经的情况下，轻而易举地做出了不贞之事。无德似乎毫不费力地变成了缺德。倘若果真如此，康雄在心中自语：它为什么就不能轻而易举地直抵道德的彼岸呢？

绝对无德的贞洁，难道就不能存在于世吗？在绝对不晓得道德为何物的前提下，真就没有可能服务于道德吗？被称作无德的这一无限制，如果因为它的无限制性，进而能够轻而易举地被无德乃至道德这一限制所包容的话……倘若大象只是以其身躯过大为由，而败给了老鼠的话……

——这里存在着绝无动机、绝无道德基准的善行。所谓善行的善，其属性乃是外部赋予它的。一直到最后，它都与内部没有关系。于是他在动机方面便拥有了一种绝对不会被正当化的行为。若问为何，因为原本就是正当的行为，又怎么可能再被正当化呢？

——他下定决心，从今往后要持有一种坚韧不拔持之以恒的慈善家眼光。当下的善行就是实现一个于这个世界并无意义的贞洁，也就是与秀子分道扬镳。

"分手吧！"康雄突然目光炯炯地说。此时充斥于秀子脑海的，只有自己的失败和屈辱不打算被康雄看透这一件事。然而提出"分别吻"的却是秀子本人。

两人进退维谷地忍受着别离之际特有的那种险恶气氛。别离的感情既被视为极易破碎，也被视为极端坚固，即便用任何手段都难以撼动。S池水面上的鸟儿齐齐飞起。阴暗的池水映照，为那一带的空气，赋予了极为细致黏稠的湿度与光泽。他吸起烟来。火焰在香烟上静静地喘息并移动着。突然，耳畔传来秀子被激情驱使时总是会发出的那种几乎达到呆傻程度的明快声音。

"请你不要吸烟好吗？火在一点一点地蠕动。时间的消逝看得清清楚楚。我受不了！"

——在走向上野站的道旁，有乞丐拦住了康雄。是母子乞丐。尽管极力打扮出腌臜状，看着却很健康。毫无破绽的演技，博得了康雄的欢心。在一种无法理解不可思议的好心情驱使下，康雄将十元纸币扔给了对方。他以为是十元纸币，实际上却是一张百元票子。装作盲人的乞丐母亲，迅速伸出手去捂住纸币，将其揉作一团揣入怀中。之后便是无休止的道谢。秀子惊讶地抬头仰望着康雄。

然而，她的目光是否注意到了这一偶发善行所导致康雄唇边浮现出来的那抹道德性的微笑之美？

片刻以后，透过云翳照射下来的日光，给街景罩上了一层脆弱稀薄的轮廓。两人横着穿过街道，抵达上野站后，便在那里各奔东西了。

晚夏的一天，因为保险公司业务的需要，康雄走访了秀子家。他的本事就在于可以这样厚着脸皮重访旧地。于是，一个明显比秀子年轻、搞不好还不到二十岁的小巧玲珑的女孩儿，取代秀子接待了他。从屋内传出了令人生厌的自来熟声音：

"啊，是水野先生吧？请进！房间虽然乱糟糟的，就请您到这边来吧。"

一家之主大约没去上班正在家中歇息吧？然而，闲聊了片刻以后，秀子丈夫迄今为止的所谓敬业精神，也开始变得令人生疑了。

康雄被引进的房间是餐厅。秀子的丈夫与一个完全陌生的女人相对而坐，正在享用上午十一时的早餐。这是一个要比想象中年轻的矮胖男人，有着秀子常说的、令她讨厌的刮刀似的手指。虽是初次见面，却并未像初次见面那样接待他。对此，康雄怀疑对方是否另有所图？其实，那不过是他想让康雄看看自己和女人睡了懒觉，以及享用错过了钟点的早餐现场的应景之举罢了。

——是日夜晚亦然，康雄又到常去的那家舞厅参加演奏。他在翩翩起舞的人群里发现了秀子。秀子身着女学生常穿的色彩绚丽的粗条纹塔夫绸连衣裙，正在和一个学生哥模样未穿西装的青年一起跳舞。她趴在男子的肩上，眼睛像猫咪似的时睁时闭。男人不停地唠叨着什么，看上去似乎是在罗列着肉麻的溢美之词。秀子的唇边时而浮现出被逗乐时痉挛似的微笑。慢狐步舞曲奏起后，电灯开始变暗。于是两人便愈加紧密地搂抱在一起，东倒西歪步履蹒跚地跳着。男人的腕子，从秀子的腋下深深地探到后背，使得秀子的左肩高耸，舞跳得十分艰难。由于这个原因，她肩头的衣料被卷起，从远处都可以看到她肩头上的那坨白皙的肉。秀子肯定意识到了康雄的存在，只是考虑到如若自己漫不经心地向他点头微笑，而康雄并不回应的话，那该如何是好？于是就一直保持着一副素不相识的面孔。

作为康雄以往善行结下的果实，那一天他自身的偶然际遇并未终结于这两件事。舞厅散场后，他和朝子两人走在前往朝子公寓的路上时，朝子一边仰望星罗棋布闪烁在废墟上空的星辰，一边依偎着康雄向前行走。她不下十次地叮问康雄：

"你不会发火吗？不管我说什么，你都不会发火吗？"

朝子已微醺，故而康雄没有正儿八经地搭理她。走着走着，她终于停住脚步，抓着康雄白麻西服的袖子问道：

"你真的不会发火吗？"

"你好啰嗦呀！"他回应道。

于是朝子接着说道：

"我怀上你的孩子啦！如果这样的话，你还能满不在乎地说我啰嗦吗？"

"开什么玩笑！"他脸色苍白地答道。

随后他便一边向前行走，一边在心里暗下了决心，在抵达朝子家之前，除了"你撒谎！""开什么玩笑！"之外，绝不再说其他任何话语。然而说出"你撒谎！"后，他便越发觉得那并不是谎言。于是缄默起来。

有关孩子的问题，迄今为止一直都是老爹帮他揩屁股，故而从未留下后患。他产生了只有这次难辞其咎的预感。孩子，这才是确凿无疑的冒险！他展开了双臂。温馨的星空就在四周。家家户户灯火通明。

如果毫无动机的善行，能将若干如此确凿的"善"，在大地上播散开来的话，人便无可救药了。"善"从他的手中离开，变成了星宿般永恒不变的东西，并且绝无可能使他的行为正当化。他觉得自己如今正在开始判明无论如何都无法使自己行为正当化这一思维的庐山真面目。那就是被人称为"宗教"的东西。他觉得以眼下这种不变的心境，是不能等来孩子的。为了以打胎之类的行为拯救自己，他决意皈依某种宗教。但是，正如读者所见，他一直缺乏一种重要的条件——那就是"悔恨"。

死　讯

擦拭烟嘴充其量只用了三四十分钟的时间。这是他钟爱的象牙烟嘴。用白麻布手帕精心擦拭过以后，象牙从里向外，浮泛出一种冬季向阳地儿般温雅的色调。敏捷的指尖将香烟插入烟嘴中。

他从旅行包内挑出一本书，是茂吉的和歌集。他已经通读完毕。只要旅行他就会带上这本书。袖珍本《谣曲全集》早已读过。目前只剩下高中时代友人赠送给他的一本译作。这位译者友人是法国文学研究家，目前在东京大学担任讲师一职。这是一本无趣的书，是十九世纪二流诗人的随想录。因翻译版权变得严格繁琐，新的译作难以推出，于是便找出上述译作付梓出版了。

他盘起二郎腿，点着香烟读了起来。

　　……在这个世上，没有比琐事更令我们痛苦的了。令我们恐惧的，莫如说并不是暴风雨，而是出现在地平线上的那一点点云翳。雕刻家有时就会为细微之处而苦恼，诗人则会为某个诗语搜索枯肠。所谓天大的苦恼，并不是哲学天才的专有物。举例来说，牙痛这一形式，是任何人都逃脱不掉的。牙痛中也同样蕴含着世间之苦的表露。人们已经忘记了苦恼的同质性要先行于精神问题这个事实。

不出所料，一本索然无味的书。局长将这册装订简单的译作塞进皮包里，问道：

"再有二三十分钟就到了吧？"

"还有两站。五点十二分到站。还有不到三十分钟的时间。"

"哦，是吗。"

局长再次在皮包内搜寻起来。他有意无意地在皮包内打开了那本译作，赶巧碰到了方才那页，于是便接着读了起来。

……人们忘记了要做的事……。但是，作为时间，这一同质性有时就会于瞬间将人变成一种令人战栗的物质存在。这个瞬间不外乎正是诗的本质。

——接着往下读，不过是遮羞的前奏而已。正在探寻的手随即掏出了一把手镜。

这是一把在局内无人不知的手镜。田中科员即便看到这把手镜，表情上也无动于衷。他并未错开视线去观望车窗外不断逝去的梅雨时节的田园风光。谦恭的麻木，经过几十年的岁月洗礼，已经开始固化。偶尔一笑时，便只会露出一张要往文件上加盖"笑"这一橡皮章似的笑容。

桧垣金融局局长时年三十七岁。在财务省局长级人物里，像他这样早早发迹的男人，可谓凤毛麟角。此外，局长对自己的外表也是自信满满。无髯，高鼻梁，年轻得几乎令人生厌。他对妆容始终精益求精，故而脸上的皮肤总是容光焕发。出差旅行时，在抵达多人出迎的出差目的地之前，他需要用手镜仔细审视一遍自己的脸蛋。

他身穿雅致且做工考究的英国呢绒布料服装。因高中时代当过划艇选手，故而体魄伟岸健硕。他用鳄鱼皮裱褙、似为女士用的方形手镜照了照眼睛，又照了照鼻子。也不知发现了什么，他用小拇指尖久久地挠着鼻翼两侧。之后又拽了拽腮上的肉，看是否有弹性。接着便从前胸口袋里取出木梳整了整发型。一头富有青春气息的浓密黑发。

最近一个时期，田中科员开始从刚刚戴起不久的老花镜后，漠然注视着眼前的这幅光景。抵达目的地后，没有谁关注田中科员的脸。他们所注目的，只是局长的面孔。对地位高的人来说，手镜或许就是一件必需品。田中觉得，倘若当初因为某种缘由，自己阴错阳差地当上了局长，搞不好也会喜欢使用手镜的。男人对四周毫无忌惮地坦然化妆，虽令人觉得有些滑稽，但因田中科员数十年间一直都在目睹权威人士的内幕，故而并不感到惊讶。战争期间，有的局长还有这样的怪癖呢——为了在讲演前稳住自己的情绪，站到讲坛上以后，便立刻令人生厌地自己掐自己的屁股——都滑稽到了这种地步。田中科员擅长搓纸捻。文件都是他用自己搓成的纸捻串订起来的。历任局长的私生活或轶闻，全都事无巨细地记录在他记忆的文件里，并被他记忆的纸捻串订起来，按照年代顺序累积，置放于记忆的文件柜中。他还知道，前任局长的父亲，罹患神经性梅毒病死在精神病院里。他说什么要去银座购物，居然买下五千根漆筷，装在帆布背包里背了回来；翌日又说要购物，再次跑了出去，结果买来了八百张女明星山田五十铃的肖像照。于是便被送进了精神病院。此外他还知道，桧垣局长尚无子嗣。局长是养子。夫人因罹患肺结核病，一直往湘南的疗养院跑。他还知道，局长已故的养父是一位难得的好父亲，是富甲一方的财阀。他死前干净利落地处理好了财产税，使损失达到最小化。

就像是一个为酒刺而烦恼的中学生，局长一边微微躬身照镜子，一边用无名指做出轻轻挤压鼻翼的动作。若说其脸部还有什么缺陷，那就是鼻翼给人以一种似乎要动怒的感觉。随后他又看了看手表，就像从机关下班前匆匆整理文件时一样，他把手镜胡乱地放进皮包里。再过五分钟列车就会抵达目的地车站。

县政府公用的旅馆大客厅内，是日晚召开了欢迎宴会。桧垣局长背靠壁龛立柱，以尚未达到傲慢程度的磊落神态坐在那里。

桧垣心里很清楚，名义上虽是欢迎宴会，实际上自己才是菜肴。作为促使对方毫不吝啬花费大笔交际费的宴会主宾，财务省的局长就是一块肥肉冤大头。然而被利用的妙趣，要比实打实带有敬意的敲竹杠，更能使他品味出酒的味道。

属于县政府所在地的这座小城市，是他养父的故里。时至今日，其养父的声望依然很高。倘若将来桧垣参加竞选，则必须以此地为自己的根据地。如果沿着公务员的路一直走下去，副大臣便是极限。因此可以考虑在时机适当时转身迈入政界。为此他必须走进养父打下的这块地盘，并在此基础上，利用自己的职权开拓出自己的疆域。桧垣从未放弃过到这个 M 市出差的机会。

M 市是保守党的势力范围。管他是进步还是反动呢，考虑到未来，他一直都在极力避免接近财务省内的进步分子。他竭尽全力使缫丝业获得金融方面有利的特殊关照。于是他便在 M 市缫丝业人士中赢得了好名声。而 M 市的权贵人士，大半都在缫丝业内。据某地方报刊报道，有的业者甚至将他刊登在《日本经济新闻》上的照片装饰在神龛里。

这是一间低俗的大客厅。墙上挂着头山满的横匾。战时这里因举办过军方的宴会而热闹非凡。某大佐曾把小便撒在壁龛的花筒内。三十个人呈"コ"字形相继就坐。桧垣的嘴边，浮现出具有人格魅力且自信满满的微笑，从酒杯的上方巡睃着在座的人。

这一藐视众生的结果，反倒使桧垣被视为一个和蔼可亲的人了。虽然在酒席上装出一副豪杰状，但稍微有点眼力的人都会发现，他的性格里居然没有一丁点儿豪杰的做派。他明知举止自然才是使人看上去出类拔萃的要素，不自然的谦虚就是一种收敛了的傲慢。他将一个中和了的自己展现于世间。所谓世间，竟出人意料地拥有女人母性般的性质。与那种被自己展现出来的、见外的谦虚相比，他更是喜欢以不伤害自己为前提的、折衷了的、天真无邪的公子哥架势。

始终冷漠的满足，冷肉般的满足，潴留在了他的胃里。为了使满足永远持续下去，就必须一直使它保持一种冷却的状态。对于某些人来说，野心在灼烧着他们的肉体，而桧垣的野心，却是在发挥着冷却作用。这便是野心高级且货真价实的证据。桧垣喜欢"货真价实"这个词，并经常使用它。

"总是给您添麻烦呀！啊……失礼了，啊……就请您接受我的敬意吧！"

地方银行的行长，在榻榻米上膝行过来劝酒。他特意穿上了本已脱下的西服上衣。因为穿得太急，故而西服的半拉领子扭歪着。这个五十岁男人即便不喝酒，通红的短粗脖颈也很是扎眼。

"太感谢您了！"

桧垣认真地端正了一下坐姿。县政府的总务部长和大银行的分行长，在一旁饶有兴致地注视着两人的应酬场面。一旦局长的举止有所失当，他们一周内就有了侃大山的谈资。

地方银行的行长，提起了桧垣养父的话题。

"我可是给令尊大人添过大麻烦呀！"

对方已经揣测出桧垣有在养父地盘上参选议员的意思，所以提起养父这个话题并无大碍。

"我小的时候，令尊大人曾让我坐过三轮车。那便是我蒙受令尊大人恩惠的开端啊。啊，当时穷人家的小崽子坐什么三轮车？哈，见都没见过啊！"

磐石般的脸上露出讨喜的笑容。贪婪的人大都常常做出此类可爱的笑脸。或许因为贪婪这东西本身就是童心的一种吧。

伴随着梅雨季节潮湿的夜间冷空气，大客厅里飘荡起浓郁的香烟烟雾。穿着和服棉袍的桧垣，破天荒地将宝贝烟嘴忘在了房间内的西服兜里。不用那个烟嘴抽烟，香烟的味道就会大减。但如果去取，则未免小题大做。于是只好作罢。

坐在下座①的年轻地方公务员，正在戏谑到处斟酒的旅馆女佣。同一位女佣来到上座时，竟突然变得诚惶诚恐；而转到下座后，便将调皮姑娘的神态显露无遗。桧垣与其他中年局长不同，他对花

---

① 在日本，宴会的座位有上座与下座之分，地位较高者或客人坐上座，与上座的人相比地位较低者坐下座。

街柳巷之事不感兴趣。身处这种场合时，他不会怀恋新桥或赤坂那种灯红酒绿之地。他代替身患重病长期入住疗养院的妻子，向妻子的挚友——一个从满洲只身返回故土的年轻寡妇，支付着生活补助费。这位寡妇，英语呱呱叫，在占领军那儿谋了个差事。人是既漂亮又有教养，甚至还在战争时期，为了消磨时间解闷，翻译出版了威廉·萨默塞特·毛姆的作品。乡下草根出身的桧垣，喜欢她的那种教养。艺妓没有教养，所以才令人生厌——这是二十世纪三十年代青年的口头禅，如今已不再流行。但是他却墨守成规似的对这个口头禅恪守不息。这个女人虽身处诱惑多多之地，桧垣却对她放心得很。自己爱她就是一种莫大的恩惠。这是爱这一事实的客观一面。爱情问题也好，金钱问题也罢，社会总归是要通过击中要害的客观判断的齿轮向前运转——这一健全的信仰，构成了支撑桧垣侮蔑的基础。虽然那只是一种容易使感情停滞的蔑视的趣味，却也向他提供了鲜活的力量。看来手镜的不可或缺亦来源于此。

田中科员已在他身边微醺欲醉。因为身份是财务省官员，故而被请在上座就坐。然而他一如既往的这个癖性，真是不招人待见——老花镜顺着容易打滑的鼻子滑落下来，贪婪地停在了鼻子中部。超级大耳朵如巴掌一般伸展在脸颊两侧。从耳朵眼里，令人生厌地长出了黑毛。还说什么这是长寿的象征。

“哼！这家伙长寿又能怎样！”

桧垣把手放到他的肩头，想要摇醒对方，却赶巧县政府的总务部长过来敬酒，于是他的想法中途受挫。

无聊的宴席。居然能把这些木头人似的家伙拢在一起。他们当中没有一个机智灵活的主，只是通过千篇一律的过分傻笑来造势而已。不知不觉中，以桧垣为中心，身边已经聚集了四五个人。

"局长！就恳请您为本县费心啦！就东京附近的各县来说，本县的纳税成绩，那可是首屈一指呀！为了能把税款悉数缴清，暗地里可真是费尽了心机呢……"

"我心中有数啊。"——为了不使对方觉察出自己已经感到厌烦，局长故意热情地说。

"即便从我自身的角度考虑，说实话，如果能够帮助你们减税，哪怕叫我参加共产党也无所谓呀！"

"局长就是够意思呀！这心直口快的劲儿真是了不起呀！"

"局长的回答太棒啦！"

——银行行长说道：

"啊，要是能有这样的大臣上位那该多好！啊，惹恼共产主义者又能怎样啊？！啊，真好啊！"

"局长真是了不起啊！"

——县政府戴着劳埃德①眼镜的科长，令人厌烦地重复着这句话。这是一个长着扁下颏、面相穷酸的男人。

"能见到您真是高兴呀！啊，请吧，我敬您一杯！"

桧垣擅长见机行事。眼下正是赢得这些人好感的时候。财务省内部对他的评价是：此人乃省内虽年轻但却最擅长利用报社记者的人。岳父生前的训诫是：且不可把报社记者推到敌人那边去！只要是用于上述目的的资金，他的岳父一概慷慨解囊。对于自己的挚友

---

① Harold Lloyd（1893—1971），美国喜剧电影演员，塑造出戴圆框眼镜的快活青年形象。

因帝人事件①而落入亏损陷阱一事，岳父只是单纯地认为：那是因为对方未能巧妙地利用报社记者而已。

桧垣时而就会拿起女佣送来的酒壶，站起身来从上座开始，依次给大家斟酒。行长再次笑容可掬恭恭敬敬地捧着酒杯。待转到下座时，接受斟酒的人们，脸上便俨然呈现出庄严状。大家都知道局长的敬意并非发自内心，说来根本不必对他毕恭毕敬到那种地步。一位银行老员工，在其谦恭致谢的一瞬间里，后脊梁骨竟咕嘟一声，发出吞咽吐沫似的声响。那声响是从老员工穿着油污发亮、古香古色哔叽西装的背部发出的。

"来，请干了这杯！"

"瞧您瞧您，这可怎么敢当！"

桧垣感受到了一种复杂的怜悯。看到对方的低三下四后，一种双重意识——怜悯与残酷的满足，便同时在脑海里复苏了。对方的卑躬屈膝并不是因为桧垣，而只是因为桧垣所占据的那把交椅。管他呢！桧垣当然拥有这种不负责任的想法。再加上政府官员原本就对未来心存不安，自知一旦离开了那把椅子，就绝不会再有任何人对自己点头哈腰了。于是便形成了上述那种双重意识。

在大客厅末座摆放着收拾起来的空酒壶席位旁边，坐着一位年轻人。

大约是刚刚录用的雇员被派来打下手吧。桧垣记得在女佣尚未到齐时，这个青年曾过去给他斟过酒。一张面色红润的娃娃脸，穿

---

① 1934年在帝国人造绢丝的股票买卖中，帝人公司的董事及大藏省要人因犯渎职、行贿、受贿罪而被逮捕的事件。斋藤内阁因此全体辞职。但1937年被宣判无罪。据说那是军部和右翼势力为推翻斋藤内阁而策划的阴谋。

着寒酸的土黄色衬衫，端端正正地坐在那里。因为无人搭理他，故而形单影只地沉默着。

赶巧桧垣正在给一个坐在青年旁边、貌似打杂的小事务员斟酒。这个男人曾在列车到站后，飞也似的跑去抢着为他拎包。一个相貌浅陋、嘴唇菲薄的男人。即便不是相面先生，也能够看出，此人绝不会有什么出息。男人用双手的手指捧着酒杯，每斟一次酒，他就点头称谢一次，低三下四地接受着桧垣斟下的酒。已经没了裤线的裤子，膝盖部位习惯性地浮现出恐惧状。

桧垣一边斟酒，一边将目光突然锁定在旁边的小青年身上。对方也在看他，视线碰撞在一起。那是一对极为清纯美丽的眸子，是一双在当今年轻人身上从未见过的眸子。

不知为何桧垣感到有些内疚。

"来一杯如何？年轻人。"

说罢，他便把酒壶嘴冲向青年的胸部。

青年人笨拙地从托盘上拿起酒杯，脸上毫无笑意。他伸出了酒杯。当酒杯里斟满酒后，他开始认真地轻轻颔首致谢。颔首的意思是酒已经够了，还是真心实意地点头致谢？令人摸不着头脑。尽管他的态度并非明显的傲慢，但颔首的角度不够，却令桧垣有些吃惊。他的反应虽然与发火相似，但并不是发火，而是一种与发火前毫无意义的颤栗相类似的东西。

"这小子备不住是共产党呢！看到权力后，便不顾一切地反抗。可能是一个得了左翼幼稚病的家伙吧？"

这瞬间的揣度不过是臆测而已，但并不局限于臆测，同时也含有某种牵制愤怒的反省。面对众人谦卑过度的点头哈腰，使他产生了一丝怜悯，觉得大可不必做到那种地步。但同时又对颔首角度不够感到愤怒。这无疑是矛盾的。然而无意识的抵触，使得桧垣的视线变得严厉起来。青年低垂着眼帘，以不擅饮酒的喝法，干掉了杯中物。

这种场面衍生出来的氛围，似乎被旁边的小事务员察觉到了。

"欸，适才……"

他一边搓手一边站了起来。

"适才承蒙局长亲自赐酒，真是无上荣幸！为聊表心意，下面我就先表演个节目以助酒兴，大家以为如何呀？"

这个男人已经习惯了这种每逢酒宴必得出场的任务，以相声演员的做派，回报了大家的喝彩。

由于桧垣占用了他起身离去后的坐垫，故而他开口向女佣喊道："喂，姑娘，坐垫！坐垫！"并把那坐垫比喻为新婚的卧榻，开始唱起带有猥亵动作的歌曲。

桧垣边笑边看，却对旁边不苟言笑的青年难以释怀。

"会不会是地方报刊混进会场的新手记者呢？在他人面前装腔作势地充作社会的木铎①？"

这是一个稍加询问就会消除的疑问。他之所以不那样做，原因有二：其一是源于他那已被伤害了的自尊心；其二便是源于这个面颊赤红的小二愣子缄默无语带来的威慑。可以说那是一种刹那间就使桧垣产生了内疚感的、来自清纯目光的威慑。那目光并未转向他方，而是径直朝向小事务员表演猥亵舞蹈的方向。

---

① 古代以木片做舌的铃铛。比喻教化世人的人，社会的先导者。

桧垣钻了牛角尖。这是一种绅士般的执着——硬逼着自己去宽恕一个令自己蒙受了屈辱的对手。这一绅士般的执着，往往会上升到针对对手的一种媚态。

小事务员歌毕，回到了座位上。为他起身让座的局长，向前踉跄了两三步。踉跄虽然是在做戏，但在站立起来以后，思绪以外的微醺却已然来袭。在他开口之前，欢声就已四起。接下来便混杂着鼓掌声。他把目光定格在依偎着壁龛装饰柱、如今已从假寐状态中醒来的田中科员脸上。田中正半睁着眼睛看着他。局长不禁轻轻咋舌。

"好吧，给大家献上东京的民谣——《东京小调》！"

一旦局长开口说话，趋炎附势的听众们立刻就会侧耳倾听。

"欸，我来领唱。曾在东京任职的 N 总务部长和 Y 分行长，也请你们站起来。"

之后他又以生硬的语调追加了一句：

"田中科员，你也站起来！"

一众人等皆大欢喜。总务部长和分行行长被硬逼着站了起来。田中科员因经常跟随局长出差，当然自信满满。他以甚至令人生厌的稳健步伐，一个人站了起来。

突然，地方银行的行长主动请缨，于是舞者变成了五人。大家用手打起拍子来。以局长的领唱为开端，坐席变得混乱不堪。舞毕，桧垣被一大群人围了起来。虽然劝酒的人接踵而至，但因常年形成的习惯，他的身体并不会因此垮掉。只有那相同的话语，在连绵不断的噪音中涌入耳畔。

"局长好啊！通情达理呀！"

"通情达理啊！"

"真好啊！局长是个好人！"

这类话渐次变化下去以后，就演变成了所有人的共同嗫嚅。那声音时而重叠，带上了节拍，恍若大合唱一般。在房间一隅，两个离群的醉鬼，勾肩搭背没完没了地这样唠叨着：

"好局长！通情达理呀！好局长！通情达理呀！"

甚至还冒出了如此一本正经的慨叹。

"其实桧垣先生可是有情人的哟！"

从这句话里，可以窥望到一份突然强加在头上、富有乡土情调的爱情。与其说是阿谀，莫如说这是一种朴素的慨叹。看到桧垣要去解手，大家神色骤变。他好歹才说服了众人，一个人来到洗手间里。方才的席位上，已经不见了小青年的身影。是提前退席了，还是混杂在烂醉的人群中？桧垣已经没有气力去确认这件事。宴会于十一时宣告结束。

上床后，桧垣失眠了。耳畔响起从套间传出的田中的呼吸声。不过对方却没有打呼噜的力气。那奄奄一息令人不爽的呼吸声一如既往。桧垣在科长时代第一次带田中出差旅行时，曾于夜间醒来后，吃惊地点起电灯进行查看。

远处房间内的挂钟，打响了十二点的钟声。

在黑暗中，桧垣的唇边突然泛起一抹怜悯的微笑。这是一种身边无人时，时或就会发作性泛起的微笑。它并不是那种司空见惯的微笑。倘若硬要比喻的话，则只能被比喻成漂亮的女人在谁都看不见的地方，一丝不挂惬意放松自己时突然露出的那种微笑。

酒劲儿在周身舒畅地漫溢。这种感觉与慈悲相似。与其说是针对自己以外的一切价值的怜悯，莫如说是一种类似于人类爱的东西（对桧垣而言，这东西貌似一种与大家类似的酩酊）。在描画这种感情时，会酿造出一种恰到好处的音乐般的心境。于是他就会像待在列车里时那样，精神状态变得与在镜前自窥时相近，并在内心开始如下独白。这一独白每天表演一次，是一种除掉即兴追加的内容外，穷尽背诵之能事，终究不必担心说错的台词。

暂且如此！暂且如此！

我是财务省金融局局长。在这个世上，轻易难以找到像我这个年龄就能够得到这一职位的人。

我是国会的政府委员。如果没有我，大臣就无法做出答辩。

我还把融资规制咨询委员会握在手中，执经济再建会议之牛耳。握有全国经营者联盟的生杀予夺之权。我本人就是金融制度改革委员会的委员长。我以墨守成规和改革创新双管齐下的手法，出色地完成任务。

我继承了养父五百万元的财产。其中七成是房地产和有价证券。由于重工业股票升值，我的财产大幅膨胀。脸丑情深的老婆，居然患上肺病，住进了疗养院。大约是继承了她老爹的遗志，为了不让我一个人独享那些财产，这才患上了费钱的疾患吧？没有孩子怪她不怪我，不过现如今这反倒成了一件好事。

我有一个倾心爱恋唤作草间英子的情妇。这位战后从国外撤回的未亡人，与被自己晾在一边的那个家伙并非同类。首先是教养迥异。她的柔情蜜意与妻子的一往情深，具有本质的不同。她像爱一件艺术品似的爱着我。我也是。我就像是贝尔维德尔的阿波罗，她则宛如美第奇的维纳斯。这种说法在第三者听来，想必会产生一种要拿抹布捂脸的感觉吧。但是那种感觉如果分析起来，我想大约是他们的妒忌使然。

现任大臣已经老了，没有未来。自不必说大臣官邸内的下级官员们，全都会听从我的号令。其中某人的生活费，还由我暗中资助。于是有些人便认为，拜他所赐，局长中只我一人独享了官邸的情报。关于省内的工作，通过前不久的人事调动，我成功地举荐对外联络科科长担任了秘书科科长一职。那小子欠了我一个人情。自己在省内的地位越来越有利了。对我本人而言，与内阁决议相比，这之前的过程更为重要。

省内派系之争依然激烈。不过自己被认为是松原副大臣派系的人，副大臣本人也是这么认为的。这作为一种保身术，对自己有利无害。而我内心的真实想法则无人知晓……

他打了个哈欠。这种反省有利于睡眠。就在桧垣即将进入梦乡之际，那个来历不明的青年人面孔，突然浮现在他的脑海里。他再次回想起当自己看到那对清澈美丽的眸子时，后背产生的那种不明原委的负疚之感。那感觉属于儿女之情。想要将他那纯真的目光还原为某种人类价值的看法，未免有些幼稚。这种幼稚作为兴趣是允许的，但作为感情则不能原谅。为了接触所谓人的共鸣，切不可忘记戴上手套。否则手就会被玷污。

无论睡得多晚，桧垣都会在六点半睁开眼睛。之后他便会吟唱十五分钟的谣曲。这是他的习惯，即便在出差目的地也不会例外。

在旅行目的地虽说会放低嗓门，但多少有些深沉顿挫的声音，还是会毫不留情地吵醒隔壁房间的人。

洗脸，亲自打开遮窗板。吟诵十五分钟，然后开始吞云吐雾。之所以拖延一段时间才去抽晨起后的第一支烟，是为了更好地享受烟的味道。

打开遮窗板后，天气不阴不阳的。早上的天空，呈现出一种像要降灰似的颜色。不曾好好修整的庭院对面，可以看到背对这边的商店招牌和晾衣台。夜里搭出来的枕巾，依旧晾晒在那里。对面就是大街。可以看到带有钟塔的古色古香的银行和药房的巨大招牌。招牌被已经生锈、看上去给人以阴郁感觉的金色装饰框所包裹。尚可看到招牌上已经磨损的某某堂篆刻字号。郊外的山峦，被云朵遮掩得踪迹皆无。

他打开谣曲全集《加茂》篇章处，摊展于膝前。因为内容恰与初夏的季节相符。

就连那，神社前的净手漱口池，流水声亦清凉悦耳。夏季的日阴，令人心旷神怡！夏季的日阴！从只洲森林的树梢，传来了杜鹃鸟的鸣啭。尽管那已不是珍贵的初啼，可我还是想，再次听到它的欢声！

刚刚醒来的田中，开始在邻室吟唱谣曲。他之所以发出"啊"的声音，无疑是一种对自己迟于局长醒来的悔悟之音。耳畔传来他惶惶然更换衣物收拾床铺的声响。在其吟诵谣曲的间歇处，桧垣"嘘"的一声制止了他。于是，他立时变得缄默无语。

谣曲吟罢，田中前来问安。局长拿起矮脚饭桌上的烟卷，站起身来打算从西服口袋里取出烟嘴。可是烟嘴却不见了。

"怪了！怎么会没有了呢？"

局长环顾四周，脸色变得相当恐怖。田中顿觉狼狈不堪，就仿佛是自己盗窃了烟嘴。将已经叠好的床铺翻过来抖搂了一遍，又检查了一下摞着的坐垫。没有！

此时，睡在另一个房间、负责陪同的县政府小事务员，听到局长的歌谣后便赶来问安。当他看到把房间搞得一片狼藉的局长和田中科员那一本正经的面孔后，不由得呆然伫立在门槛上。

"早上好！该不会是丢失了什么文件吧？"

每当遇到责任问题与自己有牵连之虞时，他都会露出一副小事务员特有的、意欲逃避责任的认真面孔。这种认真，使他的表情里含有一种露骨的、让人难以接近的警戒心。因此，故作亲切看似担心的话语，听起来未免言不由衷。"文件"这一推测，限制了局长应该持有的态度。

"哪呀，丢了个无所谓的东西。"

"是被偷走了吗？"

"不是。不是。"

"莫非手表……"

"哪呀，无所谓的东西。田中君，算了吧。一定是掉在哪儿了。就是个便宜烟嘴而已。只是使惯了的东西，有点可惜罢了！"

小事务员的表情毫不藏假地放松下来。

"我去宴会厅那儿找找吧。"

"不必！肯定没在那边。要丢也只能是丢在火车上了。"

"那我马上就去联系铁路部门。"

"不用，不值得那么费心。"

"可是，为慎重起见，还是联系一下站长吧。"

"不必了。真的不用。充其量就是一个烟嘴罢了。让人见笑！"

"是个怎样的商品呢？"

"谈不上怎样的商品。此事到此打住吧！"

让事情到此中止，并不仅仅是为了面子，莫如说羞耻之心发挥了作用。让人们意识到自己在真心喜爱一个无所谓的物件，这对桧垣来说是难以忍受的。它比被人看到了私处还要难堪。桧垣觉得自己似乎被戴上了枷锁。此次出差期间丢失了烟嘴这件事，绝不能让他说出去。

小事务员退出后，田中以胸有成竹的表情，凑到桧垣跟前，在他耳边小声说道：

"我想办法不亲自出头，去铁路那边找找看。"

心思已被他看穿。局长勃然大怒。

"我说算了就是算了！你有什么权利多管闲事？说不要就是不要了。你少管闲事！"接下来，他又略微冷静地说道："别的不说，你小子试试看，为这点小事给地方政府添麻烦，过后他们坏话满天飞，最终还不落得个让人笑话的结果？"

是日上午十时，局长要在县政府会议室召开一个有关当下金融形势的协商会议。局长关于奖励储蓄的演讲，也在会议议程内。各市镇村均已派代表集中等候。县政府的出迎车，也已经开往局长下榻的旅馆。

田中科员抱着装满了文件的大型砑光牛皮纸纸袋，与局长乘上了同一辆车子。负责陪同的小事务员，坐到了副驾驶席上，换成轻松的当地方言，跟司机开着玩笑。

城镇的上空，始终笼罩着梅雨季节的阴沉气氛。若拿英国来说，这里就是曼彻斯特，一个纺织业历史悠久的城市。不过明治初期，日本式产业革命的气息，恍若乡愁一般缠绵不断，致使整个城市都带有一种古色古香火柴盒商标似的忧郁。这里因为几乎没有受到战争的危害，所以古风尤甚。有的女人戴着御寒头巾在路上行走，但这与季节不符。大约是在掩饰脸上的烧伤，前往医院就诊吧。

桧垣对这种沉闷的风景了无兴致。更何况这个地区也不是什么自己出生的故里。他只是琢磨着自己丢失了的那个烟嘴。那种技术雕刻出来的象牙烟嘴，再去寻觅一个并非难事。而且并不是什么高价商品，也不是什么具有特殊来历、能够唤起特别回忆的物件。他甚至都想不起是在哪里购买的。或许是别人赠送的礼品也未可知。那烟嘴不知不觉间，习惯了他的手掌，适应了他的指尖，获得了象牙特有的哲学色泽，成为他生活中的不可或缺之物。他之所以感到惋惜，只在于用惯了这一点而已。那种无法替代的感觉——理由仅此足矣。恐怕也难以再寻觅出其他理由了。

桧垣目光呆滞地空想着那个烟嘴。他的眸子里，映照不出其他任何物体。理性促使他数次尝试对此一笑而过，但无济于事。像桧垣这样的男人，本不该在奔赴协商会议的车内，对参考文件不屑一顾，而把心思全都放在丢失的烟嘴上。虽然如此，他却在为这个微不足道的丢失物苦恼不堪。

战争期间的灰色涂料尚未清除而略显阴郁的县政府大楼越来越

近。停车廊前的鱼鳞云杉，别别扭扭地耸立在那里。透过汽车的挡风玻璃，可以窥见鱼鳞云杉枝叶间的梅雨天空呈现出一种毫无反应的白皙肤色。局长走下车来。职员们出来迎迓。局长一边点头一边穿过人群。桧垣突然意识到，自己的点头过于郑重。

那并不是敬意。不过是机械式的回礼而已。自己颔首的角度过大。倘若不是敬意，那或许就是过失，抑或是更为恶劣的无意识的谦逊。但是细细想来，自己从未允许自己表现出平素那种有意识的谦逊之外的谦逊。桧垣再次想起了丢失的烟嘴。他将这次的过失，归咎到烟嘴身上。

会议室在二楼。门上贴着墨迹鲜活的纸条——"经济再建协商会议会场"。这个名称是县政府起的。"协"字的偏旁写成了竖心旁。写错字，是政府部门唯一的可爱之处。

会场上的椅子接近五十把。全都被挺胸腆肚的乡绅们所占据。其中只有三分之一左右的人穿着国民服①。这些人如果不是心血来潮，就只能是嗜好使然。他们乱哄哄地议论纷纷，也有人在用报纸擤鼻涕。

桧垣在穿越过众人好奇的目光后，坐到了自己的位子上。此次的颔首示意，在做了充分准备后，显得彬彬有礼。他开口说道：

"让大家久等了。我是财务省金融局局长，姓桧垣。"

他环视了一下会场，发现稀稀拉拉地有人在抽烟。有大烟斗，有黄铜烟管，有不知是水牛还是其他什么不明正体的兽骨烟嘴。他的脑海里蓦地泛起这样一种想法：作为讲演的开场白，我是不是应

---

① 二战期间，日本政府规定国民必须穿着的一种男子服装。

该这样说呢？

"其实我也是一个嗜烟如命的人。却不巧将心爱的烟嘴落在了火车上……"

此话一出，现在的心情将发生怎样的转变呀！心情该是多么的舒畅啊！他虽在心中如是自语，但最终只能打消这个想法。没有比有权势的乡巴佬更容易对事物做恶意解读的人种了。即便开始这样致辞，恐怕他们也只会将这些话理解为对继续满不在乎吸烟者的挖苦或刁难吧。他们会说自己是一个神经质的"嘲讽家"。这类评价第二天就会在整个县内满天飞。无奈，他只好换成了这样的说辞：

"因为最近省内工作突然变得非常繁忙，故而基本上拒绝了各类地方演讲、座谈会以及协商会议等的邀请。但只有本县例外。因为这里是老爷子生前给诸位格外添过麻烦的地方，并承蒙诸位一直容忍老爷子出了名的任性，真可谓蒙恩之地。故而此次迅即匆匆来访。今后亦当如此。倘若在下所言能助力诸位于万一，则无论何时，自当排除万难随时前来拜访！"

此乃针对参加竞选的未雨绸缪之举。

话音落后，一片鼓掌喝彩声。

但不知为何，接下来他却无法像以往那样顺利地进行下去了。他用白麻手帕多次擦拭着额头上的冷汗。演讲内容涉及了数字的计算，此时便需要生产指数方面的资料。田中科员从牛皮纸文件袋中取出资料，将资料一一递到局长手中。

"这个，从今年即昭和二十三年三月起，随着基础生产资料的生产和进口量的增加，以及煤炭配给量的增大，实际产量也大幅提高。五月的生产指数目前还只是概算数字，所以如果提到四月的数字……"

提到的数字，每页甚至读错了四处。这是令他难以容忍的。说是协商会议，其实不过是借提问之名进行的一场忧国大演说而已，只需多少耐着性子听完即可。桧垣眺望着会议室煞风景的墙壁。墙壁的一侧，挂着历代县知事的肖像照。作为明治时代地方官的粗野风貌值得一看。在墙壁的一角，摆放着一只放在玻璃箱内的极乐鸟剥制标本。从窗外射进的暗淡日光照亮了另一面墙壁。上面悬挂着曾被视为日本最初的未来派画家的大作。即便在医院或咖啡馆内，也常可看到这位画家的作品，因此并非鲜见之物。可一旦挂在县政府会议室内，则显得殊为奇拔。这毫无疑问是眼下正在出差的知事的趣味所在。他甫一上任，便在职员工会的舞会上，披露了自己的华尔兹舞，令大家目瞪口呆。这位知事毕业于美国大学的经历，是其人气的根源。

那是一幅小丑与女人交织在一起的画作。小丑在吹奏笛子，女人在胸前抱着一束紫花地丁，仰望着男人的脸。女人的上衣与小丑披风之间的界限已经消失，一条穿着银灰色长筒袜的腿，融入到了小丑穿着紧身衣裤的一条腿中。这位画家喜欢这类配置。此时正赶上暗淡的日光透过窗户，照射到仰望男人的女人咽喉根部，于是便使得那里有些明亮。而脸颊却依然处于昏暗状态中，故而呈现出一种神奇的立体感。那女人与草间英子酷似。

桧垣以前就觉得草间英子与这位画家笔下的这个女人相像，但却从未像现在这么越看越像。在如此思量的一瞬间里，桧垣便觉得心紧紧地揪在了一起。他想起了在英子那里曾见过的、她的一个学

128

生表弟的情景。这个记忆并不具有丝毫特殊的色彩，他也从未试图以怀疑的眼光看待英子。但是记忆突然以含有意味的色彩复活了。于是便使得桧垣内心一阵慌乱。

"用不着怀疑女人。只需怀疑世上的表兄弟足矣！"

桧垣曾读到过这类箴言。他想起了它。

"我想请教一下局长。"

——一个下士模样的、长着三角眼身穿国民服的人，站起身来想要提点问题。没有得到桧垣的回复。

"我想请教一下局长。"

田中科员小心翼翼地戳了一下桧垣的肋部。

"啊！有什么问题是吗？"

身穿国民服的男人，为了表达自己"并非有什么问题"的心境，便将同一句话，缓慢地一本正经地再次重复了一遍。

"啊，我想请教一下局长。关于废除交售货款转账制度的事……"

桧垣血流上涌，面色潮红。这与他的身份不符，但却未能产生内心的痛苦已被抵消的感觉。他感受到一种异样的不安。他不敢同与会者正面相对。他想站起身来这样告诉大家。

"我之所以神不守舍满面愁容，并不是因为头脑迟钝，而是另有一个小小的原因。因为我把一根便宜的象牙烟嘴丢失在列车里了。"

如果他真的发出这样的声明，人们大约就会群集在他的身边，并抓住他的手吧。而且会用冰块儿冷却他的额头，或是把他送进精神病院吧。这种预想令桧垣不寒而栗。他从未想过，人的心里话竟会如此危险。

在打那以后的两天日程里，随从开始注意到了局长的沮丧消沉。演讲也不精彩。在每晚酒宴上表现出来的状态，也只能被视为伪装精神而已。人们开始怀疑，真不知他头一天晚上给人留下的那种精力旺盛的活泼劲儿跑到哪里去了。

出差旅行时，甚至连私生活都会被很多外人介入。故而中心人物的心理状态，可以被人敏感地洞察出来。令人担心的，是局长的健康。或许是东京繁忙的公务和此次的旅途劳顿，导致他疲劳过度了吧。否则的话，那般有名的才子，怎么可能频繁地读错数字，或是丢三落四呢？大家的推测和结论殊途同归。

就此，田中科员也被众人频频追问着。他把老花镜笨拙地向上推去，用一如既往彬彬有礼的漠然态度这样答道：

"也并不像是生病的样子啊。怕是有什么烦心事吧。"

如果在省内，即便同一件事，同事之间大约就会这样说了。

"也并不像是生病的样子啊。怕是有什么事未能遂其心愿吧！那黄口小儿，压根儿就不是当局长的料！"

最后的日程是：计划午后前往近郊有名的温泉地，在那里再次举办酒宴，并只住宿一晚。在 M 市最后的早餐结束后，桧垣说要出去走走，便一个人离开了旅馆。他把伙伴田中撇到了一边。

他去寻找售卖烟嘴的店铺，在这个他多少还了解一些的城市里到处转悠起来。在别人眼里，他只能被视为一个清晨散步的人。他自己也希望如此。他来到本通大街，从在旅馆内就可以望到的药铺前走过。

即便只身一人，他的嘴角也并未浮现出怜悯的微笑。他既未做出完美无缺的无聊反省，昨夜的睡眠也不够充足。对睡眠好的人来说，那些发牢骚说睡不着觉的人，总是或多或少地给人以一种做戏似的滑稽感觉。但轮到桧垣时，那便是一人身兼二任了。他无法讥笑自己。即便昨夜失眠的原因在于莫名的疑惑和嫉妒，他也无法讥笑自己。

只要看到香烟店和服饰品店，他便要进去确认一下是否有象牙烟嘴出售。在第三家店内，他终于找到了象牙烟嘴，但却形状不佳。而且仅凭手感便知道是赝品。重量也并不合适。最为重要的是，它并不具有丢失了的那个烟嘴的那种感觉——那种几乎可以谓之为肉感的真切感触；那种摩擦到极致后绽放出来的光泽；那种恍若冬季向阳地儿似的自内向外渗出的暖色；它根本就不具备原来烟嘴的那种无可替代的亲密厚重感。他断了念想走出店铺。

我有一个与任何人都不能分享的秘密——桧垣边想边走。这是因果报应。我舍不得那个烟嘴，而且还不能把舍不得的心思说出口来。故而苦恼不堪。这个令我苦恼的秘密，势必越发成为难以启齿的秘密吧。为什么呢？因为打一开始就对田中发火，并让他去寻找烟嘴，这才最为自然。事到如今我舍不得烟嘴这件事，就是田中也不能让他察觉出来。我必须设法让他认为，我是在为某件缘由不明的事忧虑不安。否则我就会沦为大家的绝妙谈资。桧垣的脑袋已经被这种妄念填满，再也没有考虑其他事情的余地了。

此外还有一个不安，那就是寻找烟嘴这件事，会不会被什么人看见呢？他一边留意周遭的动静，一边以一个从烟花柳巷返回的男人的样子折回旅馆。田中正在那里用纸捻儿串订文件。

去I温泉需要从市内乘坐民营铁路电车，在第二站下车，然后再乘坐每天往返四次的公交车。山峦斜坡上盛开的野杜鹃十分艳丽，而战前苍郁悦目的落叶松林，却被开垦得面目皆非。即便如此，沿途的风光也还是要比I温泉旅馆无聊的景色旖旎得多。如果能再往里走，去往湖边就好了。但此次时间有限。

金融局局长一行，在石阶状温泉街的顶端预订了旅馆。除田中科员之外，随行人员共计五名。入夜后照例举办了土里土气的酒宴。演出了一些猥亵的歌和舞蹈。这是一种永无止境的重复。然而在这个社会里，独创却是一种比滥用预算还要恶劣的罪行。奈之以何？这些人在遵奉道德。道德实际上要比快乐长存于世。因为打一开始就是一件无聊的事，所以感觉不出厌倦。

首班公交车，是早上六点半离开民营铁路站，七点抵达I温泉，在那里等候乘客十分钟后再返回铁路站。局长将乘坐这趟七点十分发车的大巴，踏上返京之途。

一行人在位于山谷之间的桥头汽车站，等候着大巴的到来。大家异口同声对局长的返京表示出恋恋不舍之情。但内心却不知道对这位愁眉不展的贵宾说些什么才好。

"啊！可是给诸位添了不少麻烦呀！"

桧垣只是小声寒暄了这么一句。

"您说哪里话呢！"

"倒是把局长累坏了吧？"

"我们也是借您的光，才好好休养生息了呀！"也有人实话实说。

说话间大巴就到了。汽车使河边泛起黎明之际似有若无的尘埃，唯有汽车在河岸阶地发出的回声令人感到骇然。车上只有三四位乘客。常客不外乎一心想着天天赚钱的行脚商，和从街里赶到乡村小学校上班的两位老师而已。

在大巴空荡荡的扶梯处站着一个男人。就算是要急着下车，那样子看上去也很是怪异。就在此时，一行中的某人开口直呼其名道：

"这不是森田吗？"

原来是县政府的一名职员。

森田是一位气色好却秃顶的中年男子。没等汽车停稳，他就已经弯腰，以奇诡的姿势，从扶梯处跳了下来。被他那严肃的表情所震慑，没有谁敢贸然与他搭话。只见他毫不犹豫地大步走到局长面前，咽了口吐沫后，这才终于开口说话。桧垣也认识他，惊愕之余不禁稍稍后退了一下。

"局长，方才县政府接到了从东京府上挂来的电话。这事必须尽快通知您，所以我便赶了过来。"

"辛苦你了！究竟是什么事呢？"

"其实，这个……"

——森田突然低下头去。这个男人装腔作势的本事众人皆知。一件出了名的轶事便是：在其长子诞生之际，他曾利用机关午休时间，一门心思地缝尿布。

"局长，就请您节哀顺变吧！"

他小心谨慎地将头颅深深地低垂下去。

"怎么回事？没头没脑的？"

"尊夫人昨晚八点二十分去世了。"

与局长相比，捧场者的反应更为迅疾。不为所动的，只有田中科员一人。捧场的五人，全都不约而同地"啊"了一声，并愕然看着使者。死讯与同情相比，反倒是某种具有连带性的感动，先行将人们连接在了一起。他们一齐真切地理解了桧垣金融局局长。此时的理解，类似于某种暴力。所谓的理解，一如暴力的权利存乎于心。这几位都是性情温顺的好人，只能做一些单纯微小的坏事，故而一旦心灵被赋予了这种权利，就立刻会委身于这一权利而绝无他顾。五人的粗暴理解殊途同归。结论如下：

"这是一位多么富有人情味而又了不起的局长啊！他隐瞒了自己妻子病重的事实。他以极大的忍耐力，恪尽职守；而更为了不起的是：他还每晚应对着难以忍受的酒宴喧嚣。尤其是昨夜，在其夫人临终之际，他还出于无奈，与我们一起唱起了《磐梯山小调》。难以抑制的忧虑日甚一日，终于被局外人有所察觉。尽管如此，他依然笑容可掬，默默地恪尽职守。这才是人之龟鉴！或许这，就是英雄！他是卓越之士，美谈之主！即便在这世风日下的年代里，居然也还有此等杰出的人物！这不能不令我等自愧弗如！"

周围人们迫切的吊慰言辞，令桧垣对事态的判断颇费周章。他低头凝视着自己的鞋尖，并轮换着鞋尖轻轻叩击着地面。在这个过程中，他渐渐领悟过来，因为他听到一个捧场者忧郁地说出了这样的话。

"虽然我们并不知情，但昨晚尊夫人仙逝之际，我们仍劝您参加那样的酒会，实在是抱歉万分！虽然从局长的神态上，我们已经揣测出您可能是在担心什么事情。可若是这种事情，您给我们透漏点消息就好了。"

桧垣对身边人们的误解做出了正确的判断。他没有一天不从心底里期盼着妻子的死。恐怕是拜妻子咯血过度，或别的什么原因所赐，这才导致他突然如愿以偿的吧。他成了桧垣家财产的完全所有权人。英子将会被娶为后妻吧。而且他本人缘由不明的忧愁，也被赋予了一个表面上的缘由（就是它呀，唯一的缘由！）。桧垣感觉到了元气的恢复。他与抵达 M 市那晚的他已经毫无二致。什么象牙烟嘴？让它见鬼去吧！

——片刻以后，巴士载着一行八人绝尘而去。进入落叶松林后，车窗变得微暗起来。八个人全都缄默无语。

"怎么搞的？诸位！"局长语调欢快地说，"即便在这里拜托大家守灵，我也只能是寂寞死了！请大家打起精神来，恢复方才的劲头，一起唱首《黑田小调》什么的吧！"

说罢，他便环视着大家，表情恍若英雄一般爽朗明快。于是，某人以催人落泪的声音表示赞同。

"局长！那就唱吧！"

大家应声附和着。于是《黑田小调》的合唱一直持续到了终点站。

火车站上，并不知情的税务署长和银行系统的人们，聚集在一起前来送行。为了磋商车票事宜，先行一步走出检票口的田中科员，被一位熟稔的县政府职员敲着肩头问道：

"怎么搞的吗？听说今天早上，值夜班的森田君接到了东京的长途电话，立刻表忠心似的，第一个跑去向局长汇报了。怎么跟发生了政变似的！"

"啊，啊。"

这个无所不知的男人，这个"金融局活字典"，做出了如下回答：

"没什么大事儿。局长的太太过世了。仅此而已呀！哥们！"

怪　物

他是傍晚五时过后摔倒的。

　　五月的海洋，听凭落日沉入地峡的群山背后，虔诚恭敬地捧举着飘摇的薄暮——那薄暮似乎正在向即将被带走的光辉进行安静的祈祷。

　　一只鱼鹰从悬崖的岩石阴影中腾空而起。

　　它似乎在那里筑造了一个巢穴。

　　当它收起翅膀降落在山顶红松的树梢上小憩时，过去曾痴迷狩猎的齐茂，便看出那是一只鱼鹰。这种猛禽的羽毛颜色，与松树的树干颜色相差无几。但是，由于夕阳将树梢映照得一片通红，故而使他发现了这只正在耸肩缩脖的猛禽的生活情景。

　　鱼鹰再次伸展开翅膀。那是一双甚至会令人感到不祥的、暗黑而又长大的羽翼。它穿过红松的树梢向高空飞去，翱翔在异常清澈透明的黄昏大气中。它的内心，无疑感受到了某种迫切而又可怖的冲动。它飞入山巅上方的广阔碧空，化身为一个熠熠跃动的点，似将扶摇而上，直奔苍穹。

　　齐茂站在檐廊下，为仰望紧邻屋檐的天空而踮起脚尖。就在此时，他勉强做出的姿势，导致已经硬化的脑血管发生了破裂。

这是一栋位于高台上的别墅，与伊豆半岛山麓下某个低级温泉地相距不远。别墅的下方有一条隧道，公交车道迂回着从隧道中穿过。隧道的脊背就那样成了断崖，与大海的景致紧密相连。分给松平齐茂居住的房屋，是独立于别墅的三间厢房。由已经过世的第二任妻子的女儿照看他。

从昏睡了一昼夜的状态中醒来以后，首先闯进齐茂耳畔的，是一种阴郁且又极其低沉讨厌的声音。他花费了几分钟的时间，判断出那是在藤架上飞来舞去的蜜蜂的振翅声。意识恢复以后，他首先想把目前心中的疑问、自己的所处位置、自己失去意识期间都发生过什么等问题，全都问个清楚。他的麻痹感异常严重，使他丧失了说话能力。因左侧内囊出血，导致他右半身不遂。同时，另外几处不大的出血点，损害了他的语言中枢。

"您清醒过来了！"

"想说些什么吗？"

"是我！桧垣！您能认出我吗？"

别墅的主人——微胖的中年男子桧垣，将自己的脸凑到齐茂眼前。从额头上堆着的冰袋下方看到这张脸后，年长的贵族一瞬间因恐惧而睁大了眸子，随后便不知所措地眨了眨眼睛，并合上了双眸。因为他从桧垣的脸上，看到了一张因微不足道的盗窃罪，导致双颊挨了巴掌的少年面孔。

桧垣凭直觉感受到了齐茂的恐惧。他把脸挪开，向齐茂的女儿斋子递了个眼色，稍微左右晃了晃头。

齐茂闭上了眼睛。全身燃起一股怒火。虽然只是一瞬间，可感受到恐怖这件事，已然让他怒火中烧。在迄今为止的漫长生涯中，他还从未对人有过恐惧，哪怕一次。

耳畔传来窃窃私语声，或立或坐时的衣服摩擦声，穿着短布袜的脚掌轻轻叩击榻榻米后站立起来时发出的干燥声响，以及榻榻米隐隐发出的嘎吱嘎吱声。

"意识恢复过来了呀！"——是长子齐显的声音。冷酷的高嗓门听起来要比实际年龄年轻。

"可是说话好像还不怎么利落。"——桧垣说。

"还什么话都说不出来呢。"

"护理起来可能很辛苦吧。"

"嗯，不过，我嘛……"——斋子说，"总不能托付给护士呀。我一个人来护理，大家不必担心。"

"嘴巴不灵光，不是反倒更好吗？"——斋子的姐姐耀子，以旁若无人的语气说，"这样一来，斋子反倒轻松了！"

"嘿嘿。"——齐显笑了。

齐茂被阴沉的怒气驱使着想要坐起来。虽然高烧导致全身倦怠，但左手还是动弹了一下。寝具晃动起来。冰袋中带有坚硬棱角的冰块，一边摩擦着他的额头，一边塌落到面颊上。听到呻吟声后，四个人跑过来，制止住了"绝对安静"的病人。

清脆的汽车喇叭声响起，是巴士正在驶入隧道的声音。马达声透过院落的土层，微微传递过来。响声远去后，被遗忘了似的海潮声便再次返回耳畔。齐茂突然想起了那只鱼鹰翔翔的情景，他觉得那就像是上辈子的事。天空辉光闪烁，串串相连的云朵，呈现出仙境般的壮丽景色。

松平齐茂子爵迄今为止所度过的人生，与其说是仰仗恶魔般的强大影响力，莫如说是借助了精神方面的膂力。他相信这次也同样度过来了。自幼年时起，他就对残酷的恶作剧兴趣盎然。他曾用杨柳弓①射猫，并斩断其头颅，暴晒于苍老的梅树上，还曾用开水去浇烫迷失了家园的小麻雀来取乐。

一个毫无人格魅力的人，在其一生中，竟能如此这般随心所欲地摆布他人，靠的是什么呢？如果说是靠门第，当然并无不可。可是连门第更为显赫的人，也都悉数被他笼络在侧，玩得团团转；若说是靠清高自诩，当然也并无不可。可是，根据时间和场合，他对糟蹋自己清高形象的行为，有时竟毫不在意。他轻易就接受了桧垣邀他入住这栋别墅的建议，便是一个很好的例证。

平素对众多人等加以伤害，使他们陷入不幸的境地。这种自我意识，已经成了他的生存支柱。他确信自己拥有一种与生俱来的阴暗力量。比如，他对自己在预知或占卜方面的天赋，亦抱有狂热的自负。他诅咒某个男人，那个男人不是死掉就是患上重疾。看到别人的不幸，就是对他自己最大的慰藉。步入中年以后，虽然有过一段时期，他曾热衷于与自己身份并不相称的慈善事业，但那也不过是因为可以一饱眼福，看到极度的贫困或恶性流行病。

他酷爱中伤、诽谤、挑拨离间、讥讽、辱骂或毫无根据地编造谣言丑闻之类，将不该发迹却已出人头地的男人打翻在地，使美满和睦的夫妻陷入破镜之叹——对这类事他充满了令人瞠目的热情。然而，这种热情是一种不得要领的复仇情热。没有比无缘无故的幸

---

① 江户时代用杨柳制作的游戏用小弓。

福，更能使他从心底里感受到屈辱了。

从京都帝国大学中途辍学后，齐茂进入被称为"华族子弟垃圾场"的宫内省①供职。同事和一个宫中女官谈起了恋爱。于是他故意将此事宣扬揭发出来。这一陷害同事之举，反而为自己掘开了坟墓。

就在此时，有人给他的表妹提亲。对方是一位年幼的皇子。年幼的皇子在一家人面前大言不惭地宣称：

"我可是个童男子啊！"

齐茂本是皇子的好友，一边称呼对方为"殿下殿下"，一边暗中引导他放荡行乐。谁知在提亲这件事发生之前，皇子却以非常卑鄙的手段，夺走了齐茂喜欢的艺妓。为此事与皇子结下梁子的齐茂，访遍京都多家提供妓女的茶馆，搜集了皇子沉湎酒色的铁证，并把证据交给了表妹家人，致使这门亲事告吹。于是皇子便将写有"此恨终生不忘"字样的亲笔绝交信寄给了齐茂。

那年冬季，因有事要办，齐茂曾回过一趟旧领地。在他离开宫内省期间，从他的办公桌内，发现了一份对皇家大不敬的资料。其中含有宣泄私愤奚落年轻皇子的和歌，甚至讥讽了皇子的好色。当时恰为明治末年，正是幸德秋水事件②轰动整个社会的时期。蒙这篇戏谑文章所赐，齐茂被误认为社会主义者。当时有些人故意将他错认为这种人，都是一些对齐茂陷害同事之举素来心存怨恨之人。

有个男人特意将戏谑诗文拿给皇子看。皇子雷霆震怒。宗秩

---

① 日本于1869年设立的掌管宫中事务的官厅。
② 1910年日本政府制造的冤案。为达到不可告人之目的，诬陷社会主义者和无政府主义者意图"大逆不道"刺杀天皇。又称"大逆事件"。

寮①总裁亲谒王府。归京后的齐茂，认准这个事件若向社会披露，反而会成为皇子的丑闻，于是便私下里巧妙运作，结果只是受到了警告处分而已。遂辞掉了宫内省的职务。

齐茂开始诅咒皇子。他的咒文是极为现代的新教徒式诅咒，不需要大规模的咒文和法术，只要在心中念念不忘即可。大正三年，年轻的皇子罹患急病薨逝。

齐茂有个收集春画和黄色照片的嗜好。尤其是第一次世界大战后，他进口了无数的德国《闺房百态图》底片。他从这个时期开始迷上了摄影，向摄影师学习了各种洗印照片的特技，将自己憎恨的男人头像，与春画上的人物头像互做更换。这种奇怪的创作并不示人，只为自娱。身兼子爵家大管家兼管理人的某银行行长，因为总是找理由舍不得拿钱，便使得齐茂无法不将他照片中的秃头，贴在了春画中德国美人丰腴且布满田埂般皱纹的肚子上。而行长本人做梦也不会想到，自己竟会沦落到这步田地。

"那家伙事到如今还一无所知，不折不扣地做着美梦呢！"

齐茂很想把这种心境吐露出来，便于翌晨不辞辛苦地去拜访行长，并说道：

"对了，你昨晚的美梦做得不错吧？"

"什么意思？"

"我想你一定是做了美梦啊！"

"子爵，您可别拿我开涮啊！"

身为子爵的父亲去年过世后，齐茂便继承了父亲的爵位。

---

① 日本律令制下附属于省的官署，宫内省诸寮之一，主管有关皇族、王族、公族以及华族等事务。

然而，多亏有了这么个行长和这么个银行，子爵家才避免了十五银行①倒闭后带来的损失。而其他诸多名门望族，却全都因此导致家庭破产。即便如此，齐茂也还是装病，没有出席行长爱女的结婚典礼。齐茂一直漫不经心地做着对那个漂亮姑娘行使初夜权的美梦，故而就她父亲对自己只字未提，就决定了这门亲事心中不悦。在姑娘嫁为人妻以后，齐茂仍对她苦苦劝诱，并终于使其屈服，甚至还特意骄傲地向她丈夫吹嘘此事。后来那女人留下两个孩子自缢身亡。丈夫不肯再婚。

　　齐茂在壮年时，遇上了一个旗鼓相当的可笑对手。此女乃祇园一名唤作阿福的艺妓，曾一度嫁给大阪的一位绅士商贾。分道扬镳后，被齐茂给包养了起来。至于离婚的原因，则众说纷纭。譬如，有这样一条传闻。

　　她打心底里憎恨前妻的孩子。但她并不是那种心机外露的女人。她深得婆婆喜爱。看上去貌似一个心地善良、打扮干净利落的继室。前妻的孩子是个八岁男孩。继母阿福常在寒冷的夜晚，掀开孩子的被子想要让他感冒；此外还逼着孩子饕餮点心和美味佳肴，借以伤害他的肠胃，希冀运气好的话，能让孩子中毒。然而，对于健壮的孩童，这种不痛不痒的虐待方式根本就不起作用。

　　一天晚上，阿福和继子同时入浴。她在浴室里命令在室外烧水的男佣，让他把洗澡水烧得更热些。此时恰巧阿福来了电话，为了传话给她，女佣冷不防闯进了浴室。只见阿福正赤裸着身子，坐在密闭的浴桶盖上，继子却不见了踪影。被热气熏得几乎窒息过去的

---

① 1897年由第十五国立银行改组成立的普通银行。继1923年受到关东大地震打击后，又于1927年因金融危机遭遇挤兑风波而停业，1944年被帝国银行兼并。

孩子被搭救出来了。阿福却装成开玩笑的样子，在一个人泡澡的孩子头上，盖上了厚厚的扁柏木板盖子。

女佣将此事向主人作了汇报，于是便传出阿福被扫地出门的传闻。

然而，在被齐茂纳为小妾以后，她却丝毫也没给人留下这种阴暗的感觉。她变得沉默寡言，为齐茂生了两个孩子，齐显和耀子。

两个孩子均在出生一个月后，被齐茂送到了正室身边。齐茂觉得这真是一举两得。通过这种处理方式，他可以同时令两个女人陷入不幸。亦即，一个女人成了被夺走孩子的母亲；另一个不孕女，则要去服嫉妒之苦的徒刑。正妻之所以不孕，是因为第一次怀孕时，齐茂不知为何事动怒，从正面踢到了她的肚子，导致大出血并造成不孕后遗症。正室后来因肺结核故去。

——就这样，他又昏昏沉沉地度过了一天。他的耳边突然响起孩子的尖锐笑声。接下来便听到阻止孩子的咂舌声。孩子总不能一直不笑。笑声再次响起。齐茂半睁开眼睛。无论是庭院还是海面上空，到处都充满五月里晴和而清新的空气。铺展开来的大片云朵，恍若白光闪烁的粉状药剂，从大海的方向一直扩散到檐头的上空。

"叔叔，您醒了吗？孩子们闹人，对不起！"

充满朝气的粗犷声音。说这话的是尚夫，也就是那个因齐茂的轻率举动而自缢身亡的夫人的儿子，即如今已经不在人世的那个行长的外孙。他做梦都不会想到，母亲的死会与齐茂的插足有关。他在毫不知情的情况下长大。从孩提时代起，他就常常被外祖父领着，到齐茂家玩耍。这个不知道什么叫客气的孩子，如今已经三十五岁，成长为一个不相信人会有恶意的快活青年，发育得结结实实。

齐茂将脸转向庭院更深的地方。尚夫粗鲁地坐到檐廊边上，呼唤着正在眺望大海的妻子。

尚夫穿着一套相当华丽的方格花纹西装。因为他大学时代曾是足球选手，故而膀阔腰圆。他取下挎在肩上的照相机，把它拿给齐茂看。这是一家齐茂并不熟悉的美国新公司的产品。只要能张嘴说话，他就会嘲笑这个居然对什么美制产品感到满足的尚夫。但如今已无能为力，所以只是眉头颦蹙，极为不快地歪咧着嘴唇。然而，尚夫却又再次呼唤起妻子的名字来，并且不再看这位满脸邋遢胡子的老人那张丑陋的脸。

藤架上的蜜蜂，今天依然飞来舞去的。看不见的地方肯定有蜂巢存在。齐茂好歹算是抬起了头。于是视界被分开，一条长长的海域映入眼帘。可以朦胧地看到海上紫茄色的岛影。

就在此时，他的眼帘里出现了与孩子牵手而行的年轻夫人的身影。她方才正想带着毫不顾及病人、只是吵闹不休的孩子去断崖那边散步。齐茂望着在庭院的草坪中露出笑靥、正在向自己走近的年轻夫人。她穿着时髦的服装。在齐茂的远视眼里，夫人的耳环摇曳出灿烂的光辉。那耳环好像是由黄金环扣与下方垂吊着的玛瑙工艺品组合而成。因为那正在闪烁的光点，看上去就好似一簇跃动着的、小小的朱红色火焰。

老贵族的心里燃烧起无法形容的妒火。他想要开口说话。即便到了这把年纪，他肚子里依然装满了捕获女人心和伤害男人心的词语。然而，从他嘴里漏泄出来的，只是一些并无含义的嗫嚅。他的嘴，在空中描画着自己想要表达的语言形状……但是，那形状却须臾间如雾霭般崩溃逝去……他想要站立起来。他的一生，无故伤人已成家常便饭。然而如今的他，却身体重如庭石，躺在床上动弹不得。

斋子到哪里去了呢？

尚夫夫妻无忧无虑，根本就不像是来看望病人的。他们并没将齐茂看成病人，而只是把他当作一个哑巴老人来对待。也不等他回话，只是一个劲儿地跟他搭话。尚夫说，他们是在周末旅行的途中顺便过来探视一下。太太睦子与丈夫面对面地坐在檐廊边上，时不时地望上齐茂一眼，那目光既像是怜悯又像是有所忌惮。

"麻烦你们为我看家，谢谢啦！"斋子拎着购物袋走进庭院后说道。

"醒过来了。光看脸色，都不像是个病人呀！"

"很遗憾听不到他的回答。我现在正在跟叔叔东拉西扯地闲聊呢。"

"真是不好意思啊！我这就去沏茶，请到那边屋里坐吧。"

将这对夫妻和孩子引领到另一个房间后，斋子又折回屋里，把手放到父亲的额上。

"感觉可好？"斋子问。

齐茂点了点头。语言不通竟会把一切都变成这个样子吗？齐茂望着斋子未施粉黛、京都尼姑一般红润的两颊，胎毛环绕的素唇以及眼角细长的清秀眸子。他平素不怎么注意女儿的容貌。即便看，也从未像今天这样近距离仔细端详。更不知道她的脸上竟会散发出如此这般的青春气息。因为是去阳光普照的远处镇子上购物，故而斋子的脸上已经渗出些许汗水。她眼睑微红，面颊发热。吐出的气息中，混含着五月的海风、野草的芳香、雨霁日晒地气蒸腾后果树木纹般的香气。可以窥视到的舌尖，恍若一块绷紧的粉红色肉块儿，在唾液的滋润中，犹如狡猾的生物一般活动着。并不归属于任何人的青春朝气，使斋子的脸看上去几乎充满了忧郁之色。

斋子的眼神里不存在恐惧。这令齐茂陷入绝望。也没有怜悯。斋子只是单纯地表现出亲切。迄今为止在父亲身边帮着料理家务也好，一直单身至今也好，并非是她抱有自我牺牲的想法，而是她喜欢这样做。齐茂从斋子那出自骨肉至亲的"感觉可好"的问候中，看到了她的这种情感。这是一个难以忍受的发现。他闭上眼睛，暗示女儿可以走开了。

"您可要安心静养呀！乱动可不好！"

在齐茂病倒前，斋子可从未这么亲密地跟他说话。片刻以后，当齐茂微微睁开眼睛时，他看到了一双从走廊跑向客厅的健壮赤脚。女儿总是穿短裙打赤脚，大大方方地外出购物。那双美足被太阳微微晒黑后，显露出了宛若蓝色粉笔痕迹似的静脉。走廊已被擦得溜光铮亮。那双小脚踏着映现在走廊上的白色玻璃门影子，毫无牵挂地向客厅跑去。

"唯有这个姑娘的母亲——我第二任妻子的死与我无关。我不曾对她的母亲犯过罪。真是咄咄怪事！被我害死的女人有十五人之多。有个女人被我撞倒后，顶着倾盆大雨在庭院里哭了一个多小时。当时如果把她拽进屋里就好了，可要是弄湿了自己新做的西服，也会令我怒火中烧。这期间因为无聊，便拿起英文报纸从头到尾读了一遍。读那东西可是相当耗费时间的。报上登载的御木本大型广告，至今还奇妙地留在我的记忆里。打那天起三日后，那个女人因为经不住折腾，得了急性肺炎死去了。我给她包了一个五元的奠仪。低级小报上刊登了一篇揭露性报道，把我视为畜生。我特意邀请那位记者，在新桥盛情款待了他。于是报上又登出了一篇订正报道，把我写成了'有主见的男人'。有主见的男人！说我是有主见的男人呀！"

齐茂想笑。可是笑就像有洞的气球，怎么都鼓不起来。僵硬了的嘴巴就那么一直歪扭着。他以为额上依然放着冰袋，便把手伸了过去。然而冰袋早就被拿掉了。冰枕用怄气似的弹力，支撑着齐茂的头颅。

这时，他感到自己的脸被罩上了一团荫翳。只见一个用一只手扶着拉门的四五岁模样的男孩，正站在那里俯视着他。是方才见到的那个尚夫的孩子。

齐茂感觉到一阵莫名的恐惧。

孩子已经用一只手将短裤卷起，正在大腿上挠痒痒。并保持着那种姿势，盯着齐茂露出一丝微笑。接下来便像猫一样，做出将身躯蹭向拉门棱角处的动作，并决意想要再靠近病床一些。

齐茂讨厌孩子。他对世人为什么要疼爱孩子感到不可思议。即便孩童时代的尚夫，也恰恰是因为自己内心愧疚，这才热情地招待过他。

孩子来到床边蹲下，目不转睛地望着老人的脸。看上去既没有恐惧，也没有好奇心以外的任何情感。在他人针对自己的好奇心中，齐茂只宽恕那种含有嫉妒成分的好奇心。然而四岁的男孩哪里会有什么忌妒之心呢？孩子张开薄薄的嘴唇，仔细地端详着老人。不久后便长长地吁了口气。世上居然会有唉声叹气的孩子！随后他便伸出小手，摸了摸老人的头，一本正经地这样问道：

"声音大了不好是吗？"

齐茂拼命地摇头，用可怕的眼神也斜着孩子。于是，这个大胆的孩童，脸上露出了微笑，眸子闪闪放光。两边的嘴角上，还粘着一层薄薄的干鸡蛋黄。

孩子像只豹子似的，猛地扑到被子上，接着就骑到病人的脖子上，用力向两侧拉扯病人松弛的腮帮子上的肉，并笑了起来。随后又开始去拽他的胡子，并向左右拉扯他的白发，撕扯他的耳朵，把耳朵当作玩具摆弄。齐茂想用那只可以自由活动的手去制止对方。然而那只衰弱的、窝在被窝里的手，却无力推开四岁孩童的体重。片刻后，孩子那圆滚滚胖乎乎的手指，已经够到了老人满是皱纹的咽喉上。齐茂的脸，眼看着憋得通红。

"我要被杀死了！我要被杀死了！"

齐茂好不容易才把手从被子里抽出来。他想要抓住孩子，孩子却麻利地从他手中挣脱，并跑到客厅那头，没完没了地笑了起来。这时齐茂才想起，枕边还有个摇铃，便伸手摸出那个铸铁家伙，慌乱地摇了起来。

匆匆跑来的斋子和尚夫夫妇，见此情景不禁开怀大笑起来。看见大人们笑了，男孩儿也就笑得更欢。没有人理解齐茂的危机。老人眼中尖锐的怒火、祈求救助的真切表情、嘴角涎水直流的老迈滑稽丑态，无一不证明了他的危机。斋子蹲下身去，用毛巾擦掉齐茂的口水，又漠然拭去他额头上的汗珠。

"看来是这孩子又跟叔叔套近乎了呀！方才听到叔叔的鼾声，那孩子还笑呢。叔叔也不要因为孩子笑就动怒啊，那可就太没大人样了。"

"怎么样？斋子，给我家孩子和叔叔拍张亲密照吧！"

"这可是个好主意呀！现在的这个光线，还能够拍下来。斋子，你看可以吗？"

本以为斋子会反对，没想到她却满口答应下来。

"好事啊，爸爸！没听说照个相，病还会加重的。"

齐茂不住地晃头。斋子将齐茂的意思传达给了对方。然而尚夫并不理会，并已经开始做准备了。他让孩子在枕边坐了下来。为了避开镜头，齐茂将头颅从枕头上挪开。快门响过后，拍出了一张气喘吁吁野兽一般的大嘴照。

齐茂昏迷过去了。打那日起两天的时间里，他始终都是在模糊的意识中徘徊。医生并不认为出现了新的血管破裂，反倒怀疑是神经疾患的并发症。

齐茂产生了许多幻觉。鱼鹰展翅欲飞，却飞不起来。它在悲哀地鸣叫，挣扎在月夜的庭院里。于是无数的蚂蚁猥集到鱼鹰身上，将它活活咬死。肠子上黑乎乎地聚满了蚂蚁……

还有，在一个月夜的海上，齐茂看到一艘巨大黝黑的货船，满载着曾被自己虐待过的男男女女，正在向这边的海湾驶来。货船在断崖下抛锚。手中拎着皮包的船客们，接踵登上了断崖。他们的指甲长得很长，从一个岩角飞快地攀援到另一个岩角，皮包却没有掉落。众多的面孔在断崖上排成一列，窥视着齐茂的病房……

大都是这些老一套的幻影。齐茂大约缺乏诗人的素质，对这些庸俗幻影的反应，就是发出他那直率地道的恐惧呓语。

四五天后，他又恢复到昏迷前的状态。在嘴巴不能说话、半身不遂依旧的状态下，恢复了旺盛的食欲。

这是五月过半的某个清晨。

这个清晨实在是太美了。海上风平浪静，天空万里无云。众多的渔船开始出海。从齐茂的病房里也可以看到：散布在海面上的点点白帆，正在互相吸引似的时聚时散。红松的枝头上小鸟群集，嘤嘤鸣啭不断。庭院中的荷花玉兰，绽开了它那土里土气、假花一般的大型花朵。蜜蜂愈加繁忙地飞来舞去。汽车的鸣笛声，也要比往日更加频繁。许多轿车和吉普车，穿过隧道向温泉地驶去。于是他注意到今天是星期日。从昏迷那天算起，正好过了一周。

桧垣、齐显及耀子，以及意识到些微责任故而赶来的尚夫，他们全都从昨晚开始住在了这里。斋子用银匙，将牛奶送进父亲口中。齐茂的脸颊下铺着一条毛巾。牛奶常常溢出，顺着下颏濡湿了毛巾。因情绪颇佳而失去耐心的斋子，将银匙粗暴地送进父亲口中，触碰到了摘掉假牙后的柔软牙龈上。作为回击，齐茂将口中的牛奶全都吐了出来。

没有一个人能够理解这个不断发怒并被幽禁着的灵魂。大家只是被桧垣低级下流的玩笑逗得哈哈乐。就连斋子也常常被他的笑话引逗得停下拿着汤匙的手。

"不过，怎么说好呢？父亲本来是应该由我们照顾的，却反倒给您添了这么大麻烦，这番厚意实难忘记。甚至连斋子都得到了您的关照……桧垣先生真是了不起啊！这对一般人来说是做不到的。"

耀子意识到给桧垣戴高帽在利害关系上于己有利。因为看透了这一点，所以才这么嘴甜。可是一向不肯掏腰包的这位近亲，却对自己的怠慢行为视而不见，甚至还说什么"真是了不起啊"之类的话，这才是"一般人做不到的呢"。

以千金小姐身份长大的世故女人耀子，一直轻蔑地说哥哥齐显不谙世事，其实是五十步笑百步。

"真是给桧垣君添了大麻烦，实在是感激不尽！"

齐显不愧为齐显，说起话来妄自尊大。本来是一个想当作曲家的人，却由于惰性成癖，最终一事无成，反而跑到父亲宅邸的废墟上，饲养起安哥拉兔子来。一个靠饲养兔子的收入糊口的男人，竟然对证券公司的社长，用这种语气讲话，实在是给人以一种离奇的感觉。

"用不着致谢。这我可就领受不起了。我只是按崇拜者的心理行事而已。我太崇拜令尊大人了。只要是为了老爷，无论做什么，我都心甘情愿！可不要说这是什么封建意识哦！那我可就不好办了。我只是太喜欢令尊大人了。仅此而已呀！"

"他好在哪里呢？"

"正所谓'萝卜白菜各有所爱'。令尊大人嘛，在我看来莫如说他就是忍辱①啊。"

"可是大蒜②不管怎么说也还是激素制剂呢！"

斋子沉默着。沉默就是责难的信号。她已经把父亲视为一个为了被人护理而存在于世的令人留恋的偶人，可是在听到上面那句话后，她便联想到父亲也还是有耳可闻有目可睹的。然而，父亲的耳朵和眼睛，似乎长在了肉体以外的地方。莫如说那双耳朵和眼睛，

---

① 忍辱：佛教用语，六波罗蜜之第三。忍受种种侮辱和痛苦而心不为所动。桧垣将齐茂喻为"忍辱"，乃夸奖之意。
② 日语里"大蒜"和"忍辱"发音相同。因是佛教用语，知晓该发音除了"大蒜"还有"忍辱"之意的人不多。故而齐显错将桧垣所说的"忍辱"理解成了"大蒜"。他以为对方瞧不起父亲，故不满，遂找出大蒜的益处之一为父亲辩解。

154

似乎是从另外一个世界，悄无声息地面对着这个世界。从另一个世界听到的任何事情，都不会成为这个世界的耻辱。或许只有在这样的耳朵和眼睛面前，人们才能够厚颜无耻地为所欲为吧？

"都喝了吗？"

"喝一半就停下了呀。"

"我来喂喂看。"

桧垣毫不介意自己的裤线，规规矩矩地坐下拿起了牛奶匙。

齐茂再次预感到一种无以名状的恐惧。可是恐惧已经成为他的生活。对人类的恐惧早已成为他的信条。

桧垣的目光，与被眼屎糊得半睁半闭的老贵族的目光相遇了。桧垣的小眼睛、稍显肥硕的下颏、圆乎乎的鼻子——这一切都让齐茂看得忍俊不禁。自己成为桧垣的累赘物，归根到底，也只是为了进一步耻笑他。

——从桧垣牙齿参差不齐的嘴角飘逸出善意。他以吞食善意过多而几乎就要打出饱嗝似的面孔伸出了牛奶匙。从这张面孔上，已经难以觅出脸上挨了一巴掌时那个少年的机敏表情。

——那是二十五年前的事。这个当时被雇佣的管家的儿子，偷走了齐茂忘在庭院凉亭里的打火机。与其说是偷盗，不如说只是出于好奇把玩，正在那里摆弄时，被回来的齐茂撞了个正着。于是他揪住少年就是一个耳光。少年个子不大，头脑聪敏。齐茂也承认他脑子好使，但却看不惯他那丑陋的长相。虽然齐茂对美好的东西也依旧是残酷的，但他的冷酷无情中却混杂着爱。然而这种爱丝毫不宽恕丑陋之人。

就因为这个，桧垣被古板的父亲逐出了家门。于是，桧垣便作为某股票商的学仆，住到主人家里，并被主人看重且锤炼成才。战争结束后，他被允许使用老店字号，自立门户当上了一家证券公司的社长，并在此处购买了这栋别墅。他自己不住，却将因战火失去家园的旧主人和他的女儿以客人的身份接来，顺带替他看守门户。

——桧垣舀了一满匙牛奶，将匙底送到齐茂的下唇边。齐显等人也都探过头来观望，并声援着桧垣。

"爸爸，喝奶！"齐显以冷酷的命令式语调说道。以这种措辞讲话的这个男人，话语深处却含有意想不到的亲情味儿。

"就喝了它吧！可香了。"耀子粗鲁地随声附和。

"桧垣先生，加油！加油！"尚夫天真至极地说。

作为听到这些话语后的瞬间反应，齐茂在心中，做好了以不变应万变的准备。这种预感一般来说不会有错。事实上，人生有时就会在某个重要的瞬间拥有一副无聊的外观。若举个夸张的比喻，这就与隐藏在大众中的行刺者会打扮得并不显眼一样。

双唇紧闭不肯喝奶是一乐；错开脸庞弄洒牛奶也是一乐；此外，将力气集中到嘴唇将牛奶匙弹回，让桧垣的鼻尖像狗一样溅满了牛奶也是一乐。

齐茂倏地转过眸子看了斋子一眼。只见斋子正倚靠在父亲的鸭绒被上，歪斜着身子，用手指摆弄着从绢丝被罩里钻出的一根白色羽毛。看样子她似乎并不关心齐茂会采取怎样的态度。但是她在期待着什么，任谁看了都一目了然。只是无人注意到罢了。

见此情景，齐茂无意识地产生了一种想要把自己温顺地托付给什么的想法。他顺从地张开了嘴巴。牛奶在半麻木的口中顺利地滑进肚里。

"哎呀，他开始喝了。"

"怎么样，还是我有办法吧！"桧垣说。

齐茂令人难以置信地通过桧垣的牛奶匙喝了好几杯牛奶。

已经看腻了的耀子，为借用斋子的手镜化妆而站起身来。镜子反射着五月清晨的日光，须臾间便在室内纵横晃动起来。

斋子说：

"看这样子，爸爸的病很快就会好起来的。"

"没错。没错。"桧垣说。

片刻后，斋子开始准备午饭，桧垣和尚夫出去散步了。

几乎可以说齐茂是有生以来第一次沉浸在甜蜜融洽的感情中。他觉得天也美海也美，就连传入耳畔的嘤嘤鸟语和蜜蜂的嗡鸣都十分悦耳。他的感情，即便是在半身麻痹的状态下，也能感觉出一种清爽的和谐。

因为没有镜架，耀子就把手镜立在窗框上，站在那里补妆。妆毕，她又拿起手镜，在屋里闪电似的到处乱晃。横卧在那里阅读晨报的哥哥齐显喊道：

"你消停点好不，烦死了！"

"可是今儿个一大早，我就惹了一肚子气嘛。本以为斋子还是个孩子呢，可是你看她那通安排。只是把我们安排在这边的小屋子里睡，她自己一个人却和桧垣跑到正房去睡了。"

"桧垣一开始就有这个意图，有什么办法呢？"

"真是让人看得目瞪口呆呀。"

"这次来，看到斋子的样子不对头，我这心里边就明白了。让桧垣巧妙地钻了个空子。"

齐显端着架势打了个大哈欠。

听着听着，齐茂暂且的情感安逸破灭了。

"和桧垣这种人……男人本来有的是，却偏要和桧垣这种人！"

他想起了斋子方才异常认真地摆弄鸭绒被白羽毛的模样。那才是真心的爱。因为有了那种暗示，齐茂才喝下了桧垣递送过来的匙中奶。真还不如是毒药呢。即便是毒药，他也只能等着喝下去了……

齐茂的眼中燃起愤怒的火焰。预知的能力和占卜的能力，已经在他眼前彻底消失，恐怕连诅咒也不再灵验。有谁能理解这样一个图囵中的身躯？有谁能理解这个被囚禁的灵魂？连他自己都搞不明白了……他期盼着死。只是死他也说了不算，不过毋庸置疑的是，死终究会像某日清晨飘落到乞丐头上的一枚破损小纸币那样，飘落到他的头上。

松平齐茂不知道什么叫悔恨。话虽如此，他曾带给别人的那些不幸，却已然茁壮成长起来。如果不幸能够令人瞠目地繁殖出不幸的儿子、不幸的孙子乃至不幸的子子孙孙，齐茂也许还会有生出悔悟之心的热情。然而，他播撒下去的不幸种子，无一不是以畸形的爱情、扭曲的人道主义以及温和的责难成长起来的。他并未因此遭到任何报应，哪怕就一次——以他对待别人的不幸和实施伤害时沾沾自喜的强有力判断和同等的力度！他并未遭到任何报应！他所得到的，只不过是那个会来事的暴发户，用圆乎乎的丑陋小手，握着牛奶匙向他口中送去的少许牛奶罢了。仅此而已。他一生中所遭受的报应舍此而无其他。

那般急欲开口说话的齐茂，因激怒过度而变得不想多言。于是便觉得心中似乎萌生了别样的自由。这个埋没在衰老、疾病与分泌物气味中的老人，在固执己见的巢穴中，悄悄梦想着一种借助于微妙复仇行为后的生存方式。他在心中自忖：绝不能把斋子托付给那头卑鄙下流的猪猡。至少也要将斋子留在身边，必须使她成为自己真正的不幸。

桧垣的举止逐渐露骨起来。在难以从假寐状态中苏醒过来之际，齐茂听到了斋子的声音：

"不行啊，在这儿不行，我不是说过不行了嘛。"

两人旁若无人忘乎所以，常常会忘掉齐茂的存在。子爵有时遗尿来不及摇铃，两人居然两个多小时都没能发现。

某夜停电。斋子端着蜡台来到齐茂枕边。她放下无罩的蜡台，想要前往正房。齐茂一直在等待这个时机。他利用横向伸出的左腿将斋子绊倒在地。

斋子还以为是在闹着玩，忙喊道：

"快别这样，快别这样，这会妨碍您养病的。"

齐茂用尚可自由活动的左腿和已经不管用的右腿，压住了倒下的姑娘的双腿，随后用左手举起蜡台，用肩膀强制性地压住姑娘的前胸。

由于左手运用自如，他完美地达到了目的。蜡烛的火苗烘烤着斋子的脸颊。斋子的拼命抵抗，导致火苗蹿到了部分发丝上。火苗掠过头发，将发丝精心细致地烧烤得打了卷，并蔓延开来。不过头发上的火苗并未造成严重后果。

——松平齐茂的这个最后计谋失败了。现今已不多见的人道主义者桧垣，毅然决然地和半张脸留有疤痕的丑陋女人结为秦晋之好。两人婚后一周，齐茂因再度发生脑溢血溘然而逝。

水　果

她真诚地向右侧解开内衣，对我展示出她那温润甘美的酥胸，恍若将一对活生生的雉鸠敬献给了女神。[①]

皮埃尔·路易[②]《莫娜西蒂卡的乳房》

昭和二十二年十月，逸子把弘子请来，在之前一直单身寄宿的田园调布的伯父家厢房里，开始了两人的共同生活。打从春天起，弘子就常来逸子处居住。伯父夫妇对此丝毫不以为怪。弘子提出要跟逸子缴付同样的房租，并已付诸实施。莫如说伯父和伯母对她们的同居，持有积极的赞同态度。伯父是一位年迈的、无法将自己落后于时代的著作兜售出去的法律学者；伯母则是一个一看就知道没有工作、每天无所事事的女人。

所谓厢房就是指与正房分开的一间五坪[③]大的画室。此外还附带一间四铺席半大的房间和厨房。这间画室是为在战场上死去、曾立志要当画家的长子建造的。伯父夫妇甚至厌恶靠近这间画室。原因就在于长子战死后，他们偶然得知：这间画室风水不好，触犯了"鬼方"[④]。这并不是那种迷信导致的恐怖，而是源于一种惧怕悔恨的心理。

画室收拾得相当温馨。室内总是整洁明亮，即使不速之客突然到访，也不至手忙脚乱。逸子与弘子，虽然外貌几乎毫无相似之处，但在爱干净已近洁癖这一点上，却十分相像。有洁癖的人，反倒具备一种无论做什么事，都与熟练使用镊子相似的从容与舒缓。这二人举止上看似慵懒的稳重劲儿，也同样毫无二致。

逸子年长，已快到在人前忌惮谈婚论嫁的年龄段。她身材高挑，眉清目秀，鼻梁秀挺，是个十足的大骨架美女。四肢也十分结实。若站到舞台上，怕是十分的抢眼。她有一个走路时大摇大摆摇晃肩膀的毛病。因为喜爱古董，常会去购买一些来历不明、仿制李朝的壶或翡翠。神户轮船公司的父亲，每月都给她寄来充足的零花钱。

弘子则个头矮小，沉默寡言，小圆脸蛋儿生得十分紧凑。因为严重贫血，故而脸色近乎草绿色。也正因此，脸上的胭脂和口红就像是涂抹在了陶器上似的，看上去十分鲜艳夺目。虽是近视眼，却不喜欢戴眼镜。

两人在一所私立音乐学校走读，所学科目为声乐。

同居生活持续了将近一年。翌年夏季的一天，逸子正坐在天将破晓的微暗画室里。深夜醒来后她便难以再度入眠。一丝不挂的弘子，躺在四铺席半房间的蚊帐里睡梦正酣。逸子披着浴衣从她身旁

① 译文引自《碧丽蒂斯之歌》（皮埃尔·路易著，黄建华、余秀梅译，华东师范大学出版社，2015年8月）。
② Pierre Louÿs（1870—1925），法国象征主义唯美派作家，被称为情色文学大师。
③ 日本的面积单位。1坪合3.306平方米。
④ 即鬼门的方向。在风水学说中，这个区域风水忌讳颇多。

离开，凭靠在画室的椅子上已经将近一个小时。她用脚趾夹起一只脱下的拖鞋，心神不定地在黑暗中摇晃，沉浸在一片遐想中。

从蚊帐里突然传出呼叫逸子名字的刺耳喊声。醒来的弘子，赤身裸体地坐在床铺上。柔美的肩头被台灯的逆光照射着，导致渗出的汗水泛起一抹暗淡的光。她正在急剧地上下喘息。只要逸子一刻不在身边，弘子就会产生窒息般的恐惧。这一年的时间，已经使两个人的处境——换言之，已经使二人对孤独的恐惧感，换了个个儿。

"你去哪里了呀？姐姐（弘子时而就会这样称呼逸子）。你去哪里了呀？你要是弃我而去的话，我就立刻死给你看！死有什么大不了的！"

逸子看似狡黠地沉默了片刻。这沉默并非出自狡黠。她处于一种左右为难的境地——弘子的满腔热情，压得她喘不过气来；同时她又依恋着弘子，不想失去她。不能断言后者就弱于前者。蚊子的振翼声，使沉默充满了忧郁的厚重感。

"怎么了？你为什么不说话呀？"——弘子焦虑地说。

"你已经不爱我了吗？什么时候让我有个孩子啊？我想要的东西无所谓是吗？"

"我也想要啊！醒来以后就再也睡不着了。这不正在考虑这件事嘛。"

"眼看就要放暑假了。我可是想在暑假前就有个孩子的啊。"

逸子回到原来的椅子上，喟然长叹。从弘子那儿所能看到的，只不过是一团白色的逸子浴衣而已。俄顷，耳畔传来逸子炽热而又沉重的叹息声："眼看就要放暑假了呀。"这声音听起来就像是面向拂晓前微暗窗棂的喃喃自语。

就将其称为灵感吧。这一奇想在大约一个月前，几乎同时偶然出现在两人心中。

破裂起始于这年春季。倘若破裂一词不当，那就应该称作饱和状态。这是一种走火入魔般的相爱。而且这种与众不同的爱，有着走入死胡同一般的淤塞构造。故而越是相爱就越是觉得无法挣脱。这种爱从本质上讲，不知堕落为何物。如果世上还存在着决然不知压错宝是怎么回事的赌博，那么不知堕落为何物的爱，它的恐怖程度便与之无异，绵绵无期。

逸子之所以时或认为她们两人的生活就是一种被涂抹进画中的生活，皆源于其在画室起居时产生的自然联想。然而颜料胶已将画中人物以放荡的姿势处以磔刑，所以即便在室外，两个女人也微妙地显示出正在遭受磔刑之苦的人的特质。

走路时两人总是十指相扣从不分离。她们发出人临终时痛楚哀鸣般的刺耳笑声。有时则会处于失神状态，默默地坐上将近一个小时的时间。于是这种生活便与日俱增成为重负，日甚一日地令人厌烦，而又束手无策。

四月中旬，学校的朋友曾来邀请两人同去赏花。不巧弘子因感冒正卧病床榻。逸子拒绝了邀请。送走朋友关上房门后，她发现朋友把香烟盒落下了。当逸子想要出去追赶客人时，弘子便在床铺上以狂暴的眼神喊道："你不要去！"而她真心想说的，则是下面这句讽刺话——你是想扔下我这个病号，然后去赏花吧？逸子默默地返回画室，从香烟盒里取出他人的香烟吸了起来。这是一个无意识

166

的动作。——将脸伏在枕上哭泣的弘子没有看到这些。当逸子发现自己无意中吸着的香烟是他人之物时，刹那间便体验到了一种深邃而又清澈豁达的心境。她尽量不去惊动弘子，小心谨慎地深深地吸着香烟。这本是一种常见的国产烟，为何抽起来竟然如此香醇？然而，因为恐怖，她无法对这种情感加以探索追究。只是从那时起，她意识到了相互间的爱也会给双方带来恐怖的缘由。

那是六月初的事。两人去日比谷看电影。从日比谷出来时天已薄暮。两人总是步调一致。她们不约而同地向日比谷公园的门内走去。

天空虽然依旧明亮，但树丛下荫翳处却已经进入夜晚。路边的自来水管发生了破裂，溢出的水形成了水洼，映衬着晚云。因为这树下的薄暮，映衬在水洼里的晚云愈加显得明亮唯美。她们沿着道路右拐，来到花坛一角。挺立于草坪中央的一棵铁树，看上去有些暗淡。繁茂的玫瑰花和大丽菊旁，空着一把长椅，两人坐了下去。

她们身子相互偎依，十指紧扣，纹丝不动地坐在那里。仿佛有谁强迫她们这么做似的，长时间乖乖地坐在那儿。其他长椅上的男女数人，从神态上看，明显是在死死地盯着她俩。两人对此心知肚明。在明知被人盯视着的情况下，依然紧紧偎依，看上去很是惬意。突然，弘子发出了近乎啜泣的模糊鼻音，将头部倚靠在逸子的肩上。头发的触感使逸子的脖颈不寒而栗。

"怎么啦？"

逸子保持着面向前方的姿态，故意冷漠地问。

"没怎么呀！"

"真是个怪人。"

"姐姐也一样不是？"

一个少年正在花坛的缝隙间穿梭往来，表演着令人眼花缭乱的自行车特技。唯有其衬衫的白色，愈加显示出夜幕已浓。两个女人再次沉默起来，发出深沉的叹息声。耳朵虽然习惯性地倾听着肉欲的鼓动，眼睛却因痛感似的倦怠而微微发热。她们全都看透了对方的心思，两人现在各自考虑的，除了死以外别无其他。

耳畔渐次传来车轮微弱的嘎吱声响。弘子将头部从逸子的肩上挪开，朝着发出响声的方向望去。原来是一辆婴儿车。身穿不太合体连衣裙的女佣，并不因暮色渐浓而急着赶路，对周遭的一对对恋人也毫不畏葸，只是悠闲懒散地推着车子走了过去。在弘子的提醒下，逸子也将视线移向了婴儿车。

车子在两人的长椅前缓缓走过。金色的发卷铺陈在酣睡的婴儿额头上。婴儿睫毛深长，而且眼角和嘴角，全都刻印着在日本的婴儿中难得一见的、笼罩着精确阴翳的雕琢的线。婴儿的身体被数层浅色披肩包裹着。睡梦中伸向车边的小手，可爱至极难以言喻。看着看着，弘子的眼睛便开始放光。逸子的双眸，也像是酷热中打蔫的草于一瞬间被灌足了水似的，立时变得湿润而且活力四射。

"哎呀，好可爱啊！"

两个女人异口同声地喊道，并面面相觑。纯粹的喜悦穿过心底。她们对视着彼此并未掺杂爱的、充满了共鸣的表情。这是一种怎样的共鸣啊！逸子和弘子那一视同仁的心，互无恐惧的心，赤诚袒露的心，在暌违数月后，得以再次贴近在一起。目送着远去的婴儿车，两人纹丝不动。婴儿车隐没在橡树荫内。她们回过神来。一种彻头彻尾的失落感，在两人之间油然而生。换言之，那是一种焦灼的饥渴。

　　弘子在一个月的时间里，不停地念叨着想要一个婴儿。逸子再次招架不住了。这不可能实现的殷望，令其束手无策。这个世界有着明确的定规。单凭女人的力量是不可能生出孩子的。这也是定规之一。可是逸子和弘子，依然打心眼里讨厌所有的男人。理由只有一个，那就是"因为男人腌臜"。她们喜欢干净，她们渴望得到的，不仅仅是婴儿，而且希望得到一个女婴。理由是"因为女人干净"。

　　在音乐学校里，由于逸子和弘子的举止过于谨慎，反倒使朋友们看破了她们的秘密。丝毫也没想到会被人发现的那种厚颜无耻的谨慎劲儿，在众人眼里，反倒要比她们犯下的罪孽更加不可饶恕。人们容易宽宥所谓罪过的谦虚性质，却不能饶恕秘密这一行为的妄自尊大性。朋友们屡屡琢磨着充满友情的惩罚方法。

　　正值梅雨季节。低年级发声法的练习，令人心焦地从分馆的窗户传入耳畔。弘子见人就会这么说：

　　"我呀，想要个孩子啊！不知怎的，我就是想要个孩子啊！"

　　每当这种时候，逸子就会把乐谱包抱在胸前，脸上泛起带有责备意味的微笑，并面呈惊讶的神色，死死地盯着弘子。朋友说她的那副样子很可怕。朋友产生了误解，认为要么是逸子心生妒忌，要么就是两人处于冷却状态，弘子想要找个男人了。这种误解也自有其合乎情理之处。因为人们都说，弘子那露骨的热望，是一种人在藏起真心说假话时所表现出来的被夸张了的豁达。

　　"说是想要婴儿，不就是在说想要男人吗？"

"那就将计就计，按她的要求，施舍她一个婴儿吧。"

"要是哪儿能有个被遗弃的婴儿就好了。"

寻找弃婴并未遇到困难。某学生一不留神诞下一个女婴，正愁着没法处置呢。

暑假第一天，逸子和弘子外出归来，打开了画室的门锁。四铺席半房间的窗户大敞四开。她们惊讶地打开了画室的灯。只见桌子上放着一只椭圆形篮子，里面躺着一个熟睡的婴儿。

两个女人发了疯似的喊叫着向篮子扑去。婴儿被惊醒，吓得哭了起来。本来婴儿就是哭累了才睡着的。总算开始长牙的嘴，从咽喉深处迸射出愤怒的哭声。两人轮番抚摸着婴儿的脸蛋和下巴。逸子还做了一件可笑的事——说是有汗味，于是就往包裹宝宝的纱布上喷洒了自己爱用的香水。两个女人度过了一段忘我的时光。婴儿一刻不停地啼哭着。两人不知道怎样做，才能使孩子停止哭泣。弘子把耳朵贴在婴儿的胸脯上，她听到了婴儿的心跳声。

"活着呢，活着呢！"弘子喊道。她又开始去和婴儿贴脸。两个女人的口红，把婴儿的胸脯染得一片鲜红。

弘子天生就是那种容易相信奇迹的人，故而无意询明眼前发生之事的缘由。逸子也渐次被弘子那发了疯似的确信所吸引和掣肘。于是就迫使她们做出了不合情理的判断：这个婴儿毋庸置疑就是在我们两人之间诞生的！

不久，不幸的婴儿经不起胡乱折腾，身体出现了麻痹症状，并且发不出声来。她只是貌似不满地微弱地啜泣着，轮番瞧着两个女人。

逸子用睡眼惺忪的眼神儿凝视着婴儿。她预感到了一种非难乃至憎恶。作为一个骨架凸出的女人，她把一只大手伸进了婴儿的后背；用另一只手将包裹着婴儿的纱布向腹部扒去。之后便任凭自己的头发垂向脸颊也不愿将其向上拢起，只是出神地凝视着婴儿的身体。俄顷，她以冷静的语调心平气和地说道：

"是个女孩呀。"

弘子欣喜若狂。而她脱口说出的，则是一句可怕的话。逸子听了这句话后，不由得浑身一阵颤抖。弘子是这么说的。

"这么说，她确实就是我们的孩子啦！"

夏季的每一天，对两人来说，都在以反常的速度逝去。逸子的伯母担负起育儿的咨询工作。两人整夜不合眼地留意着婴儿的哺乳。喂给婴儿的，是牛奶和米汤的混合物。而另一方面，她们又背着伯母，给予婴儿恣意的抚爱。那是一种激烈的爱抚。婴儿被夹在两个女人之间。一整夜的时间，她们要么抚摸婴儿的头发，要么去和婴儿贴脸儿。两个女人幻想着婴儿的未来。幻想的内容似乎很矛盾——婴儿长大后变成漂亮的新娘，成为出类拔萃男人的妻子。

女人的梦想到头来竟会是这样！

逸子和弘子完全摆脱了倦怠和死亡的诱惑，处在安全的同感中。两人再也没有一起出门。购物也是轮班出去。买来的物品主要是玩具。在四铺席半房间的天棚上，吊着一些不断变换花样让婴儿看着高兴的玩具。那些玩具一起旋转，发出的绚丽光芒，扰乱了婴儿的神经。

晚夏的一天，婴儿吐出了带有白色颗粒的呕吐物。这种大都是水分的腹泻，已经持续了数日，然而食欲却不见减弱。逸子和弘子为了给婴儿补充营养，增加了哺乳量。婴儿哭闹不止，有时还会陷入昏厥一般的睡眠中。睡着的眼睛看上去有些上挑。请来的医生诊断她患了严重的消化不良症。住院后第三天，婴儿一命呜呼。

两人每天都在缄默无语中打发着日子。夏天即将逝去。她们整天躲在闷热的画室里一步不出。也不读书。弘子动辄就会发出遭受挫折似的哽咽声。逸子没有哭泣。逸子的悲伤很像是一种不明对象的憎恶。

某日，两人给伯母留话说要去旅游，提着行李箱，喜滋滋地前来辞行。伯母没去送行，在玄关与她们别过。两天后，伯父闻到一股异臭。他觉得奇怪，便去画室看了看。只见两人倒在地板上已经死去。就像是放在温室中不管后熟透了的水果，躯体已经开始腐烂。从画室天窗射进的晚夏炙热光线，加速了这个过程。

死　島

菊田次郎乘坐的由函馆开往网走的列车冷冷清清。列车驶过景色优美的苹果园和白杨树相连的渡岛大野，抵达大沼站时，已是过午时分。

　　列车中的次郎，觉得自己似乎看到了这样的景象——并排耸立在那里的一棵棵白杨树，正在将方才一直沉湎其中的白杨树般潇洒的思绪片段，从第一棵树传递给左邻的一棵树，然后再传递给左邻的另一棵树，如是传递不辍。总之，白杨树不到尽头，思绪就不会彻底终结。白杨树并不急于从接过的思绪中得出明确的结论，而是将其传递给下一棵相邻的树木……

　　时已入秋。广袤的原野上洒满了阳光。只见一棵白杨树突然身躯一转，变成了一道光柱。次郎不禁愕然不解地自语：

　　"那是什么呢？那奇异的动作？"

　　列车稍微前行了片刻后，景色一如方才所见。映入眼帘的，只不过是拥有凡庸的黑色树干和繁茂苍凉绿叶的白杨树而已。

　　"那是什么呢？那个向上伸展的、不可思议的姿势！"

　　这个并无意义的思考，一直萦回在次郎的脑际。它就像乐章的构思一样，触动了次郎的心弦。

与其称之为现实的感动，不如说是一种将现实的丧失感清晰地铭刻于心后，反而变得更加现实了的感动。换言之，这种感动源于一种机能，它可在丧失的深处，被生动地立刻感知——这种机能意欲不断地复苏重叠的记忆力和丧失物，在精神方面坚韧不拔。

次郎要外出旅行了。当时的他，试图重新找回日常生活中丧失了的东西。旅行对他而言，就是一种丢失物的寻觅。是将他遗忘在遥远彼岸的自身情感索取回来的游历。他并不是来到未知的土地上，去寻找未知的东西。毫无疑问，恰恰是在未知的土地上，他最为亲炙的观念才会宛若身居故里一般，以诞生于世后丝毫未变的清新姿态等待着他。他就是这样回归未知的。

"……要说为什么吗……"他绷紧下巴思考着——那只下巴是人们呼叫他时，显露出孩子气傲慢表情的依托之物。

"要说为什么吗，因为我就是诞生于未知。"

这个二十六岁的青年，已在被旅尘染成了灰色的旅行服外面，披上了一件薄外套。旅行箱放在行李架上。波士顿手提包置于膝旁。因为烟不离口，手指笔茧处已被烟油熏成了暗红色。

在即将成为青年人时，他定做了一套具有讽刺意味的西服。那是一套从花纹上讲，无论是谁，都会在少年时期觉得与自己般配的西服。一段时间里，次郎穿着这套新做的西服，很是洋洋自得……可是没过多久，他便发现这套西服根本就不适合自己。某天早上，他对着街角的镜子一照，不禁一阵绝望。这种绝望与女人发现自己眼角下出现了新的皱纹时的绝望并无二致……不！这个比喻并不恰当。次郎醒悟到，这套具有讽刺意味的西服，过分地掩饰了他的年龄弱点，因而也就让他忽略了这个年龄段自己应该担负的义务。直到今夏他才清楚地意识到，这种讽刺不但没有拯救他的滑稽可笑，反而使他陷入更为恶劣的滑稽可笑中。也就是说，因为迄今为止一直对所有的感情全都付之一笑，故而使他正在陷入戴着滑稽假面具、只会产生虚假感情的滑稽可笑状态中。

次郎学会了静观。即便不被视为滑稽也没有办法。他必须从宽恕自身的滑稽做起。为了培育我们自身的崇高，必须同时培育出滑稽……

秀丽的风光治愈了他的讥讽。他微张着嘴唇，愕然观望着被光亮诱惑得蹒跚踉跄的白杨树。

在大沼站下车的，只有他一个人。从这个青年游客的身上，看不到一丝沉闷的气息。虽然貌似轻浮，但却笑容可掬。他乘上了正在站前等候的、客店的迎客马车。车夫将鞭子甩向刚刚过午、倦怠闪光的秋空。马儿低头跑起，马车百无聊赖地跟着动了起来。

大沼离函馆市并不太远。站在函馆山顶远眺，位于横津群峰西侧的驹之岳烟雾，正在阳光的照耀下，闪烁着白色的光。突兀的山顶宛如兽角般拔地而起。因往昔驹之岳喷火，导致河水被拦截后形成的堰塞湖大沼，就位于那座山脚下。

用过客店的午餐后，次郎伫立于大沼公园一端的赏月桥畔。此时，就好像对准了焦点的望远镜似的，不仅可以看到同一座驹之岳的白色烟雾，而且火口的大小和鲜明程度，也要比昨天在函馆山顶看到的，大出数倍好上数倍。稀薄的烟雾，正在火口上空缓缓描画出圆环。烟雾环绕着黄褐色的火口内壁，缓缓飘曳难以离去的样态，让观看的次郎产生了亲近感。他觉得那烟雾就像是本来无事可做、放学后却迟迟不肯回家的小学生。

他步入大沼公园内被落叶掩埋着的林荫道上。

风儿时或就会发出深沉的声响，从郁郁葱葱的橡树梢头掠过。每当此时，宛若瀑布的日光，便会雪崩一般，倾泻到长满青苔的阴暗小径和石阶上。俄顷，光的瀑布，竟悄无声息地悬挂在次郎即将攀登的、陡峭的石阶中间区域上，片刻时光里纹丝不动。风儿掠过，瀑布再次碎去。

"那是什么呀？那不可思议的身姿！"

从方才始，次郎就已经不断地意识到了一个自然的奇异媚态物体。

青年的耳目渐次灵敏起来。

每当一段诗情、一个音乐性的主题萌生于心以后，次郎脸上的肌肉就会绷紧，变成一副敏捷的、充满柔软性的聪明小动物面孔。他本人也清晰地意识到了这一点。他的灵魂变成了热衷于恶作剧的松鼠，抑或变成了一只苦于应对长牙痛感的快活田鼠。他觉得灵魂可以轻易钻进任意对象的内部，并可以穿越任何厚度的墙壁。

他停住脚步，点上一支烟，环顾公园内万籁俱寂的广袤园林，像一只刚从囚笼中逃出的小动物一样，侧耳倾听着。他用鞋尖戏谑地踢开了几天前被雨水淋过、湿气尚存的一堆落叶。

"好像有什么东西在呼唤我。呼唤着我的，究竟是什么呢？"

在这片人工林内，在这个靠人工创造出来的大自然构图中，似乎隐藏着某种优雅的诡计。风景亦如音乐。一旦踏入其中，自会变成一种拥有透明复杂深度的纯粹的体验。

次郎想要回应了。他"喂"地喊了一声。回声在周遭茂密的叶丛中回荡。

次郎发现，在那茂密叶丛中的一隅，反射出一泓摇曳的水光。

那里是大沼三十二个小小湖湾中的一个。与其称之为湖湾，倒不如称之为潟湖更为贴切。水面被暗绿的阴影所遮蔽。拱桥架设在细小的湾口上。斑驳的沥青牌匾上，写着"出租小船"四个字。水边的芦苇丛中小船辐辏，有的已半浸水中。那浸入水中的倾斜样态，终日以难以想象的均衡，始终向人们演绎着静止不动的沉船情景。浸于水中隔水可见的、纹络华美的坐席木板上，已经萌出一层薄薄的绿苔。每逢清晨，快活的朝阳都会穿过树林正东的空隙，莅临那里坐上片刻。

次郎推了一下挂着牌匾的小屋房门。腐朽的门板倾斜着敞开了。一位老人正躺在榻榻米上午睡。被响动惊醒的老人，看到站在门前的青年后蓦地站起，躬身向次郎走来。也不知是出于何种考虑，老人陈旧的西服前胸兜里，露出了一条肮脏的淡紫色手帕。

"我想租船。"

"噢，噢。"

老人提出了要跟次郎一起乘船，去做环岛游向导的请求。次郎拒绝了他。在大沼周长约三十二公里的水面上，漂浮着一百二十六个小岛，闻名遐迩。

"你一个人去的话，虽然可以体验到景色（老人的发音为"景啊色"）的优美，但却叫不出岛名啊！一百二十六个岛屿各有各的名称。美人岛、女夫岛、严岛、军舰岛、建有山中小屋的西大岛、东大岛、亲子岛、日之出岛、承蒙东伏见宫 ① 御赐岛名的吴竹岛、

---

① 指依仁亲王（1867—1922），官至海军大将，死后被追授元帅称号。

原本有元帅铜像的东乡岛……"

老人列举的这些庸俗恶劣的岛名，令次郎束手无策。他试图忘掉这些名字。

"客人是东京人吗？"

"嗯。"

"我是当地小船互助会的会长，姓木谷。在这里经营小船行业，今年正好是二十五年了。别看我现在这个样子，可也是出生于东京附近的人啊！年轻时和妻子流落到北海道，老伴已经去世了。"

老人以飞快的语速，向次郎介绍着每天可能至少要向数位客人频频讲述的个人履历。他从胸前的衣兜里，匆匆拽出包裹着名片的手帕，像魔术师从一摞扑克牌中摸出一张牌似的，将一张名片恭恭敬敬地递给了次郎。

次郎将名片装进西服的内衣兜后，飞身跳上一只小船。伸出的船桨，时而就会像打耳光似的，从水面上轻轻滑过。次郎笨拙地划着船桨。当小船穿过拱桥驶入湖盆后，他开始挥手向"会长"致意。作为回应，老人摇动着淡紫色的手帕。当小船来到大沼湖宽阔明亮的水域后，便可望到驹之岳稀薄的烟雾，依旧在羞羞答答十分扭捏地将它那模糊的阴影，抛落到火山口周边的沙漠上。

与其说心中充满了感动，不如说为了感动他早已未雨绸缪。在一颗只剩下等待贵客光临的、纯洁的宴会桌布般的心灵前，出现了一百二十六个岛屿的景观。这些岛屿恍若默默无言的众多宾客，造访了次郎的心田。被这双笨拙的划桨之手所操纵的小船，巡游在并无意义的迂回曲折的水路上，渐次缓慢地来到了风景的中心区域。次郎停下了划桨的手，小船借助水流的力量，通过了相连于小岛之间，因受到毛漆树红叶的反射而呈现出火焰般红色的水路。

如前所述，大沼湖是一座因火山喷发，导致河流被堵后，由洪水形成的堰塞湖。小岛说来就是暴露于洪水水面上的、形形色色的地上风景遗迹。自不必说，既然不是浮岛，那众多岛屿的根，就全都与一个共同的大地紧密相连。大沼湖上的众多小岛，更是互相传递着隐秘的眼神和微笑。犹如在人前装作互不相识，而在被炉内却十指紧扣的恋人，沉醉于将彼此间秘密的纽带隐匿起来的快乐之中。

"它们在眉目传情啊！"

自己的小船，缓缓滑进了两个岛屿之间。次郎一边仰望那两个岛屿，一边如是嘟囔：

"方才那两个小岛，确实在互相传递眼神哩。我方才确实看到了岛与岛之间，利用苍绿茂盛的草木反射出来的耀眼光芒，在互相眉目传情啊……这也难怪。它们笃定在笑话映入我们人类眼中的那些影像。只有它们才真正知道这水上风光的虚伪性。它们知道：岛与岛之间的隔离，只不过是一种临时的姿态而已。甚至连'岛屿'这个词语，也只不过是一个架空的存在罢了。它们知道：只有水底那坚实的凸凹地表才是真实的存在。它们正在挤眉弄眼地耻笑我们——耻笑我们的眼睛，只能看到这个世界的表象！"

菊田次郎对随波逐流的小船将会漂至何方产生了兴趣。他停下了划桨的手，将身子伏在交叉的双桨上，聚精会神地注视着小船徐徐漂流的前行方向。只见一个充满威严的岛屿，正在朝他笔直地静静地逼近。就像是能乐里的神秘女主角在走近自己。毛漆树的红叶，恍如一张深红色的大嘴，装点着小岛的山麓。

次郎的整个身躯，已经沉醉于一种缘由不明充满惬意期待的酩酊状态中。小岛优雅滑来的速度，每时每刻都使他沉浸在微妙美好的颤栗中。外界的存在和世上所谓的现实，并不是以这种方式光顾这个青年的。"存在"能充满这般的威严与和谐，并流入其内心深处，通常只限于他的自我像个行刺者一般躲藏伫立于圆柱背后时。他甚至认为，毫无防御地接纳外界，是一种缺乏礼节的行为。为了赋予作品某种形式，有必要事先为形式准备好残酷无情的断头台。但是现在，次郎看到了音乐——天生具备完美形式的"存在"——正要访问他的姿态。

"所谓形式……"次郎思忖着，"对我来说，就是决心的残酷程度。但是，那个小岛形式上的优美，与我的决心毫无相像之处。啊！那个小岛以形式上的美德征服了我。它就像优雅的天皇巡幸一般闯入我的心扉……"

就在此时，小船轻快地撞上了小岛。这个轻松的触礁行为，导致附着了潮湿落叶的鞋底，直直地滑向船头。青年伏在交叉双桨上的身子，轻微地摇晃了一下。尽管没有谁看到这一幕，他却为掩饰这一不安站了起来。小船猛烈地晃动着。

菊田次郎把缆绳系在灌木枝上，将视线投向方才刚刚驶过不足五十米远，互相连接着的孪生岛。一艘帆上带有"513"标记的白色小船，正要在两岛之间穿过。从这厢望去，那对孪生岛重叠在一起，瞧着就像是一个岛屿。故而帆船在树木间驶过的样态，看上去就恍如一个在丛林间阔步走过的、巨大的白色人影。

次郎沿着小岛的岸边前行，在一片略显宽阔的草地上的石头上坐了下来。

此时，起风了。风声在岛上为数不多的树梢间嘶鸣。次郎脚下的草丛上，散落着几个橡子。放眼望去，湖面的水色一片黝黑。水波一直从远方有规律地重叠涌来。于是，敲击岸边石头的波涛声、湖水的窃窃私语声、落叶声以及风掠树梢的吟啸声等，各种声音一齐涌起。犹如众多人的衣服摩擦后发出的窸窣声响，于片刻时光里在次郎周遭的空中飘荡。

风儿吹走了一片云朵，湖面像方才一样明朗起来。鲜艳的日光，使次郎的眼前变得一片清新。他将目光转向迄今为止并未注意到的、距此稍远的一个小岛上。

那是一个几乎就难以称之为岛屿的岛。在一块半浸水中、约两三坪大小、长着杂草的平坦地面上，随意生长着四五棵茁壮的树，给人以一种直接从水中长出的感觉。水光将赤杨的黑色树干和白桦的白色树干根部，映照得熠熠发光。草丛宛若雨后的草坪一般明亮润泽。

"那小岛简直就像是雨后的街道嘛！"次郎想。

"这是为什么呢？如此突兀裸露的小岛，竟会充满如此这般的魅力……"

次郎再次站起身来环顾四周。登岛前，看似庄严的巫女一般的岛屿，只不过是一座平庸乃至俗恶的假山而已。是一个空空荡荡出租会场似的煞风景所在。这里根本就不存在足以将我们拖入幻影中的、那种自我满足的狡黠之美——为什么呢？因为缜密的狡黠，反倒会使我们产生安堵感，并将自己的幻影托付其中——于是就看不到永不满足而又单纯的深邃妙趣了。大小正好，和谐适宜，幽美得恰到好处，复杂得适可适度，繁茂得无可挑剔。毋庸置疑，这里的岛屿，正是借助一种适当的形式，才得以如此这般深入人心的。

次郎折回小船旁，解开了缆绳。他在这个乏味的岛上，仅仅停留了不到五分钟。

菊田次郎的小船，驶向了那个"像是雨后街道"的小岛。那个小岛为何会让他感受到无以名状的诱惑呢？至少那个只是生长着潮湿狭窄草丛和寥寥几棵树木的小岛，是不可能使次郎的心神安定下来的。即便如此，那个称不上岛屿的岛上风情、近乎与水相连的草地、恍若从水中直接生长出来的树木，为何会如此这般撼动他的心灵呢？

如前所述，近来次郎因为生活上一个小小的决心，把自己给束缚住了。这个死不服输、谨小慎微的强势青年，并不会轻易张口喊出"我要活下去"这句话。他知道这个犹如万能药一般的所谓"生存意志"，是如何歪曲了生命的意义，并将生命意义的无限多样化，演变成贫乏的固执偏见。若究其根源，他的犬儒主义是在受到各种预测的不安胁迫后才诞生的，而犬儒主义向这个方向奔跑则是理所当然的。不过，次郎应做出如是理解才对——为了不放弃生命，不轻视生命，不对生命妄下预断，他本人的存在，正在贯彻落实生命本身的意志。他开始建立起这样的信念：要像护理床上逝者的诚实医生那样，一直陪着对方看到自己生命的最后一刻。

……菊田次郎将小船划向了那个水漫金山一般的小岛。

随着那个岛屿的临近，一幅这样的告知画面出现在他的眼前——这个岛屿无论如何都不值得上岸一游。岩石虽然牢固地支撑着白桦和赤杨，但那生长在少许土地上的芊芊草丛，在水势上涨

184

的当下，看上去似乎岌岌可危。他从船上伸出手去，扶着水边的树木，聚精会神地注视着这个小岛的细微画面。

次郎在孩提时代，曾从早到晚对玩具房子的内部百看不厌。就是那种拆掉房子的正面后，从楼梯或二楼卧室的成套家具用品，一直到楼下的起居间和餐厅，全都会在眼前一展无遗的玩具。那个玩具房子为什么会如此吸引次郎呢？恐怕除了完全拥有的欢喜以外，他本人不能进入房子内部这一事实，也促使他对房子迷恋不已吧。

小岛安然地呈现在次郎眼前。高大的赤杨与白桦的树梢枝叶，被风吹得沙沙作响。草丛上托载着的赤杨落叶，犹如刚刚雨霁一般，看上去水灵灵地葱翠耀眼。次郎看到白桦树干上，一只大天牛正在摇动它那长长的触角。这一切并无亲近感。即便如此，近在咫尺地观察它们一番后，便觉得一切也并未丧失其原有的美。

次郎收回了搭在树干上的手。小船轻松缓慢地离开了岛屿。

"那个貌似雨后街道的小岛，大约看不到雨霁后金龟子爬行般铮亮的轿车车队，并且永远都是一条无人居住的空旷街区的街道吧。"

次郎眺望着渐次远去的岛影，在心底如是嗫嚅。

"一定会如此的吧。拒绝人类干预的美，作为爱的退烧剂，有时也还是不可或缺的。"

——这是一种吃不到葡萄就说葡萄酸的貌似合理的辩词。

次郎准备返回旅馆了。某个岛屿由一座朱漆小桥连接着湖岸。登上岛屿看了一眼后，他就打算顺着岸边返回原来的水湾。可是，当他在这个平凡的岛上兜了一圈，并伫立在避人眼目的水边以后，他立刻又被眼前这个小岛的风采吸引住了。

此岛与彼岛之间的距离，恐怕还不到两米远。虽然并未架桥，却也不可能跳跃过去。因此，隔水相望的两个岛屿的水边绿汀，便以一种散发着媚态的距离感比邻而居。让人觉得只要一方热情相邀，令人心焦的距离立刻就会缩短。

然而，两个水边绿汀，依然像纯洁无瑕无所适从的恋人一般隔水相望。次郎躺在水边的草丛里，双手托颐，望着对面的绿汀。

在岛与岛之间，在这条逼仄的水道里，流动着被树荫遮蔽住的深绿色湖水。在这静谧距离酿出的焦躁中，洋溢着难以言表的情趣。两米宽的绿色水道内部所蕴藏的距离，甚至可以说是没有止境的。这一并无止境的介于两者间的摇曳，犹若十二单衣 ①，是一种重复的距离集聚。在次郎持续观望的思绪中，岛屿交替出现，时而被描画在遥远的彼方，时而又近在咫尺触手可及。

"这是多么愉快的诱惑啊！"

次郎捧起水道里的水，如是思索着。青年的手染上了绿色。他已经忘掉了这个岛屿的存在。

"真的，这是多么愉快的诱惑啊！始于对面绿汀，或者那座岛屿的彼方，延绵终止于那块绿汀的小径一端，它唤起了自己何等愉快的想象力呀！那块绿汀生长着繁茂的芒草。缠绕在枹栎树干上的爬山虎和毛漆树的叶子全都通红一片。从芒草间起始的逼仄小径，一直延伸到小岛的深处。路上散落着干燥的石子。阳光穿过草丛，照射在被风吹得簌簌作响的路上。路上人迹杳然。这是确凿无疑

---

① 日本平安时代宫廷女性礼服的后世俗称。在单衣和裙裤之外，再穿上十二件长夹裱。

186

的。从那条小径的一端到另一端，确实没有一个人影。若问为何？因为我看得清清楚楚，这个岛上根本就不存在人的匿身之所。尽管如此，我仍然觉得如果能让自己的视线，在正在探索的这条小径上随意梭巡的话，似乎就有可能遇到某位令人怀念的故友。这是为什么呢？"

小径的发端，似乎正在朝这边窃窃私语，次郎的心被其吸引着，宛若肉欲来袭的人一般站了起来。跳跃过去他并无把握。于是便再次解开了系在岸边灌木上的缆绳。

菊田次郎走完了那条小径的全程。即便走到小径的尽头，也不到二十步。没有一个人影。他对自己认知与行为的高度吻合感到疲惫。同时也在脑海里琢磨着一个妖精——那妖精在认知与行为的交界处，不断地诱惑着他。它只是在交界处出现。其职责，就是无时无刻不以危险的彩线，将容易出现分裂和离别的两个东西串联在一起。妖精的名字不得而知。但是他的耳边再次响起了轻快的振翅声。

"有个东西在呼唤我。呼唤我的，是个什么东西呢？"

就这样，次郎从一个岛屿走到另一个岛屿，一直徘徊到日落西山。他彷徨在一个又一个生长着繁茂的毛漆树、枹栎、赤杨、枫树、槐树、白桦、山毛榉等树木的岛屿上，中了魔似的东游西逛。不久后，天空出现了火烧云。几只快艇静静地返回了西大岛帆船俱乐部港内。片刻时光里，尚可看到阴晦岸边林荫处的白帆。然而未几，白帆也被折叠起来变得无影无踪了。

驹之岳承受着火红的夕阳。乌云经过一整天毫无意义的嬉戏，已经精疲力尽，变成了飘忽不定的缭绕云丝。夜晚使人预感到它将会降临到风景的每一个角落。与瞄准裂缝渗入的水无异，风景的脆弱部分，比如林子的树下阴影处，抑或郁郁葱葱的树丛下，黑夜已经悄然潜入，并且增加了那里的湿度。

此时，次郎发现了一个位于湖面、看着眼生的岛屿。乍看就像是一艘灰色的大船。那是一座被带有含混色调的灰色植物完全覆盖住了的岛屿。在苍茫的暮色中，岛屿和水面的境界线不甚明了，看上去岛屿似乎稍稍飘浮于空中。

次郎的小船，正打算沿着岸边，返回来时的那个湖岔。岛影是在他回头观望时发现的。

"那肯定是个死岛！"次郎一边无意识地调转船头，一边自言自语地说，"肯定只有它才是真实存在的东西。那个气度凛然的灰色小岛，屹立在产生看似无边无际现象的湖沼水面上，是合乎情理的。它才是死岛。毫无疑问，在这一百二十六个岛屿中，它是唯一一个实际存在的岛屿。那位老人虽然并未告诉我那个岛屿的名字，但他肯定也曾在某时见过那个岛屿。"

起风了。次郎顺利地将小船朝着波浪重叠涌来的危险湖面划去……

当晚，菊田次郎为了赶乘夜车去札幌，深夜步行近四公里，赶到了军川站。这是一个弯月悬空之夜。宁静的湖面上，月光皎洁，万籁俱寂。

他伫立在那里。旅馆经理用自行车后座驮着他的行李把他送到了军川，此时也把车子停了下来。夜晚，马车是借不上力的。

经理用平庸的赞美，对湖上的美景赞不绝口。然而次郎所注视的并不是湖泊。他在寻找那个飘浮在湖面上的不可思议的岛影。

"您看到什么了吗？"经理问。

"啊，看到了一些东西。"青年游客答道，"我今天没有溺死，能平安踏上下个旅途，真是不可思议啊！我今天确实乘坐小船了吗？"

"是的，是您方才自己说乘船了呀！"

青年游客快活地笑了。

"这么说肯定是真的喽！既然我并未溺死，那就只能说明，我现在也难以停止环游诸岛的旅行咯。"

美　神

R 博士是德国人，生长于莱茵河畔杜塞尔多夫市。他常年定居在意大利，以其大量的著述，不辱其古代雕刻权威的盛名。

八十三岁的博士，如今病卧在临终的榻上。被允许靠近病床的人，只有美术爱好者——真挚的青年医生 N 博士一人。

R 博士的住宅位于罗马市卢多维西大街。这里是保留着古罗马城门的博尔盖塞公园附近的娴静一隅。博士的公寓住宅，为四楼的三个房间。

罗马的五月，与其说温暖，不如说炙热更为恰当。强烈的日光洒满大地。行人全都选择繁茂的街道树荫下行走。卖橘子汁的小贩，将车子停放在路口。空中整日不见一片云翳。燕子成群结队地在废墟上飞来舞去。无数古老的泉眼，将丰沛的清泉，喷洒在经过装饰的雕像身上。博士的住所附近，有一个被称作罗马泉水之源的特里同喷泉。此外还有著名的特莱维喷泉。相传离开罗马的人，如果在离京前夜将硬币投入泉中，此生就会有幸再度造访罗马。

博士从未向这座泉中投掷过硬币。因为他觉得没那个必要。因为他已经为自己选择了一个终生都不离开罗马的命运。

午后的日光透过窗子，从正面射进病房。遮光帘已被放下，室内有些晦暗。然而枕畔水瓶里的水，很快就会变得温热。博士额头的汗水在被擦掉的同时，细小的汗珠就会接踵泛出。

一张濒死的庄严面孔，被埋没在坚硬的胡须中。深深的皱纹也好，倨傲高挺的鼻梁也好，塌陷下去的眼窝里绽放着微光的眸子也好，无一不与被压缩了的大地起伏状态相似，一片宁静。有一个地方最能明显地表现出死神临近的征兆。那就是放在胸前的手。已经失去弹力的静脉，在手背上纵横交错。布满老斑的白皙肌肤，无力但却精准地描绘着静脉的形状。那双徒具形骸的手，似乎内部已经不存在生命。

"再让我看看！我要再告别一次！"

有痰在喉，博士吐字不清。N医生虽然听不清他的话，但还是领会了他想要说些什么。

他从病榻旁的椅子上站起，走向靠墙放着的台座。台座下面有一辆四轮小车。只要一推雕像，四轮车就会悄无声息地在地毯上回转。N推开自己的坐椅，把小车停到那个位置上。R博士将视线转往那个方向。

直立于台座上的，是用大理石雕刻的阿佛洛狄忒雕像。十年前，在罗马近郊进行考古挖掘时，博士发现了这尊雕像。这个发现是一个现代奇迹。雕像被收藏于罗马国立美术馆内。十年来，为了见上这座大理石雕像一面，老博士每周都要跑一趟美术馆。听闻博士危笃后，为了让博士与雕像见上最后一面，美术馆破例将雕像运到了博士的病房里。

在室内微亮的环境下，阿佛洛狄忒雕像浮现出一种模糊的白色形态。除了缺少一只右臂外，几乎完整地保持着原形。那双眼睛因为害羞而微微向下凝视，就好似用冷漠的目光俯视着病榻上的博士。

R博士伸出手去，急不可待地做了一个翻书的动作。死亡的逼近，迫使其举止丧失了往日的沉稳。他好歹才说出了下面的话。

"把我的著作拿来！我的著作……"

N博士拿起了一册摩洛哥皮革上烙有佛罗伦萨烫金工艺的大部头著作。

"读给我听，第一百七十页，快！"

N博士将翻开的那一页伸到从遮光帘侧面漏泄过来的日光下，以青年人的语调读了起来：

"……能就我们的阿佛洛狄忒做出如是论述，作者感到无上喜悦。这恰恰是进入二十世纪以来，被发现的古希腊时代唯一的杰作。在优雅与品味方面，堪与'尼多斯的阿佛洛狄忒'①相媲美。无与伦比的温婉神情中，栖息着一抹神秘与悲哀。神圣与官能难以言表的和谐，会使人笃信它就是雅典雕刻家普拉克西特列斯的原作。它是罗马时代无与伦比的仿作。也是迄今存留于世的唯一仿作。只有我们亲眼看见的人，才能够领悟到它的这种至高无上的美。无论用什么语言，都无法将我们获得的感动传递给他人。请想象一下吧，当近代人类在罗马古老的地下发现她，并首次面对这一至高无上的美时，心情该是何等的激动不已呀！

雕像的高度为两米一七……"

---

① 是古希腊雕刻作品中第一件全裸女人的雕刻像。作者为活跃于公元前四世纪的古希腊雕刻家普拉克西特列斯。

"就读到这儿！就读到这儿！"

R博士以浑浊的嗓音喊道。摆手打断了朗读。

"接下来你再找出S博士的著作来。"

N在书架上搜寻，找出了一本落满灰尘的书，并在室内一隅将灰尘拂去。在从遮光帘一端漏泄进来的日光处，可以看到灰尘正在四处飞舞。

"读一下我写的有关阿佛洛狄忒的那一章。快！"

"……那么，关于R博士发现的阿佛洛狄忒……"

"不是这儿，读身高。"

N迷惑不解地面向R博士问道：

"是高度吗？"

"对，快点！"

"雕像的高度是两米一七。"

"行了。下面你再把牛津大学E博士的著作找来。"

"也是只要高度吗？"

"是的。快点！"

N将下一册书籍，拿到窗边打开翻阅着。当他读了内容以后，不禁浑身一阵战栗。那个数字给人以一种古怪咒语般的感觉。

"雕像的高度是两米一七……"

……R博士一直在闭目倾听。突然，笑声从这个濒死之人的胸腔深处喷涌而出。那是从堵塞的咽喉里迸发出来的可怕笑声。笑声立时撼动了这个充满尸臭气味房间内黄浊腐败的空气。

N博士跑到他跟前，握住他的手，试图让他平静下来，这样说道：

"博士，您怎么了？您可要挺住啊！"

"我忍俊不禁啊，N博士！"

R博士的脸上，显露出一种难以形容的嘲笑与陶醉的神情。

"这帮家伙，这帮欧洲一流的大学者们，也只不过就是会从我的著作中抄录引用而已。没有任何一个人，亲自试着测量过她的高度。

"你听好了，N！这是我临终前的忏悔。半个世纪以来，我一直以诚笃学究的身份为世人所知。我的研究成果，可以说全都精准无误。我憎恨模棱两可的独断，憎恨佩特之流宽容主观的美学。在我的著作中，即便找遍整部著述，也恐怕连一个排错的字都找不出来……但是，就是这样的一个我，却在一生当中只有一次，心甘情愿地犯了一个错误。你看看这个阿佛洛狄忒。"

N凑到微明中无以名状的美神跟前，看着她的侧脸。

"……你明白了吧？当我发现她时，该是何等的惊愕呀！我知道这种美本应归属于大众。我也知道自己应该尽力做到使这种美归属于大众。但是，你懂吗？N，自打我看到她第一眼起，我就成了这个阿佛洛狄忒诱人魅力的俘虏。我想和她分享我们个人之间的秘密。无论那秘密有多么微小。我想和她分享除了我与她之外任何人都不知晓的秘密……我突然想出了一个鬼点子，亲手测量了她的高度。雕像的高度是两米一四。但是我在向世界各地学术界公布高度时，却多说了三厘米……对了，你可以测量一下嘛。你何必那么疑惑不解地望着我呢？你量量看好了。"

R博士的脸已经被汗水濡湿，发了疯似的涌起红晕。

"桌上有尺子。还有一个不到三米的细长木板。还有规尺。你从雕像的脚下直立起那块板子，再从头顶瞄准地面拉出一条水平线，在线碰到那块板子的地方做个记号。你只要做完这些就足够了。好了，你可以试着量量了。快……"

N 博士遵嘱测量起来。

濒死之人从枕上抬起头部，气喘吁吁地凝视着这个作业。

"测好了吗？"

R 博士问。

"是的。"

"多少米？"

N 博士认真地看着尺子说：

"正好是两米一七。"

"什么？"

R 博士脸色苍白地喊叫起来。

"那不可能！你是哪里弄错了！怎么搞的嘛！再量一次！"

N 再次将规尺拿在手上，登上了架梯。

"还没完吗？"

死神已经揪住了博士脑后的头发。

"还没完吗？"

"就差一点点了。"

N 从架梯上走了下来。

R 博士脸色苍白，先自绷紧了面孔。

"还没完吗？"

"已经量完了。"

"多少米？"

"正好两米一七。"

一种无由的恐怖向 N 袭来。如果 R 博士说的是实话，那就意味着雕像自己长出了三厘米！

……然而年轻的他，冷静地注视着 R 博士的脸。那张脸上已经显现出精神错乱的征兆。这种明显的错乱，很容易让人一眼就看穿。

R 博士半睁着恐怖而又充满怨恨的双眸，凝望着那个世所罕见、美貌的阿佛洛狄忒女神像，并终于以不连贯但却狠恶的语气说道：

"我，遭到，背叛了呀！"

这是他弥留之际留下的最后一句话。

R 博士与世长辞了。N 博士跪在他面前，为这位异教徒祈祷。因为 R 博士拒绝了终傅礼仪式。

俄顷，N 博士站了起来，将布满泪水的脸转向等候在门外的人们。人们雪崩一般涌入死者的房间。

最先进入房间的一位妇人，发出一声尖叫后，呆呆地伫立在那里。

因为 R 博士的死相，实在是恐怖至极。

江口初女备忘录

江口初子① 父亲的根底无人知晓。据说他曾是原月岛工商大臣门下的一介学仆。其母在栗岛澄子红透半边天时，为栗岛门下的一名女演员。

　　由于母亲的关系，初子十六岁便步入影坛，在高山广吉主演的影片中，谋得了一个香烟铺子小丫鬟角色。台词不过三言两语而已。制片厂在京都。此时的她初尝禁果。男方是一个绸缎批发商的儿子。他是在参观制片厂时，经朋友介绍与初子相识的。

　　初子对那男人说，自己东京的家，是一所大宅院。自己离家期间，只有母亲一人照看家园。家里有五个女佣，车廊正中还有喷水池，等等。

　　电影拍完后，她未能立刻找到下一个角色，便与那男人不辞而别，暂且回到了东京。男人查到了她家的地址，随后追至京城。在她家地址附近，根本就找不到什么像样的大宅院。于是他便四处打听，询问这一带有没有一户姓江口的人家。也就是从宅子的石门，便可望到车廊，车廊正中还设有喷水池的那户人家。被问到的人，皆歪头做出思索状。

四处寻觅疲惫不堪的男人口干舌燥。恰逢眼前有块露天平地，平地正中有个洗涮池子。两位主妇正在那里一边聊天一边洗濯衣物。男人便上前讨口水喝。他将嘴对准自来水管道的水龙头，内心自忖：我就再打听上最后一次吧。于是开口问道：某某门牌号的江口家位于何处？主妇中的一位立刻用手为他指明的，是一户近在咫尺的人家。那是六户连排房屋中的一户。共四栋二十四户。大家共用这个自来水管道的水。

窗户上业已褪色的窗帘，正在随风曳动。男人从外面，用手指将窗帘向一侧撩了撩，打了声招呼。初子正在和母亲用餐。她口里含着饭食，面不改色地来到玄关处。

男人客气了一番，却还是被她生拉硬拽地让到屋里。初子连茶都没沏，就让男人在一旁那样看着她们母女俩吃饭。初子的面前摆放着盛有生鱼片的碟子，而母亲的面前却只有一盘咸菜。初子将生鱼片嚼碎后，喂给凑到眼前的一只黑猫。见此猫有了吃食，其他大小不一毛色各异的四只猫，全都露出媚态聚到初子身边。初子并不给其它猫任何食物。男人得出了一个结论——五个女佣全都幻化成猫了。

俄顷，母女间发生了一场让外人耻笑的争执。母亲口中抱怨道："生鱼片若能喂猫，也该让妈妈吃些才是。"初子听后柳眉倒竖，冲口说出了"要是想吃生鱼片，你就多少挣点钱回来再说"一类的话。于是母亲无语。男人仓惶而归。

---

① "江口初子"是本名。而作品名则为"江口初女"。这是一种古体风格的说法，乃作者为引起读者注意而有意为之。

十七岁时，初子时来运转。

初子虽演技拙劣，且并无特点，但因其生就了一张讨得男人喜欢的脸蛋儿，所以再次得到了一个同样只有三言两语台词的角色。不久后她被一位德国人看中，成了对方的养女。母亲也被接到德国人位于四谷东信浓町的家中，做些类似于保姆的活计，每月还能领到薪水。

那德国人虽是高中德语教师，却经常出入大使馆，有着与教师身份并不相符的收入。初子让他给自己买来西服和大衣，还接受了他馈赠的皮鞋、项链和戒指。

不久后，战争日趋激烈。空袭开始了。德国人年轻时罹患的肺结核病复发，住进了帝国大学医院。收入骤减。于是初子便耍了一个花招。她向德国人汇报说，在他住院期间，家具和成套衣物等，都在被疏散转移到京都鞍马山后烧毁了。然而事实却是母女二人私吞了那些财物。

昭和二十年三月，德国人病逝。

所谓养女只不过是名义上的，初子并未迁入户籍。德国人也不曾留下什么遗产。德国投降后，位于东信浓町的房产由政府接管。于是母子二人，便搬到借疏散之机私吞了财物的保存地去居住。那里是东京都管辖下南多摩郡的一户农家，只有一位相当于初子母亲婶娘的七十岁寡妇在看守门户。

母女二人的财产，只有德国人的那些财物。既如此，若考虑到通货膨胀日甚一日的情况，最有利的做法，就是将这些财物一点一点地换成现金。于是为了补贴家用，初子做起了跑单帮私售红薯的生意。

初子凭借她天生的妩媚姿容，开始接触离家最近的车站员工。她购买了去往邻近车站的票，有事没事一天都要往返两三趟。她向年轻的检票员，投去可以令他做出任意解释的微笑。于是在她夜里晚归时，便可听到对方的打招呼声："路上小心啊！"

只是外表看上去甚为木讷的母亲，声称是为了答谢对女儿的关照，给检票员送去了一只刚刚杀好的鸡。初子得到了一张去往京都的车票。当时京都的黑市价格高得离谱。在东京都郊外搞到的红薯，加上运费冒险运到京都去售卖的话，要比在东京都内出售多获得将近三倍的纯利。初子走访了京都的电影制片厂，作出可怜分分状，央求昔日熟稔的前辈购买自己的红薯。售价有时竟会比黑市价格还贵。

战争结束后的翌年夏季，初子的母亲暴卒。母亲患有脚气性心脏病的老毛病，此次突然引发心脏麻痹。

初子痛下决心整理家财，收购汇集了一些面向外国人的古董，在田村町的二流地段，开了一爿古董店。

古董店并没有想象的那么红火。面宽约两米的店铺内，只有她一人照看店面。她透过玻璃窗，从早到晚眺望着行人稀疏的路面，内心期待着：哪怕只有一个占领军的士兵呢，要是能从这里路过就好了。

初子怀着某种自信等待着。她确信，这个时代不可能不欢迎自己。

占领时代，是一个屈辱的时代、虚伪的时代，同时也是一个阳奉阴违、肉体与精神卖淫、讲究心计的谲诡时代。

初子本能地意识到，自己就是为了这样的时代而生。生长在这

206

样的时代却并不得志，这不合乎情理。更何况初子还从德国人那里学会了一口流利的英语，令其发挥才能的机会要多少有多少。她觉得这个机会只是相距甚远，一时还抓不到手里而已。

那天也有几个驻军士兵从店铺前走过，但他们对礼品店已心生厌腻不愿光顾。傍晚时分，来倒是来了，但并不是人，而是一封快信。是驻日盟军总司令部发来的一张传唤令。

最近，初子用战争期间德国人为她搞到的纯毛女士衣料做了一套盛装。为了用于重要场合，故而一直珍藏未穿。此次她取出这套盛装，把它穿在了身上，还戴上了珍珠项链，穿上了高级皮鞋。当时的日本人，都对驻日盟军总司令部怀有一种本能的恐惧感，然而她却没有。她反倒认为这是一个千载难逢的好机会，故而匆匆走出家门。

初子的直感没有错。询问的内容，是她与德国大使馆的关系。主管官员只是泛泛地简单了解了一下情况，就把她放了回来。在返回的走廊上，她又遇到了那个二代日本移民中尉——初子来时曾与他在走廊上相遇，并向他打听过发出传唤令的那个局的办公地点。这是一个肥胖、蓄髯、眉眼细小的男人。与这个男人搭过几句话后，两人便做出了下班后见面的约定。男人说要请她到厄尼·派尔剧场去看场电影。

一个月后，两人订下婚约。中尉的上司向中尉道出了女人的身世，并发出忠告。于是中尉以生病为由，匆匆返回美国。

初子又以犀利的目光，终日打点起古董店来。往日东信浓町的某位邻居夫人来店，说是想将一条银狐围脖卖掉，但商人只给估价一万元。一万元她不肯出手，但又急需用钱，便问初子能否帮着想点办法。

初子承诺帮她以三万元卖掉，故而夫人又把金手镯也一并托付给了她。夫人心急火燎地等了三个月，到头来初子还是以只能卖一万元为借口，前往夫人家送去了一万元。那围脖打一开始她就打算自己留用，故而在使用围脖的季节到来之前，一直拖着，不肯支付那一万元。

至于金手镯，那段期间内，她便自己使用，过后物归原主了。

初子古董店前被焚烧过的楼房，经改建后变成了一栋三层小楼。搬迁到那里的一家贸易公司社长，午饭后出来散步，顺便走进店里，胡乱买了一些东西。经过数次光顾后，他开始买起高价物品来。

某日，初子颇为自信地请客人坐到坐垫上，并献上了茶点。于是社长说出了这样一件事——他打算在小楼的地下室，开办一家名叫"茉莉花"的俱乐部。接待客人时，计划提供些酒水，问她是否愿意被雇为女掌柜。

初子答应了社长的邀请。就这样，她白天照看自己的古董店，夜晚就到近在咫尺的俱乐部去上班。

初子的容貌，说是美人也并不为过。鸭蛋形脸庞，属于皇族妃子中常见的那种五官端正、眉清目秀的美人，似乎也不缺品味。只是目光犀利，使她那媚人的微笑，失去了几分风采。

战后盛行化自然妆，而她却似乎故意反其道而行之，脸上涂着厚厚的白粉。打从洋装也可穿进俱乐部后，她又让社长为她做了几套西服，皆为时髦华美类服装。一有机会，她就会戴上插着羽毛的帽子，甚至还打算蒙上面纱。面纱不但可以柔和眼神的犀利，还可遮掩眉眼附近渐次显现出来的鱼尾纹。某男曾为初子内衣的腌臜惊诧不已。

若请初子写字，她可以满不在乎地写出小学二年级学生水平的字来。

出入茉莉花俱乐部的美国大兵们，开始与初子有了亲密交往。

本来估摸着社长会进一步资助自己，除工资外，还会在生活方面，给予一应俱全的关照，给自己买栋房子和一台轿车等。然而这些希冀全都落了空。于是她便想出了作弄对方的歪点子。某日，五菱化成公司运来一批走私进口货——十箱共计二百四十瓶外国威士忌，委托初子代为保管。初子于翌日叫来了熟识的黑市商人，将这些威士忌全部售出。

过了大约一周时间，五菱化成公司打来电话，说是今晚有宴会，要求初子拿出五六瓶酒来。

初子立即给一位稔熟的美国大兵打电话。初子喜欢饮酒，但公司管理严格，不准随便饮用店里的酒。初子跟对方撒娇说她急需一瓶威士忌。

初子从美国大兵那里，得到了一瓶同样品牌的威士忌，并把它藏在仓库紧堵头的角落里，还涂上了一些煤烟子。等到化成公司的人来取货时，初子便笑容可掬地进到仓库里去取货，但却迟迟不返，让客人足足等了三十多分钟。客人多次喊她，听到的只是有气无力的应答。后来总算出来了，可那样子啊——头发上挂满了蜘蛛网，脸上沾满了黑烟子，并且夸张地咳嗽着。手里拎着一瓶威士忌。

"我觉得这是极为贵重的寄存品，所以就放到仓库紧里头了。这样一来，您猜怎么着？店里的人将后来进货的酒，全都压在了这些酒的上面。压得太死怎么也拿不出来呀！我费了好大的劲，才总算将最靠边的一瓶拽了出来。今天您就饶了我吧。要是再难为我，我可就得去死了！"

大约一周以后，化成公司又挂来同样要求的电话。此次初子态度大变，竟反咬一口道：

"我可不记得受托保管过这样的货物。要说加拿大俱乐部威士忌，那不是违禁品吗？要是别人听说，像化成公司这样的一流企业，在这儿寄存了违禁品，我倒是无所谓啊，化成公司的名声可就要败坏了不是？"

听了这些话后，对方愤然挂断了电话。

五菱化成公司给贸易公司的社长直接挂来电话进行交涉，然而社长并不晓得此事。他叫来初子询问。初子始终佯装不知，并一口咬定是化成公司主管宴会的人谎称寄存于此，实际上已经暗地里将货品倒卖出去了。社长如堕五里雾中。这时，一个不喜欢初子的俱乐部侍者，向社长揭发了初子营私舞弊的事实。随后又陆续出现了几个证人。因为初子抓住了社长与色情事件有牵连的小辫子，故而社长并未让她做出赔偿，只是将她赶出俱乐部了事。这样一来，初子在公司眼前的那个古董店里也呆不下去了。便将店铺连同商品一起打包出兑，暂且在涩谷宇田川町的公寓里住了下来。

那个赠送初子威士忌的好心眼美国大兵，没过多久就跑到公寓里来玩了。他得意洋洋地挽起袖子让初子看。只见他的两个腕子上，全都刺上了小小的纹身——是初子名字的罗马字。初子高兴了，说要举行揭幕式。她在男人腕子刺有自己名字的纹身部位上，蒙上了一块带有花纹图案的手帕。随后又轻快地将手帕揭掉，并拍起手来。男人问她这是在模仿什么，她回答说："童年时代父亲去世时，曾在大学的校园内建造了一尊父亲的铜像。有一千多人参加了铜像的揭幕。自己当时被母亲抱着，也参加了那个仪式。那尊铜像，现今因战时捐献金属，已被投进熔炉内融化掉了。"说罢便哭了起来。男人同情地百般抚慰。初子一撒谎，往往就会被自己的谎言感动得又哭又笑。

初子在居住公寓的期间里，吟诵起和歌来。皆因管理员的太太陶醉于和歌，劝她也来创作几首。难以启齿说自己一无所能的初子，试着吟诵了两三首后，得到了太太的匡正。下面就是匡正后的一首。

世上万千事，只要用心做，阴云也会变晴天！

太太恭维道："这就好像是天皇创作的诗歌嘛！"
初子毕竟不能再向男人索要金钱了。只能是人家给什么就要什么。因为找不到工作，在公寓赋闲的数月时间里，她天生的铺张恶习开始重犯，导致手头拮据。美国大兵没过多久也回国去了。

初子经常光顾当时在京桥开业的一家西餐馆。在老字号西餐馆大都被接收了的当时，那家餐馆当属一流法国料理店。初子曾多次邀请在茉莉花俱乐部结识的一个男人到这家西餐馆用餐。这是一个似乎能为初子带来财运的男人。初子请他斡旋，看能否帮忙找份当店长的工作。有机会的话，最好可以帮助自己盘下一家店面。然而熟知俱乐部内情的这个男人，大多只是说上几句场面上的宽慰话而已。刚开始时初子用餐还气派地支付餐费，可到后来，便渐渐赊起账来。

初子想出了一个穷极之策。她开始向打一开始就对自己和蔼可亲的餐馆经理暗送秋波。于是对店铺早已无意尽忠的经理，也就对她赊欠餐费一事视而不见了。

某日早晨，经理在和初子共进早餐时对她说，自己并不想永远给别人打工，而是想独立经营一家带有榻榻米的西餐厅。碰巧眼下有一处房子正合适，如果你有意入伙的话，我们就一起去看看如何？女人立马应允下来。

时值春季，恰是赏樱时节。两人在高轮三井俱乐部旧址前信步而行。这位经理总是会在精心修整的胡须下，打上一个扎眼的红色蝶形领结。因其职业习性，走路的姿势亦十分优雅。初子则头戴一顶附有相同颜色面纱的帽子，穿着时髦的黑礼服，大白天里也一直挽着男人的胳膊。

女人站在已经成为占领军设施的三井俱乐部门前，向里侧稍稍窥视了一下。继而说道：

"真令人怀念啊，这栋建筑物！在女子学习院的时候，每到周六，自己都要来参加这儿的派对。"

男人半信半疑。只是从她日常寒暄时，绝不会说出"中午好""晚上好"之类生硬的问候语，而是代之以"祝您身体健康"一类的祝福话来看，倒可以断定她是一个有教养的女人。他本人现在也学着以上流社会的这种寒暄方式跟人打招呼了。对客人自不必说，即便是针对男侍者，当他们下班回家前跟自己打招呼时，他也是以"祝您身体健康"来加以回应。

不仅如此，当他跟别人提起店里的老顾主，那些大户人家的公子哥或千金小姐的名字时，就像是对待自家亲戚一样，习惯在名字的后面，加上一个表示亲昵的后缀。然而初子却比他还要技高一筹——每当她听到某位显贵人家小姐的名字时，就会以亲切怀念的语气问候道："啊，某某小姐贵体安康否？""某某小姐一切都好吧？"等等。

两人走下蜂须贺老宅前的坡道，在建于废墟上的成排房屋中间，敲响了一扇战火中幸存下来的石墙院门。于是，一位颇有风度的老夫人出来接待了二人。

这户人家的户主本是关西财界的一位大佬。隐退后移居东京，时或充当双叶山①的赞助人，时或在模仿京都八窗庵而建的自家庭院茶室里举办茶会，以此了度余生。丈夫去世后，战争日趋激烈。包括西式房间在内的正房，均因战争而被焚毁。了无权势的遗孀，便与儿子小两口，在废墟上盖了五间房屋，经营起一家逃避税金、

---

① 日本大相扑第三十五代横纲。横纲是日本相扑运动员资格的最高级，现共有七十三代横纲。

213

没有营业执照的小旅馆。喜好厨艺的儿子掌勺，房客只限于朋友或朋友介绍的客人。一家人琢磨着：若是遇到合适的买主，就连同地皮一并出让。

初子看到散落于荒芜庭院内的落英后，不禁冲口喊道："绝景啊！"看到危耸于园内的景石后，又喊道："啊，好可爱的石头啊！"看到架设在水池上的石桥后，又接着喊道："多么可爱的石桥！"她采撷了一朵蒲公英花，贴在鼻上摆出让人拍照的姿势。她很是中意这处宅院。

西式房间的废墟上，残留着大理石炉台、砖砌的火炉以及耸立在柱脚石上的烟囱。初子跟经理商量，看是否能在这里做炭火烤牛排，并在室外招待客人。

初子说打算先在这里暂且租下一个房间。她说为了招引投资人，让其查看房屋结构，有必要先占下一间居室。好心眼的小两口答应她后，初子便立刻退掉公寓，将桌子和仅有的一点家具，用机动三轮车运到新居。第二天上午就把家搬到了这处宅院里。

令房东一家不解的是，打那天起，西餐馆的经理就不再露面了。原来那位经理偶然得知了女人的经历，随即突然离去。

初子提出了尽快在门口挂上江口家门牌的请求。她手里有一块扁柏门牌，用毛笔书写的"江口"二字鲜明可见。身兼厨师的年轻户主，罩着围裙将梯凳搬到门外，把门牌挂了上去。原本客客气气挂在便门一侧的户主家门牌，相比之下就显得小巫见了大巫。

初子几乎就成了这个家庭的一员。她态度和蔼，谈吐风趣，并经常外出，回来时常会带些点心类的小礼品，送给寡妇老太太。

初子曾跟熟识的京桥影楼老板借过十五万元。以前即便一连被催数月，都因手头拮据不能归还。可搬到这里以后，却很快就还清了。钱是从哪里来的呢？原来十年前的一位老友——一个西宝电影制片厂戏装部的男人，曾在方才提到的那个西餐馆里见过初子，并拜托初子替他保管一张西宝远期支票的贴现款。而初子则动用这笔钱偿还了影楼的欠债。

戏装部的男人，从西餐馆经理那里打听到初子新居的地点后便寻上门来。初子在厢房的卧室内，和男人交谈了将近一个小时。起初从那个房间里传出的是咒骂声。继而又传出了啜泣声。年轻户主的妻子前去换茶时，发现哭泣者并非初子，而是那个男人。

初子坐在外廊上，晃荡着双腿眺望庭院，置进屋的少夫人于不顾，只是"喂"了一声，接着便悠然自得地说：

"……喂，他说要去寻死，你去那边给他选一个好看一点的树杈！"

客人不久便离去了。一家人根据少夫人的描述，对初子有了新的认识。

挂着"江口"门牌的院门前，经常停有高级轿车。有时从上午开始，就有四五个美国大兵，乘着吉普车来访。初子和这些美国大兵在院子里玩捉迷藏的游戏。他们毫不留情地践踏着庭前的花草。

初子对贵客总是慷慨地以酒食款待。厨师则觉得反正早晚都会来结账，于是便殚精竭虑地去做。初子对料理是门外汉。每当过后厨师前来征求意见时，她总是夸赞道："不错呀""真好吃啊""太棒啦""你这手艺真是绝了"，等等。一听到这些娇滴滴的话语，少夫人立刻就会竖起耳朵。

当时涩谷的藤川男爵想要出售自己的府邸，他以建筑面积三百坪、地皮九百坪、价格六百万的条件前来商谈。江口觉得自己的熟人桑井肯定会对这笔买卖感兴趣。

　　桑井是桑井组的社长。而桑井组则属于三流建筑公司。他是在常去的西餐馆里，看中初子的姿色后，经餐馆经理介绍与初子相识的。

　　桑井应邀来到初子家。但见宅邸气派非凡，并且还有被初子称作亲戚的人充当半个下人。奢华丰盛的款待，令他感到震惊。本以为初子并非良家妇女，但对方小费分文不取。如此一来，反而令他心生畏惧，无法染指初子了。

　　初子便于此刻，抛出了出售涩谷宅邸的话题。桑井说，如果是三百五十万，即可现金成交。初子试着与卖方交涉了一下。卖方提出要二十万定金。此话一出，桑井反而放心了，于是开了一张二十万元的支票，把它交给了初子。

　　四五天后，初子联络了桑井。再次造访的他，却得到了当初约定的现金三百五十万的交易已经泡汤的答复。初子乖乖地要将二十万元的支票还给桑井。桑井并未收下，说这笔钱就算是零花钱借给你用吧。他觉得如果万一出现什么差池，还可以拿她的这栋宅子抵债。

　　两三天后，桑井往这座宅子挂了个电话。

　　"是江口小姐家吗？"

　　"错了。"老寡妇回答，"这儿不是江口家。我们姓杉。"

　　桑井以为拨错了号，便重挂了一次。接电话的是同一个声音。于是桑井改口问道：

"姓江口的那位女子在吗？"

"啊，江口小姐现在外出了。"寡妇答道。

桑井觉得奇怪，便匆匆赶往杉家。在仔细查看了一番院门后他发现：在便门的一侧，挂着那天夜晚没能看到的、字迹不清的老旧杉家门牌。

年轻的户主出来接待了他。

"请教您一个奇怪的问题，这栋房子应该不是江口小姐的住宅吧？"

心地善良的年轻户主毫不迟疑地答道：

"我们只是把房间租给了江口小姐住。这是我们家的房子。"

桑井愕然，茶杯掉落在膝上。

桑井开始了一场精心策划的复仇。他当然不能向毫无罪过的杉家追索二十万元的欠款。于是便在熟悉的沙龙"秋"里，挖走一名女招待，谎称是自己亲戚的女儿，将她送到杉家的茶室中服务，自己则返回了大阪的总公司。他觉得如此一来，姑娘的食宿费等一干费用，就全都要由初子来负担了。姑娘在茶室里待了两个半月，初子分文未付。

姑娘不在时，初子有时从白天起，就一直和美国大兵窝在茶室里。隔扇全都大敞着。有时年轻的户主为了通知初子接电话，在走近茶室时，故意将木屐用力踩踏在踏脚石上，借以弄出声响。于是美国大兵背过脸去，初子则一动不动地扭过头来问道：

"什么事？"

杉一家被逼得要着手卖掉这处房产了。尽管价格有些便宜，他们也还是找了一个不好惹的买主。为了让女人从这里搬出，这户老实人家只能倚靠外力来帮助解决问题。

房子卖掉后，初子被赶了出去。

嗣后，初子勉强筹借到一点资金，在银座开了一爿小酒馆。她收购了一家已经过时的绸缎庄，将其改建成小酒馆。承包改建工程的木工说："那女人目光凶恶，危险！"本来一直不想承接这项工程。果不其然，到头来他未能得到报酬，便不了了之。

开店才一两个月，就亏损了几十万元。熟识的美国大兵成天聚在那里，不停地对初子挤眉弄眼，于是便免费连吃带喝。其他的客人，因为惧怕他们，越发不敢光顾。拿不到工钱的店员们，全都自掏腰包买菜吃饭。

男人打来的电话，越来越放肆粗鲁。一些醉鬼，接连用不堪入耳的外号称呼初子，令帮忙接听电话的小姑娘羞得面红耳赤。

初子领着一个平素用来尝鲜解闷的学生哥玩起了失踪。时值九月。

两人去了热海。住在高档酒店里。初子对酒放歌。是日晚，初子问道："你能和我一同去死吗？"小情人睡意蒙眬地应了一声"嗯"。

当时吉田总理大臣正要前往旧金山缔结媾和条约。占领时代即将结束。

翌日，两人去锦之浦散步，看了一下那个有名的情死之地。初子的目光，扫视着吞噬岩石的惊涛骇浪，眺望着周遭晴朗海面上掀起的无数三角形波浪。初子紧握着男人的手，然而男人的意志，却根本就没有传递到那只手上。这个孱弱的青年，生死皆无所谓。初子不禁暗中咋舌耻笑。虚伪的时代尚未结束。初子感到身后，有一股强大的虚伪力量正在拉扯自己。被自己攥在手上，可以随心所欲玩弄的这个看似羸弱不堪的男人，其诚实的态度完全不可倚靠。初子转身而归。

　　毫无目标的两个人返回了东京。在归途的车内，初子吟出一首和歌：

　　　　任凭世间骇浪起，难挡凝心苦度人。

　　初子将这首和歌写在日记本上，戳了戳茫然注视着窗外的男人的肩膀，把和歌拿给他看。

上锁的房间

今天，社会党内阁土崩瓦解了，是毁于内讧。两三天前的报刊，已经对内阁成员集体辞职做出过预告。左派预算委员长铃木，反对提高属于追加预算财源的铁路运费及通讯费价格。国家铁路员工工会，也动员起来，开展了反对运动。左右两派对立的结果，导致追加预算方案搁浅。昨天即九日，片山首相拜访了麦克阿瑟，就后继内阁事宜进行了恳谈。

儿玉一雄在报上看到了这则消息。关于政府内部情报，一介科员的耳朵并不比报刊灵敏。无论内阁怎样，无论孩子哭泣与否，官僚机构都顽固地存在于世。他是去年秋季大学毕业后，到财务省供职的。

由于财务省大楼已被美国驻军占用，他们只能沦落到四谷的一座肮脏的小学校建筑物里办公。一雄所属的局，处境尤为凄惨。说来小学的主楼，好歹还是混凝土建筑物，而银行局却被塞到另外一栋临时木板房内。一雄的国民储蓄科在楼下，每天只能在早上享受到从狭窄内院上空射来的一小时日照。

毫不雅致的桌子之间，摆放着穷酸的取暖火炉。入口的拉门，每开闭一次，都会发出偌大的声响。来到走廊后，则漆黑一团。上访团的人，在这里转来转去。

下级官员们将碎木块填进火炉后，便偷起懒来，所谈不是黄段子便是报上的新闻。

"政局扑朔迷离呀！"

今晨的报上，出现了与大家所议相同的标题。

"午休时间能不能快点到啊！"一雄想，"即便有点冷，晴天时也还是应该出去散步的。明天就是纪元节①了！"

一雄绝不和任何事扯上瓜葛，无论在家还是在机关。要想做到对任何事都始终漠不关心，并不是一件容易的事。清晨的头脑煞是昏沉。面对着机关的办公桌无所事事，困劲便会来袭；想要抵抗那抹睡意，便会时时勃起。彼时若被人呼唤，他便窘于站立。乘坐摇摆的公交车时，他总是会勃起。想必与那种事情应该无异吧？想到这，他把手伸到了裤兜里，轻轻抚慰了一下小家伙，但却并未产生快感。

坐在对面桌前的女文员，将一个圆形毛线娃娃摆放在笔盘上。娃娃似乎是用黄绿两色毛线头编织而成。闲暇时她常用铅笔尖把娃娃捅倒在桌面上。她上班后的第一件事，就是热衷于把十支铅笔尖削成圆锥形。

毛线的质地很好，无论怎么捅，毛线娃娃都不会变形。一雄当过军事教练，他想起了练习刺枪术时，那个被上了刺刀的枪扎过无数次的稻草人。不过稻草人常被扎坏，捆绑稻草人的桩子根部的尘

---

① 原为日本四大节日之一。明治以后，以神武天皇即位之日的二月十一日为庆祝日。今已改为建国纪念日。

埃中，撒满了色彩鲜艳的稻草碎屑。

"儿玉君，你来一下。"

从他椅子后面走过的小个子科长在叫他。

"是！"

"你也一起去吧。省内的资金计划会议。"

政府机构一直在为资金计划绞尽脑汁。国民储蓄科则一直在推进储蓄事业。尽管如此，通货膨胀也还是会到来吧。毁灭性的通货膨胀必定到来——大内博士如是预言。

科长和一雄在走廊里转来转去。走廊的地面，到处都打着补丁。从厕所前走过时，尿臊味扑鼻而来。副大臣办公室。一雄坐在末席位子上。副大臣的脖颈上长了一个疖。上面用橡皮膏固定着一大块药布。他总是仰躺在安乐椅上，挨着椅子的脖颈部位，大约沾上霉菌了吧。

室内聚集着一众憔悴、沉重、阴暗的面孔。都是些局长科长级人物。他们有的在抖腿，有的在郁闷地咬指甲，可同时也有一些人，面色红润情绪兴奋。他们神情温和，似乎随时都可以将老婆拱手让人。

省内会议一直开了两个小时。一雄写下了会议纪要：

根据副大臣的要求，租税二月份改为征收二百亿，三月份改为征收二百一十亿。这样一来，结转至四月时，只要二百亿左右即可。自愿存款增加额，一月预估的一百九十亿，大体上与实际相符。超过二百亿也未可知。货币发行额，或许能大幅低于货币审议会定下的二千七百亿。总而言之，一定要控制住通货膨胀。

通货膨胀的悲剧已经不可避免。即便如此，今天一天，早春的阳光依旧照耀着四谷见附一带的车站、堤坝、电车线路、离宫以及水渠等所有的景观。午休时一雄总是一个人出去散步。

一雄喜欢倚靠在路旁的铁栅栏上，眺望都营电车驶出四谷见附，沿护城河下行，朝赤坂见附方向驶去的情景。孩提时代因为没有缘由，故而从未坐过这条线路的电车。他偶尔会从汽车的窗子向外观望，心想哪怕只是一次，若能有机会让自己坐坐那趟电车就好了。闲着无聊时，他就会倒坐在汽车里，将双腿搭到汽车后窗上。就那样倒坐着，唱起了刚刚学会的歌曲《沙漠日落》。奶奶曾对他发火，不许他唱那种歌……即便如此，他也还是觉得那条线路很好。电车开始顺着线路下行，面朝远方，从危险的护城河边，晃晃悠悠地驶过。已经有数辆电车，沉没在护城河里了吧？电车变得像玩具一样小，驶过像玩具一样小、沿护城河修建的砖砌隧道。到头来那电车因为越来越小，终究会从人们的视野中消失吧？

一雄发现自己正在吸烟。他换了一只手拿烟，看了看右手中指已被烟袋油子熏染成黄褐色的部位。这是外界浸染其手指的确凿证据。外界总是以同样的形式向他袭来，以一种习惯性的形式，而且往往是以一种恶习的形式。那家伙完全是在不知不觉间，一步一步地侵犯了他。

他深深吸吮着这一绿树成荫地带清爽冰冷的空气。

"我的身边存在着无秩序。"

一雄感到满足。虽然无秩序就像是他的亲戚，但他可以在绝不依附于亲戚的前提下存活。一九四八年二月十日，战败后才两年半。所有的人都在蝇营狗苟地打发日子，像小孩子一般乐于"作恶"，热衷于赌博、吸毒和自杀。不久前就发生过"寿产院事件"①，接踵而至的便是"帝银事件"②。

无论哪个事件，说来都与他无关。这是理所当然的。一雄只是在报上看到了这些。然而又有谁敢断言，舞台上的事件，就与观众绝对没有关系呢？

大家全都无意识地露出难看的表情，生机勃勃心满意足地活着。人们对任何行为，都有辩解的自由。小孩子从滑梯上滑下时，看上去该是多么的兴高采烈呀！向下滑行毫无疑问美妙极了。重力法则。在这个一般法则里，人变得自由了。其他个别的法则，全就不翼而飞。

无秩序亦然。它在迷惑人的力量方面，也属于一种法则。能否与其绝缘，而只将自由揽入怀中呢？

人们沾沾自喜地喝下劣质酒，变得神清气爽神采飞扬。拜含有甲醇的威士忌所赐，一命呜呼或双目失明的人不胜枚举。

……肚子在咕噜咕噜地微微作响，好像是盒饭中掺进的麦子过多，导致肠内异常发酵了。一雄戴上了手套。

他穿过公路，走在赤坂离宫前面的路上。离宫院内的草坪已经枯萎。青铜色的屋顶，色彩绚丽夺目，呈现出一种既威严又高雅的

---

① 1944年4月至1948年1月，在东京都新宿区发生的杀死大量婴儿的事件。
② 指1948年1月26日发生的一起恶性事件。犯人冒充东京都卫生课兼厚生省厚生部医学办事员，从员工通道进入帝国银行东京椎名町分行，将药品分发并诱骗银行员工喝下，导致十六位喝下的员工中十二人死亡，并抢走现金后逃逸。

色调。铁栅栏将精巧铸就的铸铁花环，擎献给早春由碧空和白云组成的苍穹。

他又从这里转身，顺着公园前的一段道路回到机关。正在练习棒球传接球的同科室小青年，举起戴着棒球分指手套的手跟他打招呼。一雄有些兴奋，因为午休时他不必去那个"上锁的房间"。他对死人没有兴趣。

周六是个雨天，异常寒冷。这天一雄缴纳了三十元工会会费，又到财务省的内部理发店理发，花了五元钱。因为没有多少工作可做，这才跑去理发消磨时间。

他心想：下班后说不定去看场电影，于是便带来了盒饭。中午下班后，他吃掉了盒饭。没有特别想看的电影。他取出了伞架里的雨伞。

冬雨阴冷刺骨。风湿症患者恐怕难以承受。他觉得鞋里的袜子已被濡湿。雨水顺着四谷车站的斜坡向下流淌。站前混杂不堪，一片伞的海洋。已有数人合上了雨伞。一雄无意回家，便转身走进站前的咖啡店。店内温暖如春。他要了一杯可可茶。

透过窗子，可以看到雨中熙来攘往穿着外套的人群。偶尔还可看到其中有几个穿着军用大衣的人。全是一些陌生的面孔。世上为何会有这么多陌生的人？一雄是个孤苦伶仃的人。至少这一个月以来……

他的身边有一种公开的诱惑。自杀真是一件简单的事。如果他自杀，国民储蓄科的下级文官们一定会这样说：

"一个前途大有作为的年轻人，为什么会去自杀呢？"

所谓"前途有为"，是他人的僭越判断。这两种观念，大体上说未必矛盾。有的男人，正因为对未来抱有坚定的信心，所以才自杀。被揉搓在早晨高峰时段的电车里时，居然没有谁喊出声来。一雄对此，曾觉得不可思议。连自己的身体都无法自由活动了。在他人的挤压下，甚至无法抽出手臂，去挠挠后背发痒的地方。大概不会有谁认为，这种状态是一种秩序井然的状态吧。但是却没有人能够改变它。挤满人的电车内众多一言不发的人的面孔深处，无不栖息着这种无秩序。它们相互共鸣，容忍着旁边男人那毫无礼貌的屁股压力。此类共鸣只要出现一次，便会扎下根来。

　　战火中未被焚毁的建筑也好，废墟上新建的房屋也罢，仿佛都是一种敷衍了事的应景之物。就像是倾斜的铁板上的炒豆，一边被炒一边就要滑落下去。纤维统制尚未解除，黑市商人的天下还在继续。他们以刚出浴似的清爽面容，打架、狎妓、唱歌。吹着口哨的美国大兵们徜徉在各地街头。

　　晦暗感伤的情绪，高悬在城镇上空。恍若火葬场的烟雾，隐隐弥漫于街头……男人与女人互相挽着臂膀。在他们互相勾肩搭背时，男人也好女人也罢，与其说是因为冲动，莫如说与人类被砍伤后黑暗暧昧的伤口相似，无非是不得不屈从于这个新时代的某一常规而已。无论在哪做什么，所有的一切，全都若合符节。冬季屋顶掠过的猫影；日照良好、风中吱嘎作响的玻璃门屋内貌似午睡的、吞服了安眠药的自杀者；瓷器铺门脸儿前，被吉普车撞到后，色彩鲜艳的廉价陶瓷器碎片狼藉一地；游行队伍行进的歌声；战争中失掉一条腿的男人；毒品的非法出售……某男某女勾肩搭背行走在某个街角，都与上述情况不无关联。

谈到一雄……对了，一雄乃孑然一身。他与外界的无秩序背道而驰，意欲将内心的无秩序纯粹化，甚至谋划使自己基本上变成无秩序的化身。一直到一个月前，他的搭档都还活在世上。在其内心形成小小结晶的那个无秩序，已被保留在小小的"上锁的房间"里。

……学生时代即将结束时，一雄开始学习舞蹈。他用一周的时间，学习了狐步舞和探戈。之后便开始前往街上的舞厅。

舞蹈漩涡的中心几乎一动不动。舞女们在化妆室里，见到伙伴后就会这样自夸：

"我今天已经泄了他五个呀！"

学生们都在裤子里戴着避孕套，稍一摩擦就会射精……一雄小时候走在大街上时，曾一度很想去一家唤作"沙龙春天"的店里瞧瞧。大家笑着阻止了他。

"那里可不是小孩子该去的地方哟！"

"为什么？"

"你问为什么？小孩子想要进去的时候，就会有个可怕的大叔把他给拎出来的！"

他被套上了一条短裤。夜里就寝时，他便开始想象"沙龙春天"这个未知世界的内部情景。那里肯定有杀人的房间和刑讯室。笃定会有地下通道，一推镜子，就会出现通往海边的近道。哗啦，哗啦，哗啦，舔舐岩壁的波涛声，可以从远处轻轻入耳。在镜子的房间里，魔术师居然会从高筒礼帽内拽出一只大兔子。兔子靠近身边后，就会以老妈子似的口吻说：

"小少爷，小少爷，快救救我吧！我被缝在兔毛里，痛苦得要死！"……

一雄背靠柱子，观看着人头攒动的舞厅。这实际上是一场黏液性质的舞会。每个人的后背，都被汗水沁润得溜溜滑。女人闭目，男人睁眸。一群狗直立起后肢，舞动着身躯。据说传授这种绝技时，一开始要把铁板烧得滚烫，让狗觉得热极，于是便不能用四条腿走路。群集于中央漩涡的人，多半都是一边接吻一边跳舞。无数条舌头，在牙齿间滑润地伸缩着。在这段时间里，胃却在孜孜不倦地消化着可怜的晚餐——这是从解剖学角度对舞蹈做出的考察。

"厌恶使我变成了一个多愁善感的人。"一雄想，"我和别人不一样！"

就是在这家舞厅里，一雄邂逅了桐子。当时的桐子，穿了一身和服，也是一个人，站在柱子的阴影下，观看着大家的舞蹈。一雄只是看了桐子一眼，便立刻认定：她，就是自己的女人。在她那液体白粉涂抹匀称的双眉间，刻印着一条竖纹。她一定患有偏头痛的毛病。

平庸的滥觞。女人手里举着尚未点燃的香烟茫然四顾。一雄用打火机帮她点上火。

"一个人？"女人问。

之后两人便跳起舞来。

一雄的舞步极为笨拙。女人笑了，中途停下，而后便来到桌前要了一杯酒。

"我喜欢快步舞。"女人说，"而且舞步越快越好，越嘈杂越好。"

"于是你就什么都听不到了，是吗？"

"可不是嘛！你蛮聪明啊！"

桐子一点儿汗都没出。她说她没长汗腺。

那晚就这样分手了。不过两人约好，下周同一天再次见面……于是下周便见了面。之后隔了两三天又见了一面。他们或是去看电影，或是一起用餐。这时女人才将自家的住址告诉他。于是一雄得知：女人住在赤坂离宫旁小公园的后头，就在政府机关附近。赶巧一雄从翌日起，便要开始到那家政府机关去上班了。

"太巧了！我可以在家里向你表示祝贺呀。我老公在半夜一点以前，是绝对不会回家的。说到孩子，我只有一个九岁的女孩儿。我让她早点睡觉就是了。你完全不必客气！"

在约好的那一天，一雄从机关下班后，来到了桐子家。

一雄对女人没有隐瞒自己女儿的年龄感到很满意。说来桐子是一个对任何事都大大咧咧的人。这种类型的女人，不是把手提包忘在车上，就是将钻石戒指丢失在浴室里。然而绝不会忘记穿上刚洗干净的内衣的，也是这类女人……桐子向一雄坦白说，她烟瘾很大，患有脚气性心脏病，故而动不动就会脚气冲心。她毫无顾忌地将手提包内的零碎物品拿出来给一雄看。一雄意识到：这是一个坦诚而又毫无心机的女人。据说她在女子中学时代还是排球选手。布袜以上的腿部，突兀着女人少见的跟腱。

一雄的心里，有一种确凿的预感——今晚我肯定会和她上床的！即便对桐子这种尚未一品芳唇的女人也是如此。想象力并非独立而行，一切全都一味地充满了血腥味。这或许是一种奇妙的说法——也就是在这种时候，一雄才会感觉到：哎呀，怎么今天我活在一种常人的心态下了？诸多凌乱的各类价值，虽说无一不是过眼云烟般的虚假的单纯，但毕竟是变得单纯了。这当然不值一提。实际上他并不怎么喜欢"期待"的状态。

一雄没有按对方指定的路线走，而是穿过了小公园。青青的橡子依然撒落在地面上。夕阳中一群孩子正在吵架，相互间用猥亵的语言谩骂着对方。到处都有美国大兵。这到底是为什么？长凳上的一个美国兵，正在把玩女人的手指。他觉得自己似乎从远处就能够看到女人手指沟里的污垢，抑或是黄昏的阴影，最先染在了手指沟上？

手里拎着的公文包，令一雄感到羞耻。公文包似乎在发牢骚。公文包内，只不过是装着盒饭和少许并不打紧的、带有"密"字样的文件而已。却又厚又沉，散发出不快的气息。手里拎着这么个东西，人也就算是废了。

桐子的家，是战火焚烧后幸存下来的古旧中产阶级住宅。正门一侧照例连着会客室。门铃按钮已经褪色发黄，布满细小的裂纹。若用力一摁，或许就会像饼干一样碎成粉末吧。

女佣走了出来。这是一个体态丰满、肤色白皙、毛发稀疏、恍若蛆虫样的女人。女人毫无表情地瞥了一雄一眼。挨揍或被杀之类，自然都是大事，然而一雄觉得被人"瞥"上一眼对自己而言同样沉重。像她这样乜斜人，人还不全都成了怪物？然而，一雄并不是什么怪物。所以反过来讲，他便有理由将这个女佣视为怪物。

紧跟着，九岁的女孩儿跑了出来。这是个孤独、不认生、为向生人讨喜而咧嘴微笑的孩子。她用一只手卷起裙子，冲着那个方向弯下腰去，用那只手的手指，吱吱作响地提紧红色的袜带，不停地望着一雄笑。

玄关有些昏暗。一雄当然喜欢这种暗示黑暗的玄关。他走进门去。一个已经掌灯的房间，花纹纸隔扇被稍稍打开了些许。桐子恰到好处地侧身站在那逼仄门缝的门槛上迎接了男人。屋子正中已经摆满各种下酒小菜。

这岂止是贺宴般的晚餐？桌上甚至摆着眼下极为罕见的珍藏版苏格兰威士忌。这个家庭令人悲叹的奢侈，已经一目了然。这是一个一家之主终日不归的家庭。此类家庭随处可见。这并非不幸的全部。然而，对于类似这种家庭的家中不幸，你没有理由无动于衷不持敬意。

"你试着跳个舞吧。"母亲说。

女佣去会客室播放童谣唱片了。她把门敞着，以便歌声能清晰地传到这边的榻榻米房间里来。九岁的房子开始起舞了。这期间桐子一直在桌子底下握着一雄的手指。带尖儿的戒指，硌得一雄的手指有些痛。他觉得舞蹈似乎要没完没了一直跳下去。房子毫无羞色不停地跳着。一雄看着灯光照射下闪闪放光的碟中剩肴。桐子的神经，似乎全然感受不到凄惨为何物，所以长大成人后的房子，即便想起今天晚上的舞蹈，也注定不会产生自我厌恶之感。遗传这东西着实可怕。

舞毕，房子被送回房间就寝。女佣繁野将威士忌和酒肴拿到会客室里。活儿干得有条不紊。繁野打开了播放舞蹈音乐的留声机，关掉棚顶的灯，点燃了墙边的一对台灯。

"你可以下去了。"桐子说。

蛆虫般的女佣，绷着面孔一声不吭地离去了。两人在地毯上跳

234

起舞来。桐子开始献吻。一曲既罢，桐子走到门口，扭动了一下插在钥匙孔里的钥匙。

上锁的声音——一雄在自己的身后，听到了那个轮廓清晰的微小声响。

"这是一个怎样的女人呀！"——他并未产生厌恶感。他装作更换唱片的样子。此时在他的身后，外界已经和他巧妙地隔绝了。

天才刚刚黑下来。他的外界因锁门声而被命令、被强压、被料理了。岂有此理的连锁。比如，在软饮料商标上常会出现的、对着瓶嘴饮用饮料的年轻女子，在她饮用的饮料瓶商标上，又有一个年轻女子对着瓶嘴饮用饮料，在这个画面中的饮料瓶商标上，再次出现了年轻女子对着瓶嘴饮用饮料的画面（一雄赖以生存的现实，就拥有这种构造）。无限连接的现实连锁，被轻松畅快地斩断了。那个饮料瓶商标中的瓶子，那瓶子标签中的瓶子……直到最后的商标变成了空白。他松了口气。随后慢条斯理地脱掉了上衣。

当时由女人锁上房门确实很重要。必须如此！以往向女人求欢时，一雄曾为各种观念而苦恼。比如，当女人西服的纽扣被解开后，那纽扣就恍若一颗远方的银星在熠熠闪烁。刹那间，纽扣一下子就与所有的一切全都产生了关联。纽扣的价值，渗透到了他所背负的外界每一个角落。不能如此！然而桐子却凭借她自己的意志，很随意地就斩断了他的关联。

开往新宿的都营电车的电火花，在窗外的夜空中闪烁。眼下还是一个即便听到虫鸣亦不足为怪的季节。多亏了唱片的音乐声，他们才没有听到虫鸣。两人边舞边吻。吻着吻着便倒在了地毯上。这是一场颇需技巧的舞蹈。桐子从衣袖里取出扁平的香水瓶，将香水洒在四周。她绝不自己宽衣解带。

一雄已经酩酊大醉。头痛得厉害。他觉得自己很有意思，居然对桐子完全摆脱了性的虚荣心。他觉得自己简直就像是一个白痴童男。如果是一个并非白痴的童男（一雄自己也曾有过体验），准会按照书本上的描述行事了。因为虚荣心，脸色才变得苍白。

一雄入迷地将自己想象成一个极端无力而又可爱的玩具。如果闭上双眼拼命地把自己想象成香烟盒的话，实际上某个瞬间，人就真的能够变成香烟盒。

他没有像与其他女人同床共枕时那样，突然想起什么剩余价值论啦、构成犯罪的必要条件啦、海上物品运输合同啦之类的琐事。

一雄觉得自己似乎悠然自得舒坦惬意地接受了惩罚。因为醉酒，心脏的跳动要比平时加快十倍。没过多久，龙卷风便向他袭来。龙卷风从天花板方向飘舞下来包裹住了他。没有必要睁着眼睛。与钟表的分针和时针交汇时相似，女人的脸时不时地在他的脸上落下阴影。这时他嗅到了对方脸上的香气。世界向远方遁去，在那惊人的远方，宛如大树树梢上的蜘蛛网，正在闪闪放光。

桐子完全没有叫床。可以说，不叫床也是一种有意识的陶醉。地毯也同样沉寂无声……片刻后，两人像死尸一样，不成体统地瘫倒在地毯上。此刻若有人从窗外向这厢眺望，笃定会急着打碎玻璃窗，跳进室内关上煤气阀。可眼下还没到使用煤气暖炉的季节，所以煤气阀被软木塞塞得严严实实。为防止已经关闭的螺丝把柄松弛，还用百货商场结实的绳子绑成了十字花形。无论哪儿都没有煤气味儿。空气比户外还要清新。香水还在缓慢地散发着余香。两人深深地喘了口气。家具发出了干裂的声响。

……"打那天起，定例访问开始了。"一雄没完没了地回忆着这件事。

"例行内阁会议、例行新闻发布会、例行同床共寝……大臣也好我也罢，概莫能外。只不过我的次数多了点。哼，提到大臣，倒让我想起了一件事。难得是个星期六，却必须为大臣撰写储蓄奖励大会的贺词原稿。读别人写的稿子有什么意思呀？'今天承蒙诸位赏光，莅临本次会议，使得大会得以如期召开，本人就此不胜欣慰……'

"即便是对恶习，我也一向很有节制。'沉迷'一词该是何等愚蠢的表现啊！恶习是一种机器，要想驾驭它，就必须采用非人的手段。'沉迷'之人，只不过是犯了方法上的错误，单纯地把机器，当作人来操纵了而已。

"一个月前，女人躺在我的胸上，突然脚气冲心发作，有点呕吐。她用手帕捂着嘴，对我这样说道：

"'你快走吧，不要管我……医生会来的。我马上就叫医生来。我不想让医生见到你。'

"我打开门锁后，女佣倨傲地走了进来。因其毫不慌张，故而听到医生马上就来的回复后，我便返回家中。是日拂晓，桐子故去。"

……

一雄放下了已经饮罄的可可茶杯。雨势并未见小。走下车站的人寥寥可数。星期六的下午已经启幕。一雄觉得，星期六就是一条人鱼。以周六的正午为中心，上半身是人，下半身是鱼。我也是鱼的一部分，没有理由不尽情畅游一番呀！

他或许去"上锁的房间"也未可知。桐子虽然死了，但还有什么活在那里吧？他不明白究竟是什么原因，导致他对桐子的死，并未产生丝毫的悲伤。桐子死后的第二天，他照常上班。几封毫无价值的带有"密"字样的文件被转到他的办公桌上后，他又把那些文件拿到了科长的桌上。一个上访团的人，悄悄塞给他一磅黄油。黄油呈白色，显示出一种无精打采的色调。

睡梦中曾一度出现过桐子躺在自己胸上的苍白面孔。我在梦中自忖，她的样子虽然可怕，但我却毫无恐怖感。感情的沙漠。然而他讨厌"沙漠"这个词语所含有的那种感伤的、微不足道的余韵。根本就没有必要将"一点也不悲伤"这种情感当作一种偶像来对待。

晴朗但却酷寒的一月天气持续着。一雄在参加舞会时，和一个对自身容貌毫无自信的女孩儿亲密交往起来。那女孩儿照镜子的频繁程度几乎令人心烦。一雄想：说不定何时就会出现奇迹，在自己并不知晓的期间里，她就变成了一个美女。一雄对丑女也并不讨厌。真正能够尊重男人的，只能是怀有自卑感的女人。无论哪儿的集会都要露露脸的皇族也来了。一准是为扬名而来。一雄那天晚上，看了一本从朋友那里借来的翻译书——《莫班小姐》。无聊的小说。

……他走出咖啡店，撑开了雨伞。淋湿了的雨伞，褶子相互间粘贴在一起，撑开时发出了裂开似的声响。他的袜子仍然在鞋里湿漉漉的。所谓厌恶就是这种感觉……他横着穿过十字路口。成群的汽车，启动着雨刷停在那里。略微加快步伐走过时，车道上的积水便会反溅到脚下。他觉得自己毫无道理地遭逢了不幸。

去桐子家要路过火烧后残余的废墟一角。建筑材料被雨水淋湿后，显露出鲜艳的色彩。冷！搞不好要来一场雪。

一雄戴着手套的手被冻僵了。他用指尖按下了已经死去的东畑桐子家的门铃。室内响起门铃的回声——在这栋阴暗空旷的房子里。

门开了。房子出现了。门把手正对着她的胸脯。她用胸脯顶着门把手，仰望着一雄笑了。

"好久不见了呀！"

"都不在家吗？"

"妈妈死了。爸爸整天不着家，繁野买东西去了。"

"你今天学校没课吗？"

"瞧您，真糊涂！今天不是星期六吗？学校只有半天课。"

一雄转身想要离去。房子拽住了他的裤子。她脖颈微斜，仰脸看着一雄笑。这种献媚的举止，肯定是在习舞时学会的。并不是这一献媚的动作使一雄想起了她的母亲。一雄拽下了九岁女孩儿抓紧自己裤子的手，将它握在自己手中。那只小手在男人的掌心里屏气止息。

一雄进屋以后，房子抢先一步，打开了会客室的门。因是雨中白昼，屋子里有些阴暗，于是她点亮了电灯。随后她又点燃了壁炉台下的瓦斯炉。一股阴冷潮湿的线香味扑鼻而来。香水的气味早已消失殆尽。壁炉台上摆放着扎着黑色飘带的桐子照片，照片前放着一个插有线香的香炉。

"喂，快来给妈妈道声午安吧！"房子说。

一雄点燃了线香。香炉的香灰中，插满了燃烧后残剩的线香杆儿，新插的线香很难立住。香灰坚硬如骨。一雄最初想要插进的线香，脆生生地折断了。断口处呈现出浓绿色，纤细得有些夸张，好像故意造得这般容易折断似的。桐子的照片虽然不见笑靥，但也并非面孔凛然。这种表情意味着什么呢？恐怕其夫君是不得而知的。总算有一根线香，歪歪斜斜地站住了。在点燃的同时，那根线香就已经被白灰所包围，变成了橙黄色。死的气息扩散开来。

一雄当时打了个寒战。背后响起了与那时相同的声音。是上锁的声音。一个轮廓鲜明的微细声响。

他害怕回头。当他总算回过头来时，只见房子将锁上房门的手背在身后，正在朝他微笑。

"为什么要锁门？"

"可是，妈妈不是一直都在上锁吗？而且一次都没让我进来过。所以嘛，房子一直都在琢磨着，要在一雄叔叔在时，自己也从里面把房门锁上看看。"

一雄疲惫不堪地坐到长椅上。房子骑上了他的膝头……

一雄想起了今天早上刚一上班时，科长唯恐有人听不清，故意大声向全体科员讲述自己梦中故事的事。

"……我竟然做了这么个梦。自己居然成了'帝银事件'中的罪犯！自己居然……"

属下们以对他人梦中之事毫无兴趣的表情，发出了貌似听到有趣话题的笑声。一雄没有笑，他觉得这压根儿就不是什么趣谈。本来就是小市民的善良面孔，却在梦中希冀着一副罪犯的嘴脸，并加以模仿。多亏了这种梦的公平分配，社会生活才保持住些许的平衡。对了，一雄昨天夜里也做了一个梦。此梦还有标题，叫做"盟誓酒家"。

一个名曰"盟誓酒家"的酒馆开业了。而且还在城市里遍地开花。店铺一律凌晨一点开张。一雄走在大街上。还不到凌晨一点。

一雄不知道这是一家怎样的酒馆。不知道为何要开办这种酒馆，又为什么起了这样的名字。但不管怎样，他觉得似乎有必要前去看看。他是会员。

据说"盟誓酒家"是根据政府指令开办的。这是一种奇怪的征兆。政府终于开始助力无秩序了。地点也不清楚。他接受了到"最近"的酒馆去看看的指令。他必须打听路线。

街上响起了关门声。店铺开始打烊了。光线透过门隙，长长地拖曳到马路上。

"'盟誓酒家'在什么地方？"一雄问。

店主的脸背着灯光，看着模糊不清。

"您是政府官员吧？"

店主窥视着一雄的脸问道。

"是的。"

店主告诉完路线后，便关门隐身于店内。一雄迈步向前走去。那里是市郊，再往前走就是没有路灯的住宅区了。不像是存在着什么酒馆的地方。

道路弯弯曲曲。寒冷的夜风，茫然劲吹着路面。道路相当宽阔，好在路上铺着的白色砂石可以作为标记。四周是幽深的树林和长长的石墙。灯火杳然，犬声远吠。

拐过一个街角后，他发现黑暗的道路中央站着一个外国人。看上去像是站着，实际上却是在行走。并且不是前行，而是在用缓慢的步伐后退。外国人并未注意到一雄。一雄从他的身旁走过，并加快了脚步。

路上出现了一个 T 字形路口。来到这条相当于 T 字字柄的路上后，四周愈加阴暗起来。似乎有人慌慌张张地隐匿到暗处。在方才走过的路和这条路的交汇处，有一座石墙半毁、废墟似的房屋。石墙毁坏的地方似乎就是院门。"盟誓酒家"肯定就是这里了！

他走了进去。在黑暗静寂的院落深处，似乎原先还有个后门。这是一隅用混凝土围起的逼仄角落。头上的夜空阴云密布。尖锐低矮的混凝土栅栏彼侧，似乎是一条小河和荒芜的草地。

这里确实就是"盟誓酒家"。空酒瓶狼藉在肮脏的混凝土地面上。地中央扔着一个似乎被踩碎变形的破酒罐。黑血似的酒流淌出来。一雄闻了闻，搞不清是什么酒。

他在那里伫立了片刻，寒冷至极，而且不像是有谁会来的样子。

一雄断了念想，又从石墙毁坏的地方走了出来。在相当于 T 字字柄的那条愈加黑暗的路上，他再次看到了慌慌张张隐身遁去的人影。一雄回到了原来的路上。方才看到的那个外国人，仍然在以同样缓慢的步伐后退，而且同样没有注意到一雄……

——到此梦醒。然而至今依然记忆犹新的，都是一些奇异的怪态。

……房子坐在他的膝盖上。就孩童小小的身躯而言，与肉体这一观念性词语相比，莫如说他所感受到的，是一种更为紧凑的肉感。拥抱女人的时候，我们大都是分散着拥抱其身体的某一部分，比如脸部啊、乳房啊、局部啊、大腿啊——在将这一切总括起来形成“肉体”的观念下。然而九岁的女孩儿则不同。这丫头就是一块不折不扣的肉！一雄想。他的皮肤透过裤子的布料，精准地测出了肉的温度和重量。

房子欢闹着。她骑在男人的膝上，用手搂着男人的双肩，肆无忌惮地注视着一雄的眸子。

“叔叔的眼睛里映出了房子，房子的眼睛里也映出了叔叔吗？”

“映着呢。”一雄答道。

房子继续执拗地盯着一雄的眼睛。她把唇的两端微微上噘，显示出一副女人深思熟虑的样子，仿佛在说：虽然不过是接个吻而已，但这可是人生的一件大事啊！其实就连狗，有时也会做出女人的这副表情来。一雄以前饲养的家犬“爵利”，就常常会显露出这副表情。

房子突然将脸凑过来小声说道：

“喂，咱们玩亲嘴儿游戏吧。”

一雄尚未及躲避，干巴巴噘着的小嘴就已经飞了过来。他在接过吻后，避开了那件事。而后便非常困惑。他勃起了。他想把房子从膝头放下。房子竟乱蹦乱跳起来。不管怎样，总算把她抱了下来，让她端端正正地坐在了长椅上。然而房子却左右来回蹬腿发起火来。

敲门声。耳畔传来繁野的声音。

“喂，小姐，你在会客室吗？”

房子以打电话的语气答道：

“喂喂，你是繁野吗？我是房子，现在正在会客室里接待客人呢。”

"喂，咚咚咚，是哪位客人呀？"

"是儿玉一雄先生。快把茶水和点心端上来吧！"

"好的！好的！"

脚步声远去了。倘若只听声音，繁野绝不是怪物，倒是个妖艳的女子。房子去放唱片了。一雄不想再听那张常和桐子一起跳舞的唱片，便前去阻止，让房子选了一张桐子从没放过的唱片。

乐声响起。歌声漾出。这支曲子与他在这间屋内对桐子的回忆毫无关联。但是当初在那个舞厅里播出这支曲子时，乐声刚起，桐子就立刻眉头颦蹙地说：

"真烦人！这支曲子，我最讨厌了！"

一雄想起了这件往事。他对死人抱有嫉妒之心。毫无疑问，每当桐子听到那支曲子时，就会使她想起与另外一个男人之间的不快往事，并饱受折磨。如果桐子再多活一段时间，一雄便会品尝苦果也未可知。

敲门声再次响起。房子天真地跑过去，打开了门锁。繁野端着放有红茶和点心的托盘走了进来。态度煞是和蔼可亲。

"小姐一个人怪寂寞的，您就为了她，常过来玩儿好了。若赶上星期六的话，就一起共进午餐吧。好不好啊小姐？"

翌日星期天，一雄昏昏沉沉地度过了一整天。他出去散步，一直走到家附近的郊外电车站。凭一时冲动，他还买票登上了电车；还是凭一时兴起，随便选个车站就下了车。迄今为止他从未在那个车站下过车。傍晚时分郊外街道的喧嚣开始了。扩音器里传出了女人用尖锐粗俗的声音宣传家具店的广告。他无意往那条街上走，便坐在车站的长椅上，眺望着电车的驶进驶出。一位身穿长披风的老者，紧挨着他坐下，嘴里哼哼起谣曲来。

"长披风，谣曲，郊外电车，小小车站，盆栽梅花……我早晚也会领到养老金，把这一切收入囊中吧。"

——然而老人的这个谣曲实在令人闹心。这个世上根本就没有什么无害的嗜好，持有这种想法才是明智的。用不了多久，我也就到了只会给别人添麻烦的年龄了。健全的人都是如此这般，把自己从孤独中拯救出来的……他戴着手套摸了摸长椅的壁板。长椅因布满灰尘而有些粗涩。电车驶来。老人和谣曲随着电车一并逝去。在夜晚就寝前，一个鲜活的理念涌进一雄的脑海——"健全人的末路"。

一个尚未走到"末路"的男人，于星期一，在政府机关的会议室里，做了一场"通货膨胀对策"的讲演。简言之，通货膨胀的对策，从根本上讲，就是一个政治力量的问题。要寄希望于国民的自觉，舍此而无其他。这便是结论。居然没有人为"国民的自觉"这个词语而忍俊不禁。岂非咄咄怪事！"国民"或"自觉"一类的词汇，与城郊出售的扁平炸肉饼——那种混杂着芋头及旧报纸屑等物质的冰凉炸肉饼相似，全都含有一种奇妙的诙谐意味。这类词语携手而出，居然无人笑喷，不能不说有些反常。讲演者也一定会感到失望吧。

回到办公桌后，一雄开始撰写金融白皮书草稿。是上司指示他编写白皮书中融资准则条款的。透过窗子的一部分所看到的狭小天空，虽已阴暗成了发黑的灰白色，却很温和。坐在对面桌前的女文员，用铅笔尖捅倒了那个毛线娃娃。毛线娃娃健在如初。一雄领着女文员和勤杂工来到食堂，犒赏了他们十块钱的牛奶和十块钱的什锦甜凉粉。

在回家乘坐的铁道省电车里，一个姑娘冲着一雄露出了笑靥。虽是陌路之人，那张笑脸倒是蛮讨一雄喜欢的。车内的拥挤程度恰到好处。一个孩子一边看着窗外，一边大声唱着《东京布基伍基》歌曲。母亲并没有阻止他。那个姑娘似乎想要说点什么，露出质朴的笑脸。随着电车的晃动，姑娘的身体撞到一雄身上。感觉就像个丝带捆绑不紧、稀松柔软的小包裹。

"对不起。"她总算开口说话了，"您在哪里供职？"

"财务省。不好意思，你贵姓？"

"我姓桑原。"

"我姓儿玉。"

"是儿玉……一雄先生吗？"

"你怎么会知道我的名字？"

"我在信封上常常看到。"

空想的恐怖，导致一雄的脸色一片苍白。他的身份，肯定在什么地方，被人彻底调查过。幸好一雄到了该下车的车站。他"欸？！"的一声迈开脚步。姑娘莞尔一笑说道：

"我是T大学就业办的。"

——星期四午休时，有一个同年级本科毕业生聚会。一雄讲述了这段经过。大家都在绞尽脑汁，回忆着那个姓桑原的姑娘。终于有人想起了她，喊道：

"对了，那姑娘是N教授领养的。但据说实际上就是N教授的私生女。还有一说，说她是N教授的小妾。"

接下来，大家就选择了一些彼此互不伤害对方理性社会性虚荣心的话题。像什么囊中羞涩啦，没有女人缘啦，等等。最重要的，就是选择这类负面话题。会名很难敲定，大家便在无聊的议论中，度过了一个午休。其间只是定下了一件事，那就是要举办一场凯恩斯的《就业、利息和货币通论》讨论会。这样就可以再次消磨掉一周内的某一天了。

星期五是个和暖的晴天。一雄午后陪着副局长去了趟日本银行。那里有个组织叫做"小学生储蓄宣传优秀海报与作文审查会"。

一雄喜欢跨进日本银行的大楼。他喜欢这种阴森、雄伟、非人性的冷酷建筑。这座建筑物的嘴里，嗫嚅着通货膨胀。"通货膨胀"这个词语，被它这么一嘟囔，可就有了千钧之重。通货膨胀……通货膨胀……声音千回百转。于是，这座建筑物不久后，便会嗫嚅起通货紧缩吧。这个"通货紧缩"，同样具有千钧之重。它也会产生反响。通货紧缩……通货紧缩……

内阁首相的位置，是指定吉田，还是指定芦田，据说目前尚不得而知。副局长倒是说可能会是芦田。一雄跟在副局长身后，走在被大理石围绕着的铺着漆布的走廊里。走廊里三层外三层错综迂回。这里是银行的银行。能在这样一个忽视感情的建筑物里工作该有多棒啊！无论在哪儿拐弯，都会有粗大的石柱，默默地将你堵回。这里找不到一丁点黏液质地的东西。一雄不喜欢富有人情味的建筑。他将脸颊紧紧地贴在大理石上，脸蛋立时变得冰凉扁平。应该在坟墓中生活才是。这个具有生命力的坟墓真是棒极了。与所有的坟墓一样，这座"银行的银行"，充满了在终极之处支配人类生活的自恃之念，既冷酷又阴暗。生活的极致就是模仿坟墓。《天方夜谭》里一对异母兄妹恋人，为了快乐而幽闭于坟墓中……上锁的房间。一雄突然联想到那个房间，不由得因恐怖和惬意而毛骨悚然。

这个巨大的坟墓里设有电梯。副局长和一雄走进电梯里。两人被引领到阴暗华丽的会客室内。战后，这种装有暖气、温煦如春的房间实属少见。

主宾朝山画师已经等候在那里。今天是海报审查日。朝山画师体态微腆，和蔼可亲，诙谐幽默，是个姿态与天性恍若安乐椅似的男人。他深知自己很受欢迎，为人处世上的良苦用心人人敬仰。无论对方是大臣还是泥瓦匠，其寒暄话里全都夹杂着笑谈。有的男人，天生就是起到社会润滑油作用的人物。他永远都是一张红润的面庞。怀里总是揣着一枚干净的手帕……

副局长也好，日本银行的董事们也好，在与朝山交谈了一刻钟后，就全都被他迷住了。社会地位高的男人，大都拥有少女般的感受力。若总是如此，可就不好办了。不过工作间歇时，被毫不相干的男人拍一下肩膀，倒也是一件惬意的事。朝山对这个窍门颇有心得。一雄心想：用不了多久我也会秃顶。世界将会变得圆润起来。人际关系也会像太阳底下的糖果一样融合起来吧。

大家被引领到一个宽敞的房间里。透过宽大的窗子，可以远眺大厦林立的街道全景。四周的墙壁和中央的桌子上，到处都装饰着数量众多形形色色的海报。小孩子们竟能如此巧妙地迎合口号标语，未免令人惊诧不已。其中的一张，是老母鸡向鸡雏们传授储存饵料方法的画面；另一张则是吃饱了零钱的储蓄盒，正在兴高采烈跳绳的画面；还有一张，是一个数日未曾进食的流浪汉储蓄盒，脸色苍白地睡在长椅上的画面。

"这一张色调相当不错，只是图案平庸了些。"朝山画师说。

这些有地位的男人，一个接着一个地，跟在画师的身后移动着。画师一会儿用圆乎乎的手指摸摸海报，一会儿又从远处眺望着那些作品。室外高楼林立的大街上，洒满了早春的明媚阳光。副局长悄悄地打了一个高雅的哈欠。

"这一张相当不错嘛！图案本身没有牵强附会的意义显示，色调灵动鲜活。嚯！还是个九岁的女孩子呀。还是女孩子的作品有看头！"

大家背着手，悠然自得地凑到那张画前。图案是氛围明快的家庭露台。描画人物确实很难。这位作者巧妙地避开了这一点。露台面向花坛的草坪，只有家人的椅子沐浴在阳光下。父亲的椅子上放着报纸和眼镜；母亲的椅子上放着织了一半的编织物；孩子的椅子上摆放着正在阅读的小人书和玩偶。看上去就好像这一家人因为什么事情刚刚离开这里。这幅海报的含义无疑是只要拼命储蓄，就会诞生这种幸福的家庭。一雄看了一下名牌，心头不禁一惊。上面写着：

G学院小学部二年级，东畑房子。

——审查会一直持续到夜晚。在装有枝形大吊灯的贵宾室里，为客人们准备了一桌西式晚餐。一雄稀里糊涂地在切水果之前，就先在洗手钵里把手指浸湿了。

他疲惫不堪。因为睡了懒觉，所以早上急急忙忙地离开了家门，甚至来不及修剪一下胡须。星期六又是一个阴雨天。一雄摸了一下自己的脸蛋儿和下巴。胡须在不知不觉间，暗地图谋一般，一齐悄悄长出了端正短硬的胡茬。

办公室里阴暗寒冷。因科长出差，工作就此停摆。若是去省内理发店，只需打声招呼，就可以大大方方地前往。在那里可以毫无顾忌地消磨时间。最近工会下发了一个安全通勤与按时下班的通告。偷懒已经在不经意间和社会正义多少有些挂钩了。

一雄跟主任科员打过招呼后，便去理发店修剪胡须。因为一周前刚刚来过，故而与他熟稔的理发师似乎有些惊讶。一雄在远处冲着对方摸了一下下巴。理发师一边使用理发剪一边颔首。一雄放心地坐到休息室的椅子上。这里总是客满为患。先到的顾客已有五位。

一雄喜欢这家理发店。先到的客人越多，他就越是喜欢。首先是这里敞亮，所有的电灯全都亮着，致使三面大镜子反射着它们的光芒。室内飘逸着生发剂的酒精味，以及香皂与消毒液纯净的气味。他把手放到火盆附近烤了烤，随后便悠闲地靠在椅子上。

椅子上散乱着几本娱乐杂志。书页的上下角翻卷着，看上去就像是污秽的人造花。在等候的这段时间里，他把这些杂志翻了个遍。上面刊登着悉心化妆后的流行歌手照片。照片下面则是抒情歌词。电影演员无休止地谈情说爱，小说家们则创作了若干连载的色情小说。

"这种受欢迎的职业，也还真是蛮不错的！"一雄想，"可以堂堂正正地从无秩序中获益，而且自己还不会受到伤害。"他突然想象着，自己若是成为流行歌手，会是一个什么样子。将自己打扮成

250

水手模样，涂上德兰霜，再拿捏出文弱的女性化表情来。这类空想刺激了他。但凡歌手全都具有白痴的素质。唱歌这种行为，大约会阻碍内心世界的沉淀。它只会使人醉心于情感的外露。既然如此，也就没有必要再以人的姿态出现。这种非流动性的、坚硬的、由骨肉血液和内脏构成的、不成体统的肉身之物！这才是问题所在。

他真想唱首歌看看。刚一张嘴，旋即沉默下来。

"……月台是多么的明亮啊！"

"……难以忘怀，难以忘怀……"

"……苹果的心境，我心中了然。"

镜中一块耀眼的白布站了起来。该换顾客了。一雄感觉到，自己下巴上又硬又密的胡须，已经将自己静静地关闭在了自己的肉体领域内。否则的话他就会放声歌唱吧？他就会展翅飞翔吧？无论多么细窄的缝隙，他都会变成一种流体，从缝隙中穿过吧？现实中的连锁将会被解开吧？

类似于咒语的东西，哼哼几句即可。像什么"夜晚的悲哀，我在思念你。"又如什么"青春的火焰，痛苦地燃烧在胸……"这类痞子歌词……

——一雄已经坐在镜前了。胡须被刮得干干净净。他知道，这张脸是一张绝对无法一展歌喉的脸。

……房子从一雄的手中夺过公文包后，首先奔向了餐厅。餐厅内温暖如春。房子不断地喊着："好高兴啊，好高兴啊！"

房子对一个人吃饭已经感到厌倦。

"你画的海报得了三等奖哟！"

"太好了！您是怎么知道的？"

"是我审查的！"

"审查是什么？"

"我给你打的分嘛！"

房子一时无语，满脸不知所云的样子。不懂也无所谓。一雄认为没有必要解释。但是对房子居然画了那么一幅画他有些愠怒。

"你为什么画了那么一张画？"

"可是，是老师叫画的嘛。"

"不是这个意思，我是指那个图案。"

"啊，那个吗？我是按着美国书籍上的图案，照猫画虎画下来的。"

一雄已经无法不对此事刨根问底弄个水落石出了。一般说来，九岁的孩子是不会想到以那种图案来暗示奖励储蓄的。

"它怎么就能表示出储蓄的意思呢？"

"啊，怎么说好呢，叔叔也不太明白吗？房子也不大明白啊。不过老师可是夸奖我了，说是棒极了！"

"你真是在不知道意思的情况下，模仿了那个图案吗？"

"嗯。"

一雄多少有些放心了。他在嘴里叼起一根香烟，房子为他划着了火柴。

"你用不着划火柴点烟的。你是在哪里学会这一套的？"

"您怎么什么都问啊！跟老师似的呀！叔叔（房子令人惊诧地莞尔一笑岔开了话题）！一直到现在，都还没有谁问过我是'在什么地方学会的'这类问题呢！"

"没人问过你？"

"妈妈常把一些不同的叔叔叫到家里来吃饭。我觉得点烟挺有意思的，所以就学着点了一次。于是妈妈夸赞我说'房子，了不起呀！'，打那时起，点烟这件事就叫我包下了。"

繁野端来了满满一盘子菜肴。有火腿和蔬菜色拉。这个女人的肌肤，怎会如此洁白并且闪闪放光呢？因为体态丰盈，故而前胸的衣服多少有些敞开。这个女人大约无所不知吧？她是一个绝对可靠的女人，是一个对任何事情都要竖起耳朵倾听的女人。必要时还会站着偷听乃至偷看。但她绝不会将秘密泄露给他人，而只是将秘密埋藏在心底一个人独享。她是一个即便独身活到八十岁，也满不在乎的女人。也就是说，她最喜欢独寝了。她的寝具内大约与狐臭者相似，充满了秘密的气味吧？

繁野的腕子上套着两三个橡皮圈。橡皮圈已经勒进她那白皙的肥肉里。

"快来，午餐做好了。"

"嘿，快来享用美味午餐吧！"

房子方才的话使一雄受到了伤害。"不同的叔叔""其他的叔叔""别的叔叔"——仅此便有三个了。谁都不能独占一个死人。死人摆脱了肉体的樊笼，俯拾皆是。"其他的男人们"，也正在城市的各个角落里，继续过着各自的生活吧。桐子确实就存在于他们之间。一雄的心里……已经有了房子！这种想法以一种令人不寒而栗的力度，钻进他的心底。

午餐结束了。房子一直兴高采烈。这是个不可思议的丫头。失去母亲居然一点也不悲伤。她以一个过着自甘堕落生活的女人似的口吻，将混杂的记忆片段讲给一雄听——什么跑到舞蹈教室去练习舞蹈啦，什么去动物园玩耍啦，等等。她还时不时地用颇为孩子气、技巧高超、激情荡漾的眼神望上一雄一眼。

"这孩子和我，不知哪儿有点儿不可思议地相像！"一雄想，"一个对经常和自己睡觉的女人的死无动于衷的男人，和一个对母亲的死毫无感慨的少女。"

房子拽着一雄的手让他站了起来。两人一起来到会客室里。她对繁野说：

"你去把红茶和糕点端过来吧。之后再把火炉点上。"

繁野按照吩咐例行公事地行动起来。她点亮了台灯。瓦斯炉也升起蓝色的火苗。

"你可以下去了呀，繁野。有事我会叫你的。"

繁野的身影消失以后，房子坐到了一雄的膝上。

一雄紧紧地搂住膝上九岁的女孩。发丝散发着乳臭，肉体的甘美香气扑鼻而来。刚一搂抱住她，其肉体就切实产生了一种抵抗感。房子突然像演杂技似的，身子扭曲着挣脱了他的双臂，跳起来拍着双手说：

"跳舞吧！跳舞吧！"

她把唱片放到唱机上。音乐声飘逸出来。房子自然而然地走到门边，将忘了上锁的门锁上了。

"跳舞吧！跳舞吧！"

然而这场舞却是一场需要高超技巧的舞。房子的身高刚刚达到一雄的胃部，他只好用右臂抱着她起舞。她的身体太重，未免步履蹒跚。但所幸脸和脸还是处在同一高度了。房子噘起小嘴，将干燥皱起的唇褶，像盖章一样压在一雄的嘴上。

一雄粗暴地推开了房子。他惊恐万状心乱如麻，目不转睛地盯着房子的眼睛。

"你听好了，你要向我保证今后绝不再接吻，否则我就不陪你跳舞！"

"保证！保证！"

房子将手臂绕过一雄的脖子，突然又是一个吻，之后便撒手跑开了。

春天的脚步声，似乎在一点点走近。进入春意浓郁的季节后，恐怕通货膨胀也就到了不可收拾的地步。

一雄被一种妄想纠缠着。房子的胴体！房子的胴体！少女的胴体，为什么会奇妙地勾引起冒渎女人的邪念呢。一雄是一个对三十来岁浪荡女人的肉体，持有虔敬之念的男人。

暂时就不要再去见房子了吧。他对"撕裂"这个词语感到恐惧。如果照目前的样子继续和房子交往下去的话，他肯定不会只是满足于房子肉体上那个小小的绽开之处，而是会将她的整个肉体撕成碎片。

他又做起"盟誓酒家"的梦来。某日深夜他走进这爿酒馆时，三四个男人正坐在被战火焚烧后遗留下来的混凝土基石上饮酒。

"啤酒！"一雄喊道。

"没有啤酒。"

一位客人回答他，并把一个酒杯放到一雄手上，将酒瓶中鲜红的酒注入酒杯里。喝了后有些黏嘴。

"这是什么呀？"一雄恼怒地问。

客人中的一位答道：

"是血酒啊！"

另一个人则解释道：

"是从少女肉体里榨出并精制的上等佳酿！"

一雄顿时了然。所谓的"盟誓酒家"，原来就是施虐狂的聚会场所。政府对施虐狂实施了法令保护。报刊的一角，曾经刊登过一则小消息。根据第 X 号政令，首都各地全都开设了"盟誓酒家"。每日凌晨一点开张。

他观察了一下另外四个男人。其中之一，是个身材矮小的秃顶男人，给人以一种商业街和服衣料店老板的感觉。另外三个都很年轻。一个是公司职员打扮、身材修长的小瘦子；另一个是银行职员模样、严谨正直的小伙子；还有一个则戴着具有学究风度的眼镜，似乎是哪个研究室的助教。

四个人全都衣着朴素，一副老实忠厚的样子。他们并不是装出来的。他们是一群真正老实可亲、认真而又值得信赖的人，并且都是施虐狂。

"说点什么给我们听吧。"公司职员模样的男人说。

血酒拉着黏丝，从他的嘴角滴落下来。他麻利地用手背擦掉后，又继续说道："什么都可以，请您不要自谦，就随便讲讲吧。我们并不是让您谈亲身经历。可悲的是，我们都不曾有过实际体验。所以我们的惯例做法，就是把自己的空想当作体验叙说出来。"

"不管怎样，还是由您先开个头吧。"一雄说。

"那就从他开始吧。"

和服衣料店老板被点了名。

"好吧。"和服衣料店老板开口说道，"其实我并不是开和服衣料店的。我是个开染坊的。这次我要以新开发的染色产品为主，将大量产品拿到银座去出售。就请各位去赏个脸吧。都是一些具有极高艺术价值的东西……我是一个怎样的人呢？人体截面图能使我感受到极大的美感。当然，我指的是女人哦！这种新产品，就是由此联想出来的一种染色物质。创意的内容是：给今年的浴衣染上这样的图案——往女人的肠子上撒下发丝。我认为这会营造出一种清爽的效果。红色的部分，都用被杀掉的女人的鲜血精制而成的染料来染色。如今的科学，已经取得重大进展，防止变色什么的简单得很！问题是蓝色。就是大肠那种无法形容极其微妙的蓝色。怎样才能做出这种染色材料来，可真是把我给难住了。为了做试验，我已经杀了十八个女人，针对热气腾腾的大肠，做了大量的研究工作。最终得出了这样的结论：那种色素只能直接提取。虽然我现在已经搜集到了大量的肠子，可是最低也需要两千人的份儿啊。因为每个人身上的蓝色色素，都是极其稀少的。"

"我嘛……"银行职员开讲了。

"我曾经琢磨过许多将女人处死的点子。用这次的方法一试啊，效果极为明显。所以暂且就打算采用这种方法了。我对把女人扒个精光的做法，已经彻底厌倦了。因此这一次是想叫她们穿着衣服进行。这首先就需要一本时装杂志。前些日子我就使用了这种方法。女人可是高兴坏了。我先是让女人挑选服装。紧贴身体的西装最潇洒了。总之服装必须紧紧地箍住身体才行。为了试装，首先要让女人全身赤裸。为了穿上这套服装，那可是需要相当长的时间呢。你问为什么？因为这是用文身的方法刺上去的服装呀！

"全身都用文身的方法给女人穿上一套西装。在文出西装条纹花样的刺青时，越是精心就越好。女人痛苦得嘤嘤直哭。但为了穿上漂亮的衣裳，女人什么都能忍受。做完文身后，我就屡屡与其同床共寝。刚开始时身子还是热的，可是几天以后，女人的皮肤就变得跟蛇皮一般凉丝丝的。和穿着衣服的女人睡觉，那也是别有风趣啊！

"那么下面就该执行死刑了。要先给女人买条手帕和香粉盒。这些东西不是放在手提包里，而是要放在西服的衣兜内。举手之劳！用小刀在其胸前的文身衣兜部位上割出一条横线，将折叠整齐的手帕深深地塞进去。手帕眼看着就被染成了红色。艳丽得很呢！接下来便在其侧腹的文身衣兜部位上，同样利利索索地划出一道深深的伤口，将香粉盒塞进去。片刻后取出来一瞧，鲜血已经沁润进香粉中，看上去鲜艳夺目。女人五六个小时以后即会死去。"

"您映在香粉盒小镜子上的面孔，会是一副怎样的表情呢？"一雄问。

银行职员露出了在银行窗口前常见的和蔼可亲的微笑。

"怎么说呢，恶魔的形象与我们无缘。那是世人对施虐狂最大的误解。我嘛……如果非说不可的话，我那时的面孔非常温厚。"

大家要求一雄讲点什么。在座的人已经渐渐进入一种类似午餐后的闲聊阶段。轻松愉快的气氛越来越浓。

"我吗？我凌辱了一个少女。我把少女'撕裂'了。少女流血而死。她是个九岁的孩子。"

"就这些吗？"

"就这些。"

一个人笑了。大家全都大笑起来。笑声在荒废的房间里回荡。

"您还是被那套传统观念束缚着呀!"学究风度的男人以劝慰似的口吻说。

"我们只是在谈空想。内心的自由是属于我们的。当前,言论的自由也是属于我们的。政府站在我们一边。若谈到我们引以为荣的,怎么说好呢,那就是人类的爱与人类对残虐的嗜好,根本就是一码事。我们的爱是温柔的。说到精神上的残酷,没有谁能比我们更加与它无缘了。皮肤深处的东西才是爱的根据地。世人对皮肤的爱,立马就会厌腻。难道他们所爱的,不是女人的心、女人的心脏吗?与他们相比,我们爱的只是鲜血和肠子。都是爱内脏,这一点是一致的。幸运的是,我们得到了政府的支持,开展了启蒙运动。我们必须让世人觉醒起来。爱,势必要回归于残忍。爱,就是杀戮。我们对鲜活温热的东西总是不满足。但有个例外,那就是血!"

掌声于深夜在已经荒废了的屋内回荡。学究风度的男人,端着派头作了总结性发言。

"今天承蒙诸位赏光,莅临本次会议,使得大会得以如期召开,本人深感不胜欣慰!"

"这正是我写的原稿啊!"一雄想。

于是他从梦中醒来。

……这个梦的影响始终纠缠着他。譬如奉命去商工省出差,回来后在虎门车站候车时,有四五个等候同一趟电车的男人,一边等车一边愉快地站在那里交谈。一雄竖起了耳朵。他们肯定也是在谈论"盟誓酒家"的事儿吧。

每逢晴天的午休时间，他常去上智大学旁边的堤坝上散步。如果无风，日光照耀下的枯草丛便显得暖意融融。一雄沿着堤坝，从四谷站上方一直走到赤坂见附。他看到堤坝的松林中，有三四个男人正坐在一棵松树下的枯草上谈笑风生。其中一人看到在路上行走的一雄后，便开口打了个招呼。那是一张在"盟誓酒家"见过的、公司职员打扮的高个子男人的面孔。

一雄加快脚步走过，并反复自语道：

"这家伙也是一个施虐狂。他也是！"

……可是不久后，他就察觉到自己的想法甚是愚蠢。那个男人可能是其他局里的一名科员。某次去取资料时，一雄曾和他打过一次照面。关系不过如此。对方因为记得一雄，所以就和他亲切地打了个招呼。一雄也是一样，大约是因为记得这个人，所以便在梦中梦见了他吧？如是而已。

一雄在银座，偶然遇到了一位高中时代的同学。看到对方那愁眉苦脸的样子后，一雄便和他一起喝了几杯啤酒。这位朋友是单卵双胞胎中的一个。哥哥和他长的一模一样。兄弟俩都在伯父的同一家公司里工作，伯仲难分。哥俩的左手小拇指，同样都呈弯曲状态。即便分开了，当哥哥想着弟弟的时候，弟弟也会在同时想起哥哥。

"我非常苦恼。"他说。

"就在我这样喝着啤酒，跟你说心里话的时候，哥哥肯定也在什么地方，喝着啤酒跟往昔的朋友诉说衷肠呢。说来哥哥迷上了一对双胞胎姐妹中的姐姐，并且已经决定要结婚。于是大家就死乞白赖地劝我，要我和她的妹妹结婚。可是我并不喜欢她妹妹。我有自己中意的女人。但大家还是劝我和她妹妹成婚。"

"我明白了呀！"一雄阐述了一个道理，"世界是喜欢成双配对的！即便花瓶，也是得到一对才高兴不是。"

"不是这个意思！不是这个意思！"他敲起桌子来，"我是在恨自己，为什么不能和哥哥一样，相中那对双胞胎中的妹妹呢？一想到这儿，我就快要发疯了。"

接下来他便把脸转向墙壁上的镜子。镜子里映出了他的面孔。他指着镜子，以执拗规劝的语调说道：

"喂，你看呀！那里的人并不是我，那是我哥哥。我在这儿呢。呆在对面的人是我哥哥。"

——罢工的势头蔓延开来。芦田联合内阁脆弱不堪。机关内的工会组织，多次发出全部休假的指令。在屋顶召开的职工大会，一开就是好几个小时。一雄溜出机关，看过电影回来后，大会仍在继续。开始下雨了，屋顶已被雨伞淹没。银行也一起休假。三月二十五日，全国邮递员工会开始罢工。电话、无线电广播和邮政业务全部停摆。

机关工会抵制了两千九百二十元的基本工资额。政府懦弱，跑到驻军司令部去乞求帮助。结果，又被提出了更为苛刻的条件，真乃雪上加霜。

某税务署长甚至想要上吊自杀了。当地的军政部发出命令，禁止在工作时间召开职工大会。但工会却说，这是总工会的指示，并且坚定不移地在工作时间里召开了大会。会议只开了十五分钟。然而军政部探听到这个信息后，推测署长也是一丘之貉。于是就给检察厅打去电话，让检察厅逮捕了那个署长。

革命与通货膨胀的悲惨结局，恐怕要同时袭来。

"我是一个施虐狂！"

一雄向空中喊了一声。但实际上他根本就不是什么施虐狂。他害怕见到房子。

樱花于四月七日左右盛开。上智大学旁边的堤坝是个赏樱的好去处。一雄和同科室的人去那里散步。樱花花团锦簇，密密麻麻地拥挤在一起，令其心情不爽。

四月十日那个星期六是个晴天。下班后一雄便开始吃盒饭。已经走到走廊上的那个对面桌的女文员进来告诉他，说是有客人到访。繁野和房子走进了办公室。一雄心想：过后喜欢刨根问底的同事们要是问起此事，就用"那是失去了母亲的亲戚的闺女"当借口来搪塞他们吧。可他立刻又觉得自己"未免太杞人忧天了吧"。

"又有哪个家伙，会怀疑自己和这个孩子的关系呢？房子只不过是个讨人喜欢的来访者而已。"

繁野稍稍注视了一雄片刻，随后便在空椅子上坐下，让房子倚靠在自己的膝前。房子开始使起性子来，于是繁野便替房子来了个开场白。

"您也不怎么到家里来，小姐每天都在念叨着叔叔叔叔。好可怜哟！所以我就领着她来接您了。虽然这样做可能会给您添麻烦。"

"我不太想到府上去。"

"反正我家老爷不到凌晨一点是不会回家的。您客气什么呢。现在也是，我是找人帮着看家，这才总算赶了过来。就请您马上跟我来家里一趟好吗?"

一雄对繁野的大嗓门感到恐惧,遂立刻做好了下班的准备。他的脑海里浮现出一个好主意——先把繁野打发走,然后再领着房子到别处去。于是他便邀请房子去看电影,并请她吃点心。房子高兴了。来到四谷见附后,他俩便与繁野分手。两人乘上了开往新宿的都营电车。

一时冲动起恶念,这样的事例俯拾皆是。冲动行凶杀人的事,也同样不胜枚举。但是,持续即疯狂。一雄对房子的感情在持续。什么怜悯啦、残酷啦,各种感情混杂在一起,并且总是对房子的肉体念念不忘。那个未熟的、暄腾腾的粉红色物体,那种技巧完美的天真无邪。他想把她暂且放在自己的手心,目不转睛地观看,然后再把她捏碎。于是就会流出果汁吧?

罗曼蒂克的人,大约会认为一雄是想把清纯据为己有。然而清纯中也同样存在着肉体。大家都以为小孩子之类是无肉的。但是心脏、鲜血和肠子,却实实在在一应俱全。梦里邂逅的那几个施虐狂,在这一点上是正确的。但是……这是个惊人的矛盾,污浊与淫荡同样拥有肉体。而且肉的性质并无二致。

因为房子无论如何都想用双手抓着吊环吊住身体,于是一雄便暂且支撑着她的身躯。薄薄的皮肤内,女人的肉体已经成熟到九成。房子之所以不使用儿童语言,而总是想以女人的口吻说出自己都不解其意的话,可能就是因为她本人从未被自己的外形欺骗过……房子高兴地让一雄撒开手。一雄稍一松手,房子便用双手,抓着吊环悬挂在半空中。乘客们都被这野丫头吓了一跳。貌似拥有三十年工龄、满脸煤烟的列车员,走过来劝她停下。

电影好看，点心香甜。房子似乎满足了。她在外面毫无媚态，使人看到了"回归童年"的本真面貌。

起风了。两人在尚未竣工、被称作歌舞伎町的街道上行走。一雄看到了一个人手形状的告示牌。上面写着"星空舞厅在那边"。

两人向舞厅方向走去。"星空舞厅"是一个用小孔密布的粗糙木板围墙围出来的舞厅。不过是一块大约三百坪光秃秃的平地而已。围墙内每隔一米便种有一棵寒酸的扁柏，上面落满了尘埃。树木枝杈间装点着形形色色的小灯泡。小灯泡正在随风摇曳忽明忽灭。

傍晚时天空渐渐转阴，夕阳迟迟不肯落下。没有出现星辰的迹象。四周依然明亮如昼。播放的音乐活跃了气氛，力图吸引脚穿运动鞋和木屐的客人入场。如果是这家舞厅，即便穿着长筒胶靴，大约也会被允许入场吧。眼下尚无客人光顾。起舞的，只不过是被旋风刮起的尘埃而已。

房子想进舞厅。旁边有一个用油漆涂抹得花里胡哨的售票处。票价三十元，带舞伴者五十元。一雄支付了五十元。售票处的女人，坐在椅子上，腰部微躬，从金属丝网的网眼里，向下偷窥着房子。

三百坪的四方形地面中央，设置了一个类似旋转木马的圆形舞台。串联在房檐上的波浪形彩花装饰，有一处已经脱落，松弛成偌大的半圆形，耷拉在那里。三四位乐师，正若无其事谈得入迷。客人汇集到这里以前，只须播放唱片即可。在舞厅一隅，有一家涂饰一新的小卖店，出售着鱿鱼干、花生米和汽水等。

房子兴致勃勃地观望着挂在扁柏树枝上正在随风摇摆的小灯泡。

"这东西，家里要是有就好了。"

下次再让她画储蓄海报时，她肯定会画上小灯泡的。真不知东畑家到底有没有储蓄。

一雄一边握着房子的手，一边心想：这孩子的肉体。

一想到这个肉体，我就会碰到不可能的事。我现在是个单身汉。我能和这个孩子待在那个上锁的房间里闭门不出吗？我会毁了这个孩子吧？会把她撕裂吧？可能还有另外一个上锁的房间——牢狱在等着我吧？

两人的身边，已经具备了所有的抒情式背景。"人类的爱与人类对残虐的嗜好，根本就是一码事。"怎么会有如此愚蠢的事！我们假设一雄把这个少女当作普通人来看待，并以一种光明正大的庇护情感爱着她。那么，这个春季的黄昏、小灯泡、聚集着一群慵懒乐师的舞台、涂抹着花里胡哨油漆的小卖店——所有这一切，岂不全都变成了无法形容的感伤物，变成了含有哀愁的甘美之物吗？他将会和少女翩翩起舞吧。其实在舞会上他就看见过这样一对。

然而此刻充斥于一雄脑海的，只有这个柔软的、水灵灵的肉体。世界与无秩序存在于彼侧，希冀被冒渎的小小肉体就在眼前。只要戳穿这块肉体，世界就会展现在他面前吧？抑或他就会成为一个悠闲自在的无秩序居民吧？

小灯泡在随风摆动。客观地看，一个怯懦的青年，正在牵手可爱的少女伫立在那里。慵懒的乐师们，开始懒散地弹奏起吉他。风越刮越大，扁柏的叶子被刮得哗哗作响，尘埃沙沙地被刮落在渐次黑暗起来的地面上。就在此时，从附近一家咖啡馆内性能优越的扩音器里，传出了雷鸣一般的流行歌曲声。于是，吉他的乐声，便越发显得寒酸起来。乐师焦躁地用脚尖反复踢着麦克风。

一雄发现了一组与他俩相似的客人，也不知是何时进场的。"哎？"他有些意外。原来是镜子。沿着壁板，设有一面带防雨棚的穿衣镜，镜框上用白油漆书写着"川口家具店"几个粗大的字。镜子拯救了一雄。那是他人之眸。虽然只是一刹那，但他毕竟用外人的眼睛观察到了自己（看上去完全就是由一个多愁善感的青年和一个九岁的女孩组成的一对抒情舞伴）。这毫无疑问地说明了外人也是以同样的目光看待自己的。他想起了那对双胞胎中的弟弟望着镜子大喊"那是我哥哥"的情景。

"跳舞吧。"一雄说。

"跳吧！跳吧！"说罢，房子就扑过来勾住了一雄的脖子。

两人以父亲哄女儿似的姿势跳了起来。房子今天的发丝并未散发出乳臭。

"哎呀，你洒香水了？"

"嗯。"

房子将面额紧紧地贴着一雄的胃部起舞。她说道：

"哎呀，现在，您肚子在叫唤呢！"

一句话逗得一雄神清气爽。他抬头仰望着太空。

"星空舞厅"这个招牌在胡说八道。没有星星，除了在圆形舞台屋檐四周，密密麻麻贴满的大小银纸星星之外。

大家翘盼的事实现了。那就是按惯例为新任学士举行欢迎会。自去年秋季始，因为种种原因一直延宕到今天。每周一次的《就业、利息和货币通论》讨论会结束后，大家便围绕着那个话题议论纷纭——横滨海关将会招待一场三级片给大家看。

一雄仔细观察着这十几个年龄相仿的同事。里面至少有一半人还是童男之身吧。他们只顾学习，无暇睡女人。抑或正因为不懂女人，所以才能够读懂法律书籍。一提到性的话题，这帮童男兄弟们就会流露出憧憬的眼神。他们的一位前辈，一直将童男之身保持到二十九岁成婚那天。他曾到亲密的后进那里，询问和女人初次同床时怎样行事为好。能将童子身保持到二十九岁，真是一项了不起的才能！他们以无瑕之身，占据了世上的半壁江山。在步入洞房之前，他们一直将女人拒之门外让其等候，只顾悠闲自得地品味香烟，专心致志地研究国家财政。

真还就有这种绝不着急的男人。世上将他们称为"充满自信的男人"。犹如灭蝇纸一般，悠哉游哉地等待着。他们过着一种等待苍蝇接踵粘到灭蝇纸上的人生。这种男人会在笃信苍蝇愚蠢至极的思维中终其一生吧。其实也有不上灭蝇纸当的聪明苍蝇。

海关提供汽艇，招待一干人等参观了港口。所见几乎都是外国船。日本船只全都破烂不堪，令人怀疑是否还能派上用场。停泊在海上的银光闪闪的轮船，恍若火灾一般，静静地冒着黑烟。这是一个万里无云的好天。小艇从旁边驶过，船上的美景清晰可见。大海可以对船形做出结构上的美化修饰。其形态之复杂，令人越看越痴迷，宛若餐盘上造型优美的佳肴。船只各处的复杂形状，在海上毫无荫翳的日光照射下，拥有了一种明晰的形态、阴影和厚重感。一雄注意到，自己已于不知不觉间陷入对"肉体"的思考中。

"你认为会发生革命吗？"一雄问同事。

"我看不会吧。"

"为什么？"

"不是还有司令部嘛。"

"通货膨胀会发展到不可收拾的地步吗？"

"不至于吧。在那之前，驻日盟军司令部会采取对策的。别的不说，如果不采取对策，首先遭殃的不就是司令部吗？"

回答者还是这般年龄，粗大的脖颈上，就已经浮现出两根青筋。挂在其脖颈上的相机皮带，在脖后扭拧着。他绝不会注意到它。即便注意到了，也不会有多大反应。他对现实的判断并没有错。对未来就应该做出断言；同时对过去，就应该全都忘却。这种男人就是生活在人际关系里，而且只相信人际关系。他是一个拥有成人眼力的主儿，将大多数人笃信为权力机构的司令部，也同样视为人际关系。只要他还活在世上，恐怕一辈子都不会修正自己的这种想法。

一干人等坐在大卡车上，被接到了海关关长的公务员宿舍里。主人以美酒和晚餐款待他们，之后便开始放映电影。当最初的字幕出现时，隔扇突然倒下，撞到了放映机上。修理放映机，花了一个小时的时间。电影开始了。《林中的宁芙》这部影片，讲的是睡在池畔的裸体女人梦中的故事。常见的题材。在被两个女妖服侍的时候，突然出现了一个形象可怕的森林恶魔。"恶魔的形象与我们无缘"——女人被森林恶魔追逐，跌倒后用蕨叶覆盖住身躯。就此梦醒。虽然都是无声电影，但最后的部分最为精彩。简而言之，采取了一种味觉效果强烈的做法。女人急急忙忙地为男人脱掉西装。在解开衣扣时，那有些神经质不停活动着的手指，是多么的白嫩纤细。一雄想起了桐子的手指。裸体女人走到房间一隅，将自己的手提包夹在腋下返回，并向男人付钱。那赤身裸体抱着手提包碎步行走的样子，堪称崇高的滑稽。童男们也笑了。手提包确实是一种具有威严的物品。

翌日，一雄接到一位久违的友人寄来的明信片。只有一行字。写着：

前略。活着。谨上！

两三天后，友人的母亲给一雄打来电话，说他自杀了。

一雄旷日已久地参加了葬礼。毫无悲凄感。上香的队伍在缓慢地向前移动。因为人少，只好尽可能缓慢地向前挪步，否则看上去就不成样子了。参加葬礼的人若在别处，本可大声喧哗，但在这里却只能窃窃私语。他们不是谈论政治话题，就是谈论自己的儿子毕业成绩第一，业已就职，等等。一雄在心中暗想："当他写下'活着'时，是否就已经决意要自杀了呢？

"那张制造了不在现场证明的明信片！那小子只不过是汇报了一下事实而已。那小子在写那张明信片时就已经意识到：自己死了以后，别人肯定还会活着，并且会来参加他的葬礼。他知道，说什么世界崩溃，那只不过是人们的幻想罢了。他知道别人将会永远长久地活下去。如果确实意识到了这些，也就只有自杀这一条路可走了。"

说什么永生可以传给子孙，这说法纯属谎言。永生的观念是由别人来延续继承的。

一雄对面桌上的毛线娃娃依然健在。这家伙倒不会轻易死掉。

女文员每天清晨一上班，照例是把十支铅笔尖儿削成圆锥形，并用铅笔尖捅着毛线娃娃玩。娃娃倒下后便纹丝不动，专等着她用手将自己扶起。

一雄常在报上看到"冷战"这个陌生词汇。据说这是去年十二月二日，在Ａ报上登载的某外国记者的一篇文章中出现的新词。打那以后便流行开来。自打总司令部阻止了全国邮递员工会罢工以来，罢工便隐匿了踪迹。在梦中，那些施虐狂，那些忠厚老实的市民，正在运筹帷幄。

"……用鲜血和黑暗彻底涂满这个世界吧。"

一雄单调地去机关上班，返回。资金计划被不紧不慢地推进着。好像有一个令人不快的爆发性物体，正在内外夹攻缓慢地逼迫着他。他想：大约是因为胃不好吧？于是就吃了胃药，看了医生。医生却担保他百分百健康。实际上，像什么失眠啦、食欲不振啦、疼痛啦，所有的疾患症状都与他无缘。但他仍然觉得自己似乎正在被一个柔软的物体搂抱着。这家伙如果突然萌生出某种恶念，再稍加用力勒紧的话，自己就会被掐断气的。"我如今已不再相信什么无秩序了！"观念均已死绝。

他去买了女人。然而，事态并未因此发生什么变化。只是世界变得支离破碎了。也不知在哪儿，他似乎看到了一双瘆人的科学而冷静的手。这双手意欲将这支离破碎的世界缝合起来。他对这双手感到恐惧。玻璃还是破碎以后的状态令人安心。碎成粉末的玻璃，会立即让人意识到那是玻璃。然而过于透明、擦拭得过于干净明亮的玻璃，反而让人看不见。

我乃孑然一身。目前确实如此。再过一段时间，人们或许就会风言风语地议论他，并躲开他行走。目前还没有人对他绕路而行。早起见到他时，也还是向他道一声"早上好"；分手时也还是要道一声"再见"。他对人们的应酬话已经束手无策。他觉得这是一种不当的怜恤。

午休时他经常外出散步。在亮丽的街道树下，财务省的勤杂工们，正在做棒球的接发球练习。棒球划着直线或曲线飞来舞去。互相隔着距离的一对棒球手套，看上去就像是将棒球强有力地吸引到了手套的凹陷处。一雄站着看了一会，发出感叹声。那个球如果有什么意义，那个球如果具有某种意义，它就不会直行。球将会滚落在地，隐身于某个草丛中，让人们永远寻觅不到它的踪迹。

四月的太阳真是了得！路上的行人，时不时地就要掏出手帕，擦拭额头的汗水。出汗是人活着的证据。和小便同工异曲。汗水也好小便也罢，它们都没有任何意义。如果它们也有意义，汗和小便就会堵塞。他就会一命呜呼吧？

一雄的世界土崩瓦解了，意义四散，剩下的只是一块肉。只有这个包裹着毫无意义分泌物的肉体，被出色地管理、完美地运营、遵时守刻地活动着。医生说得没错，百分百健康。

走着走着，一雄走进小公园里。如果穿过小公园的后门，马上就是东畑家。去那里看看吧。今天不是休息日，房子应该尚未放学。他想一个人待在"上锁的房间"里休息片刻。繁野该不会不高兴吧？一个人从里侧锁上房门。那里的空气宛如墓穴一般清净。如果有那种想法的话，完全可以将煤气开关打开。不过，我还不至于自杀吧。一雄生来就是一个不会自杀的人。对未来尚无明确的意识，怎么可能自杀呢？他取出火柴盒，用火柴杆上没有火药的那头，一边走一边搔弄耳朵。耳痒是件快事，那种位于远方故而手难触及的、耳洞深处的痒，那种纹丝不动藏身于黑暗之中，难以窥望之复杂地带的痒。火柴杆未能够到那里。火柴杆绝对够不到那里。这一事实反倒使他于一瞬间里感受到了幸福。

一雄按下了门铃。铃声在空荡的房间里回响。毛稀肤白、恍若蛆虫的肥胖女佣打开了房门。因为外面很亮，故而门里便显得有些阴暗，而且散发着一股霉味。没等一雄开口，繁野就以撒娇迷人的语调，独自唠叨开了。

"您可来得太好了！您要是午休时间想来，随时都可以像现在这样过来的嘛！不过您来的正是时候，小姐今天在家呢。她身子有点不舒服，跟学校请了假。不过也没什么大不了的，您完全不必担心……您听，屋子里是不是有动静了？她听到了您的声音，便赶紧起身，正在脱睡衣穿洋服呢。每次见您，她都要换上不同的洋服。不容易呀！而且还要飞快地跑到镜子前面化妆。小姐最近可是越来越会化妆了。而且化妆后，还不能叫小孩子看出来，否则就很可笑了不是？她已经掌握了化妆后看不出化妆的诀窍。她说不管儿玉先生什么时候来，都要让他看了后觉得很自然。就寝前也是，她总是先将自己的面部肌肤精心保养一番，然后才肯上床睡觉……快，快，快请进吧。就请您在会客室里稍候片刻好吗？小姐马上就来。我也得去准备茶水了。小姐不总是以儿玉先生来访为借口，让我端上红茶和点心吗……那么，就请您这样稍候片刻吧，小姐马上就来。"

一雄坐在了窗边的长椅上。被窗前树阴遮盖着的房间显得有些阴暗。里侧的壁炉台上，摆放着桐子的照片。照片中的桐子，以貌似玩世不恭的表情注视着这边。公园里白昼的各种声音听得一清二楚。耳畔传来孩子们震耳欲聋的喧闹声。

门被缓缓地打开了一条缝。虽然女佣说是洋服，可房子却穿了一身彩虹般的法兰绒和服，腰上系着鲜艳的柠檬色扎染腰带，背后垂挂着蝴蝶结。腰带系得有些靠胸。关上门后，房子死死地盯着一雄，莞尔一笑。不同于以往，动作十分稳重。她来到坐在长椅上的一雄身边，规规矩矩地坐了下去，随后便摆弄起自己的手指甲来。这个动作引起了男人的注意。一看，原来指甲全都涂上了浅红色的指甲油。

"听说你病了？"

"嗯。"

"出来没事吗？"

"嗯。"

"没有精神嘛！"

"嘿嘿。"

房子望着远方笑了起来。一雄像以往一样抱住了她的肩头。他感觉到房子的身体因紧张而缩成一团。这种抵抗刺激了一雄。他第一次以和女人接吻的方式吻了房子。房子的唇并不干燥。

一雄长期以来一直拘泥于一个令他感到恐惧的字眼——撕裂。他不知怎样做才好。毁掉她吧。我把她撕裂吧。房子温顺地被一雄拥在怀里。肉就在他的掌中等候。

一雄注意到房子方才并未锁门。他站起身来打算锁上房门。就在此时，响起了敲门声。繁野捧着托盘伫立在门外，上面摆放着红茶茶杯和点心。她对从打开的门缝里探出头来的一雄低声说道："请您出来一下。"一雄走出屋后，便随手关上了房门。繁野将托盘放到旁边的搁板上，把一雄喊到走廊里。一种廉价雪花膏的气味。女佣压低声音说道：

"您知道小姐得的什么病吗？"

"什么病？"

"今天清晨，她第一次来那个啦。"

"什么？可是房子才不过九岁呀！"

"也有人就是来得特别早，比如我就来得早。所以她也就没办法啦。"

"为什么？"

"我一直都没跟您讲，她实际上是我的孩子。"

繁野重新回到玄关取了托盘，捧着托盘回到会客室里。一雄跟在了这个女佣的身后。房子正安详地等候着。一雄觉得整个房间已被涌出的鲜血染得一片通红。

繁野放好茶杯和点心后就出去了。一雄一言不发。房子也默不作声。一雄身旁坐着的，是一个女人。她使自己完全正常化了。

一雄已经不能主动做什么了。他缓缓地说道：

"今后我还是不来为好啊。我们就此分开吧。今后不见你为好。这也是为了你好。"

房子没有吭声。一雄站起身来拉着房子的手。房子的手无力地奉拉着。

"再见吧！"一雄说。由于恐惧，他回避了接吻。

房子依然坐在那里。一雄打开了房门。就在他即将关上房门时，他感觉到了房子从后面扑来的身影。

一雄在自己的身后，听到了那个轮廓鲜明的微小声响。房子锁上了房门。他第一次在门外听到了锁门声。

白胖的女佣来到玄关，一边嘟哝一边向一雄逼近。

"您就要回去了吗？这怎么行啊！"

她的手里拿着一块溺水尸体似的大抹布，落下了许多水滴。

一雄背靠上锁的房门站在那里。室内鸦雀无声。待在屋里的人，说不定是桐子呢。

女佣越发逼近了一雄，一副穷追不舍状，嘴里还反复唠叨着：

"您就要回去了吗？这怎么行啊！"

山　魂

一

　　关于开发电源的问题，一直众说纷纭。有人说，为此引进外资，是对日本的殖民地化做出贡献。然而很少有人知道，即便战前修建水库工程的资金，也主要是源于美国外债的支撑。自战前始，为了修建水库，电力公司就已经去美国推销了高达一亿数千万美元的债券。

　　最近议论纷纷的水库工程补偿问题，并非始于今日。有些人一辈子都在为补偿问题东奔西走，乃至名声大噪。

　　桑原隆吉于明治十一年，出生于伊势的一个木材厂主家庭。

　　从孩提时代起，他就在山里东奔西跑，亲密接触自家经营的木材原木。他擅长爬树。动物般伸展自如的脚掌，即便走上十日里^①二十日里的山路，也不会感到疲倦。

　　读完小学后，父亲立刻让他继承了家业。他手持鹰嘴钩来到山里。只要摸一下树木，他就能推测出它的价值。二十多岁时，他便在五十铃川上游伐木，采用河川漂流的方式，狠狠地赚了一把，令

_____

① 一日里约等于3.927公里。

279

老爹惊诧不已。之后，他便在伊势城的花街柳巷里挥金如土，大大地享乐了一番。这个貌如红皮甘薯的年轻人，并不晓得优雅的玩法，竟将十来个女人用粗粗的稻草绳捆绑成串，牵着她们，从一个铺席客厅转到另一个铺席客厅。

隆吉从自己相中的山里，将木材不断砍伐出来。伊势附近已没有他不熟稔的山谷。这个记忆力并不太好的人，后来竟变成了一个这样的男人——任凭你指着日本地图的某处，问他那里有何种树木、量有多少，他都能即时对答如流。

他打小就喜欢下围棋。山野漫步期间，他用零碎木料自制棋盘，将棋盘放在杉树阴影下的苔藓上，与自己喜欢的小工对弈。某时，大雨沛然而至。陷入沉思的隆吉，竟纹丝不动，且并不站起。雨点落在大小不一的棋子上，溅起水花。强烈的雨势推动着棋子，但他却并未注意到对方为了避雨早已不在眼前，嘴里还在大声喊叫着："不准动我的棋子哟！"

三十二岁时，隆吉开始提倡"皇家林野开放论"，呼吁将山林交给当地村庄管理。他曾前往波多野宫大臣处，与之强行谈判，但建议未获采纳。

大正十年前后，四十五六岁的隆吉，已在岐阜县拥有广袤的山林，甚至被人称作木材王。就在此时，庄川水库的建设计划开始萌发。

二

　　号称日本三大急流之一的庄川，两岸陡峭，河底呈药碾状。因形状宛若船底，故而适合木材的漂流。像山毛榉、光叶榉树、七叶树等阔叶树种，一旦含水，就会重如岩石沉入水底。

　　因此不宜编成木筏，只能单棵流放。如果是庄川那种呈药碾状的急流河川，即便单独漂流时树木下沉，亦可在河底滚动到下游。人们将这种木材的漂流方式称作"滚单木"。

　　流向富山县北的庄川下游，设有"川仓"。设置于河流中的川仓可以让河水流过，只将滚木截留下来。经过滤后截留下来的滚木，互相拥挤着，经由诱导渠，被冲进贮木场内贮存起来。

　　按计划，将要在富山县东砺波郡东山见村小牧修建小牧水库。制定方案者，乃后来被日本电力合并了的庄川水力电气公司。计划于大正十四年开工，并已向沿岸主要村民伸出收购之手。

　　分水岭位于飞驒和美浓交界处，南有长良川，北有庄川。据传昔日飞驒高山处，如果食用鲜鱼就会中毒。倘若不是腥臭味刺鼻的鱼类，食之则对身体有害。平素常吃的，是稗子。人临终时，则会在竹筒内装入少许大米，放在将逝者耳边让其听声，并喊道：

"喂！这可是大米呀！"

"哈，是大米吗？谢谢呀！"于是行将就木者合掌而逝。

还有溺婴。不能溺婴的媳妇，会被视为窝囊废。方法则是，将一百张八裁日本纸浸湿后，贴在婴儿脸上，让婴儿窒息而死。一百张日本纸仅四文钱而已，但还是有人出不起。

对电力公司的收购动心者，并非此类朴讷的贫民。在他们还一无所知时，收购的交涉，便已在地主或山林主之间展开。

于是，作为煽动家，隆吉出马的时机就到了。不过隆吉的行动未必真正出自社会正义感。山林就相当于隆吉的肉体。当时被称为庄川事件，历时八年之久的补偿之争，其精神方面的支柱，似乎就源于被大山养育成人的男人肉体上的利己主义。

三

　　水库堰堤的高度，应达到二百八十尺。蓄水区域为上游约
二十八公里。这样一来滚木便不会滚向下游，庄川上游大约
一百二十公里地带的山村村民，便要为此忍饥挨饿。树木到了一定
的年限就要砍伐，之后则应该植树造林。如果放置不管，山林便会
枯朽。人们必须与水库工程抗争，保护好适合木材漂流、呈药碾状
的庄川。此外，对于下游的渔民来说同样不利，水库工程会导致香
鱼在产卵期内不能溯流而上。

　　即便山村村民想要凭实力干扰工程，也因是乌合之众，根本就
干不过拥有炸药和臂力的土木建筑工程企业。不仅如此，批准机构
是县政府，一旦发生纠纷，警察就会站在企业一边。金钱与警力，
炸药与土木工人，全都站队水库一方。

　　桑原隆吉事先做好了与中央政府机构进行直接交涉的准备，并
四处奔波举办讲演会，抨击电力公司和县行政。于是警察几度出手
干预，呼喊道：

　　"停止讲演！"

　　隆吉喜欢讲演。迄今为止他常常毛遂自荐，为声援政友会，去

做这种形式古老陈词滥调的讲演。听众的赞许喝彩声与掌声，使他从心底产生了这样的感觉——自己人生的价值无与伦比！他从未怀疑过听众的感动。能够在骤雨中与对手弈棋的隆吉，只觉得讲着讲着，自己就已经轻而易举地与听众融为一体了。这或许是因为他首先就是从煽动自己开始，而毫无煽动他人的思想准备。

隆吉引领数百名山村村民，高举草席旗前往内务、农林两位大臣处请愿。流域地区的村长和村议会议员，也被其演说打动而紧随其后。隆吉自掏腰包，包下了这几百号人的盘缠与盒饭钱。

请愿遇阻后，他们便转向行政法院，提起行政诉讼，要求取消水库的建设许可。这时就需要一笔巨款。

此时，命运使然，隆吉眼前出现了一个既可成为其终身之敌，亦可成为其终身之友的男人，名叫飞田。

这是一个可与隆吉形成绝佳对照的人物。隆吉肤黑，相貌伟岸，飞田肤白，美若潘安；隆吉讲话声音粗野豪放，飞田轻声细语音若蚊鸣；隆吉讲话有条有理，飞田话语暧昧含蓄，听后不知所云；隆吉一旦亢奋，立马就会面红耳赤，飞田大都不动声色，总是绸缎傍身，走起路来风度翩翩。

飞田与隆吉初次邂逅时，就立刻意识到自己碰上了一个终生的香饵。而隆吉则觉得虽然对方不知根底，但对自己似乎总会有点用处。

飞田向隆吉做出承诺，让仓井忠兵卫向隆吉提供所需资金。仓井忠兵卫号称当时日本首屈一指的高利贷者。隆吉并未当真。

但不知飞田是怎样商议好的，仓井接二连三为这场并无指望的补偿官司出资了。经飞田介绍与隆吉相见的仓井，立马成了隆吉的知己。每逢紧要关头，飞田就在岐阜的隆吉和神户的仓井之间奔走。在打官司的八年期间，仓井共为隆吉筹措了八百万元，相当于现在的货币近三十亿元。

因飞田从旁指点，隆吉放弃了没有指望的行政诉讼，转而去大阪地方法院，提起民事诉讼，要求补偿一千万元。

四

　　隆吉从这次诉讼中得到的，除了巨额负债外一无所获。

　　诉讼经内务大臣居中调停有了结果。双方商定：采伐的木材全部由电力公司购买；为便于香鱼产卵，在水库一侧，附设一条香鱼溯流而上的水渠。但是从消费者的角度来说，由于隆吉的诉讼，导致工程延期施工，公司支付了一笔巨额补偿费。故而过去千瓦时八百元的电力成本，一跃暴涨了五倍，达到四五千元之巨。随之而来的，便是人们必须承受电价的上涨。

　　对山村村民而言，除了得到补偿外，还沾电力公司的光，修建了公路，木材的陆运也成为可能。因此也就没有引起群众的更大骚动。

　　这期间，飞田利用公司开始逐渐瓦解之机，不失时机地赚了一把。他把女儿嫁给电力公司的庶务科长，让女婿给他看了蓝图，并迅速收购囤积土地，再漫天要价地兜售给公司。

　　隆吉自任社长，任命飞田为专任董事，兴办起桑原木材公司。飞田借机悄悄侵吞了土地，以两百万元的价格出售给电力公司，将钱款全部揣进自己腰包。

隆吉得知后大怒，将身边的物品全都抛掷出去。他扔了电话机，摔了墨水瓶，做好旅行准备后，便立刻赶往东京。

他跑到山本农林大臣那里去告状。政友会的犬养内阁一直庇护着隆吉。

隆吉已经无法坐在会客室里等候，他站起身来在厅内来回踱步。农林大臣一出来，他立刻冲口说道：

"我被出卖了。请您快把这帮家伙抓起来！"

"可我并不是警视总监啊！"温厚的大臣说。

"不管怎样，只要您站在我这边，政友会就不会吃亏！"隆吉扯开嗓门大声喊叫着。

老实说，隆吉是一个打骨子里喜欢吵架的人。能找到由子，在农林大臣的会客室里大声吼叫，无论从哪个角度讲，他都十分高兴。

就这样，紧追隆吉奔赴东京的飞田等人，在赤羽站被捕，旋即从卧铺车厢里被带走了。然而在审讯的过程中，飞田反倒凭借他那见风使舵不可思议的本事征服了警方，在形成的笔录中，并未涉及飞田的罪行。

这期间爆发了"五一五事件"①。犬养首相被暗杀，斋藤举国内阁问世。

隆吉的处境发生逆转。内阁和电力公司成了一伙。仓井忠兵卫则因另外一件小事遭到拘捕，被关进了市之谷监狱。

飞田得到了复仇的机会。

---

① 指1932年5月15日，以海军少壮派军人为主发动的政变。政变者袭击了首相官邸、警视厅等处。首相犬养毅被刺杀。

桑原木材因补偿纠纷，公司业务搁浅，股票价格跌到底值，已经无法分红。而大半股票都成了仓井名下的债务质押物。这些并无价值的股票，为什么会成为质押物呢？原因就在于隆吉操纵市场，搞了场外股交易。

　　比如，隆吉本人通过证券公司，向股东寄出"三十元即可购买股票"的明信片。得到股东的回应后，股价就算定妥。于是隆吉便拿着这些股票赶到仓井处，以每股三十元，昨日亦卖出十股为证据做质押，进而每股借到约十五元现金。

　　仓井一出狱，飞田立即陪同电力公司的董事去拜访他。仓井已经没有了往日的精神头，上了飞田花言巧语的当后，两人齐声谴责了隆吉。问到他时，便佯装上了隆吉的当，明知没有价值，却还是拿它做了质押。昭和初年，似乎还存在着这种"与人为善"的高利贷者。

　　但如今，仓井却对以每股十五元的价格买断这种并无价值的质押物产生了兴趣。于是在飞田的引导下，电力公司成为拥有"桑原木材"半数以上股份的股东。股东大会召开了。以隆吉为首的隆吉派主要人物悉数被免。桑原木材被电力公司篡夺，隆吉失去了争取补偿的大本营。

五

　　股东大会闭幕后，大家走出会场时，飞田笑容可掬地靠近了隆吉。隆吉默默无语地来到走廊里。飞田追赶上来，两人自然而然地并肩走在一起。飞田有个癖好，那就是不出声响，流水一般于不知不觉间走到别人身旁。

　　"喂，我说，咱们还是和好吧！"飞田说。

　　隆吉没有作答。

　　"虽然现在你很生气，但长远地看，你终归不会有什么损失。你欠仓井先生的债，就包在我身上吧。我来想办法解决。"

　　隆吉默不作声，满脸通红。他做出要用肩膀冲撞飞田的动作后，便匆匆向出口方向跑去。

　　——数月后，诉讼经内务大臣居中调停，事态急转直下获得解决。这期间隆吉一直默默无语地在山上踟蹰。

　　股东大会那天，迎接隆吉回府的妻子，对丈夫虽然心中震怒，却用一言不发的方式来表达心境的做法感到震惊。隆吉突然走进庭院里，不待家人阻拦，他就已经敏捷地爬上了偌大的光叶榉树，两腿跨在树杈上，大骂道：

“呸！这帮混蛋！这帮混蛋！”

一个五十多岁的男人，居然一边骂，一边从树上朝自己公司方向的空中吐了一口唾沫。

次日，隆吉突然提出要进山。妻子并未感到惊讶。因为这位丈夫在新婚燕尔翌日，就开始上山伐木，两年多从未回过家里。

隆吉久久巡视着自家的山野。他发现，某处种下不久的杉树苗，已经苗壮地成长起来，不禁涕泪横流。他走进杉林深处，以苔藓为席，度过了数小时的时光。

一棵棵树木围绕在隆吉周围静默无语。

隆吉同样缄默着。他与诸多树木的灵魂融为一体，只觉得自己理解了树木的语言。

他觉得在这八年的时间里，自己似乎是在山岭粗暴灵魂的唆使下行动着。遭遇此种挫折后，他突然觉得，就连各种树木一言不发的样子，似乎也都是对他的背叛。

读过关于回心转意的故事的人，在这种情况下，均以为隆吉所思，已臻彻悟之境；抑或即便尚未达到那种程度，也是沉醉于大自然的慰藉里了。

然而隆吉的回心转意，完全背叛了上述期待。

他抡起手中的鹰嘴钩，发了疯似的四处乱跑，将可以触及的各类树木的树干，弄得伤痕累累。他一边大叫一边奔跑。跑累了就喘口气。于是自负心复苏了。复仇之念涌起。世人如此背叛自己，此次我也必须背叛世人！他暗下决心，后半生里绝不会再以他所谓的“赤诚之心”与世人交往。按理说，隆吉绝不是一个内心容易受到伤害的人。可一旦被人伤害后，他就会为自己纯洁的热情感到羞愧。

六

　　飞田讲究锦衣玉食。他在飞弹的高山上拥有一座大宅邸，唤作飞田公馆。但他很少回到那里，而是居住在金泽的另一所宅院内。与他关系不睦的太太则住在飞田公馆，常常白马铺鞍，出去遛弯。她是个脾气暴烈的女人，可以骑在鞍上越过一米高的障碍物。

　　飞田则住在金泽的别邸内。他搜集了一些古董和茶具，在庭院里建造了一所模仿八窗庵的茶室。金泽是盛行地方特色谣曲之地。飞田拜宝生派[①]师傅为师，借助孔方兄之力，出演了道成寺的能乐练习曲目————一出让人看得提心吊胆的"乱拍子"[②]。

　　飞田丝毫没有舍弃隆吉的意思。无论如何隆吉都是个主角，应该利用隆吉上演的戏无穷无尽。飞田明白，在揩完补偿问题屁股的电力公司那里，无论你怎样尽忠效力，也赚不到一文钱。因此，为了抬高地价，他便将精力倾注于往自己拥有的用地上引进纺织厂的运动。

　　若想在水库工程上赚它一笔，就必须使补偿问题出现纠纷。在开工前，电力公司可以挥金如土。为此就一直需要有隆吉这样一个人物。飞田从时任庶务科长的女婿那里，打探出各地的水库建设计划。他心里的盘算是：只要一处一处都闹起补偿纠纷，大笔的金钱就会滚进自己腰包。

隆吉因庄川问题背负起大笔债务。如果隆吉真想认真偿还，他就会失掉自己拥有的山林。飞田虽然代替他偿还负债，但也只是承担支付利息，并不想连本金一并偿还。如此一来，隆吉就无法卸掉身上的沉重包袱，也就永远离不开飞田了。

隆吉的性格是好斗狠喜争执，于是他就会不可避免地陷入争吵的陷阱中。这是飞田与隆吉交往八年获得的心得。

诉讼总算接近尾声时，飞田往私家车里装进小山一般的各类礼品，翻越白山，造访了位于岐阜的隆吉宅邸。

这是夏季里相当酷热的一天。隆吉正在午睡。飞田本以为会吃闭门羹，却万没想到立刻就被请到了屋里。

太太在走廊里这样说道：

"他正在睡午觉呢，也没能起身迎接您，只是吩咐我领您进去。请多多包涵……"

飞田进屋一瞧，只见昏暗的十二铺席大小的房间正中，摆放着一张宽大的紫檀木桌。上面躺着一个貌似海豹的东西。

隆吉只是系了一块兜裆布，裸睡在那里。飞田后来才知道，隆吉喜欢夏季里紫檀木那种冰凉的感觉，故而总是喜欢赤身裸体直接躺在上边午睡。飞田钦佩地自忖：不愧为木材厂主，对各种木材的用途了如指掌！

---

① 日本能乐主角流派之一。称作上宝生流。
② 能乐舞蹈之一。

飞田落座后，隆吉依旧装睡。礼品被依次搬到屋内，堆积在房间一隅。

飞田长时间等待着。属于无汗体质的他，一边观望庭院，一边摇动扇子，将清风送进罗纱和服短外挂的袖口内。

隆吉终于睁开了半闭的眼睛，一动不动地说道：

"你来了呀？"

"是的。我是来赔礼的！"飞田大方地回答。

"哼！到底还是来了！"

说罢，隆吉起身，在桌上盘腿坐了下来。

"我带来了美酒。凉饮几杯如何？"飞田说。

酒杯拿来，斟上冷酒。隆吉始终没有下桌。就这样，主客二人，分别在榻榻米和桌上，交杯换盏对酌起来。

七

打那以后，只要各地的水库建设计划一就绪，桑原隆吉就必会出现。他煽动居民扛着草席旗，率领着几百号人进京请愿，进行强硬交涉。电力公司棘手不已，飞田每次都大赚一笔。

隆吉利用飞田的银行账户，不着边际地乱开支票。有人毫无顾忌地跑到隆吉那里去讨要支票。

"包在我身上！"

说罢便给对方开出支票。要酒，开支票。要旅费，开支票。

无论隆吉怎样拼命开支票，比这更多的钱，都会滚进飞田的腰包。

水库、隆吉、飞田，似乎形成了三位一体。

隆吉的讲演越发热情奔放。被称为"火球讲演"，并远近闻名。它拨动了纯洁的心灵琴弦，令人感动，自在情理之中。如今的他，唯在演说期间，才能产生幸福感。

政党政治崩溃后，进入军阀专制时代。隆吉的讲演愈加具有国士风范。为其心醉者骤增。他在人们的心目中，已经成为一位出类拔萃的伟人，但他开出的支票，依然是飞田的名义。

水库的开发计划，也持续不断地出笼。但他们却未能染指朝鲜和满洲的水库开发。

战后，老耄的隆吉与飞田之间的友谊愈加笃厚。隆吉一如既往地进京，威胁着电力公司。

飞田的资产超越十亿，成为北陆地区 [①] 的首富。

---

① 日本新潟、富山、石川、福井四县的总称。

兰陵王

八月二十日，我们的组织"盾之会"，在烈日当空的富士山麓原野上，组织了一场可以称之为新会员毕业考的小队野营拉练。在行军与阵地攻坚战、连续三次的匍匐前进和冲锋训练中，有的学生因暑热而晕倒。在当天上午的行军途中，当大家沿着枝叶遮蔽的小径，来到途中架设在清流上方的小桥附近时，尖兵发现走错了路，小队便暂时停止了前进。这时，一个学生捅捅我，用手指了指伸向溪流深处的绿叶树枝。

　　杂木树枝伸展开来，宛若水上屋檐。在重叠交错的繁茂绿叶阴影中，一根被日光晒得最狠的树枝上，横卧着一条蛇。树丛枝叶繁茂，蛇身多处被树叶所遮掩，导致茶色的花斑似乎散布在枝叶之间。因此，即便一开始就用手指着它招呼，恐怕视线也难以追寻到整个蛇身。随后便发现，蛇身随着翘曲成山形的枝杈，也呈现出山的形状。唯独头部依偎在下方的另一根树枝上，浑然一体正酣睡在那里。

　　蛇似乎已被喧嚣声吵醒，及至它蠕动起来，这才看到了蛇身的光泽。在茂密的枝叶间，它就仿佛是一道沉重污浊的油，向下方缓缓流淌。并且头部依然停留在原来的位置上。一条红信子在熠熠闪烁。

弄清了正确的前进道路后，小队又从那条山间小路折回，走上了夏季原野上的宽阔大道。原野上的瞿麦、鸭跖草和蓟属草等各类花草，正在争芳斗艳。

此次行军和上午攻坚战演习的小队长，由来自京都某大学的 S 担任。

S 身材修长，身体健硕，却生就了一副适合戴黑漆帽、穿神官服的面孔。在我的记忆里，这位 S 擅吹横笛，曾在长冈某寺院幽会时，先去寺院等候，随后再用自己吹奏的横笛声将自己的所在位置通知给女方。此外我还记得，当我问他为什么要学横笛时，他回答道，因为自己想要一个和能乐《清经》中人物一样的死法。

> 有口难对他人言，静待机缘近吾身。恰逢天将破晓时，独登船首览残钩。抽出腰间横笛奏，音色清澄自飘留。咏今抚昔思来日，逝如波涛吾命休！

他的话刻印在了我的心底。一言以蔽之，虽都是现代青年，然青年却也是千人千面。

当天的演习，弄得大家周身全是臭汗与尘土。演习结束回营后，便觉得晚饭格外香甜，入浴的感觉真是爽极！

我一边用肥皂沫充分洗去浑身的汗水和泥土，一边想到了皮肤那难以想象的不可侵犯性。如果皮肤粗糙松软，汗水和泥土就会渗入肌肤。假以时日后，无疑想洗也洗不掉了。皮肤的再生与清洁，全靠其圆滑和富有光泽的不可侵犯性来保障。倘若并非如此，我们就不能从噩梦中醒来。污浊与疲劳也就不会被治愈。恐怕所有的一切都会瞬间积累起来，迫使我们回归于泥土之中吧。

越是思考这些愚蠢的事情，从疲劳中恢复后的自己，就越是惊愕，越是神清气爽。从浴池返回的途中，一道闪电划过天空。

回到房间静下心后，我听到了来到此地后首次听到的、从窗外阴暗处泛起的虫鸣。我喜欢这个室内毫无装饰的房间。

一张桌子，一张铁床，墙上挂着的，是雨衣、迷彩服、钢盔和水壶……没有一件多余的东西。在敞开的窗户对面，在营房庭院黑暗的远方，可以感受到横卧在富士山脚下的那片原野。存在以它的密度，屏气止息一团漆黑地包裹着这所兵营的灯火。企盼多年的粗野俭朴生活，如今已归我所有。

我往自己起了倒刺的指甲旁，涂抹了一些碘酒。其他地方并没有值得涂抹碘酒的伤口，也没有痛感。肉体就像枪械一样受到精心呵护。总之我是幸福的。

门对面传来响声，S手执一个细长锦袋走了进来。他方才曾对我说过，今晚要吹奏横笛给我听。于是我对他说，你最好入浴后再过来。我觉得，在经过高强度军事训练后，能在夜晚听到横笛的演奏，是最为理想不过的。

来到这里以后，我把十点熄灯前的夜晚时间，全都向学生开放了。接着又来了四个学生。欣赏笛子演奏的，加上我一共是五个人。

大家相互讨论了下述问题。比如，小队指挥该有多难；对各班的控制是多么的难遂心愿；该怎样熟练地下达临时命令；此外，还讨论了行军途中，当小队尖兵遭遇敌军时，为了判断能否击败敌方，陆地侦察兵的任务该有多么重要，等等。他们在今天的演习中，分别担任班长、小队陆曹①和陆上侦察兵等职务。其中的一人还说，所谓非凡的指挥能力，应该是在勇猛的同时，还要优美才对吧！

S差点失去吹奏横笛的机会。在我的催促下，他终于取出锦袋中的横笛并拿给我看。

我生平第一次将雅乐中使用的横笛拿在手上端详。

笛子那不同于武器的轻快恬静的厚重感，传导到自己的手指上。厚重感本身就具有一种优雅的感觉。笛子的原料，需使用一百五十年前砍伐下来的竹子。在避开吹孔和另外七个孔的情况下，缠上桦树或樱树树皮，之后在卷起的树皮上，涂抹红褐色油漆，接下来再往每个孔上涂抹朱色油漆。笛头尖端处，按左方之乐②的成规，装饰着小小的圆形赤地锦断纹。吹奏时头部朝左，尾部朝右。七个孔自尾部起，依次表示"断金""平调""下无""双调""黄钟""盘涉"和"壹越"等日本十二律中的七律。譬如，提到雅乐中的黄钟调时，是指将黄钟音定为宫音之调。

据说亚西比德③为了保持口型的完美，甚至不愿吹奏笛子。不过日本的横笛似乎没有这种顾虑。

正当S犹疑不决，不知吹奏什么曲子好时，我提出了吹奏被世

① 日本陆上自卫队自卫官等级之一。
② 日本雅乐的曲目分类术语。
③ Alcibiades（公元前450—前404），雅典将军、政治家。苏格拉底生死之交。

人称为名曲的《兰陵王》的请求。

"曲子可是有点长啊。"S给大家下了点毛毛雨。

用于舞乐的兰陵王面具，因将颚部用细绳吊起，模仿龙的可怕形象而闻名于世。正如世人所知，北齐兰陵王长恭，为了遮掩自己温和的面容，曾戴着奇异的面具，率五百骑兵出征。这首曲子便是根据这个故事谱写的。

兰陵王未必为自己温文尔雅的容貌感到羞愧，相反他倒很可能在暗中感到自豪。但是战争却迫使他不得不戴上狰狞的面具。

而兰陵王对此，或许丝毫也未曾感到悲哀。他甚至在心中暗自窃喜也未可知。为什么呢？因为敌人的畏惧，在于他的面具和威猛。也正因此，他那温柔俊美的面容，才丝毫没有受到伤害，并得到永远的护佑。

实际上应该由死来揭穿这个秘密。但是兰陵王没有死，反而于金墉城下击败北周大军，胜利归来……

就在S终于将笛子的吹孔贴近唇边之际，我无意识地将目光扫向敞开的窗外。就在此时，窗外的黑暗处掠过一道闪电。我想象着，在这个闪电照耀下的广袤富士山麓原野之夜，白天看到的瞿麦、鸭跖草和蓟属草等诸多花草，会浮现出怎样的色彩呢？

S先是吹奏了一段雅乐调音短曲，然后便开始吹奏《兰陵王》。

激越的前奏以铿锵有力的高音开始。

笛音描绘出了芒草叶似的某种形状。我在心底品味着原野上禾本科植物锐利的叶尖不断从脸上掠过的感觉。

从窗外涌进的秋意，已经包裹住了整个房间。在明亮刺眼的灯光下，我和学生们全都穿着枯草色戎装，衣服上依然弥漫着已经干涸的汗味。

笛音渐次洋溢出喜庆氛围。变得有节奏感。却又忽而再次变得肃穆悲壮。

笛音酿造出一种足可令人敬畏的紧张感，使人产生了眼角润泪的感觉。继而又演绎成一种令人联想起宴会欢乐倦怠感的音律。

背后不断有青年的气息之音，贯穿着这一曲调的变幻。它构成了抒情的核心。这种激越而又殚精竭虑的青年气息之音，立刻与午前炎炎烈日下痛苦行军时的喘息结为一体，使人联想起身处凉气袭人之夜的青春时光的脆弱无常。

我发现，笛音具有两种不同的抒情。其一是奄奄一息般的濒死抒情；其二是充满旺盛生命力的奔放抒情——这两种相反的抒情，对等地结合在一起。兰陵王出征了。于是这两种抒情的绝对风采，均以古怪的面具形式表现出来。这是一种用力拉紧弓弦一般清澄绝对的抒情！

……笛音一波又一波，不断涌入聆听的耳底，恍若茫茫大海傍晚时分涌起的波涛。

《松风》中的一句，蓦然浮现于脑海——"恋火攻心泪沾襟！"

聆听的似乎不是耳朵，而是大脑的深层部位。只觉得从自己脑海中广阔的黑暗原野直接传至遥远彼方的那个笛音，似乎是从脑海深处遥远彼岸一个万籁俱寂处吹响。

笛音中并无丝毫暖色，清一色的冷峻音响。听起来好似遥不可及，倏忽间又恍若近在咫尺。此时的笛音里，可见某种伫立着的面影。

笛音走下缓坡后，继而开始攀向永无尽头似的漫长陡坡。紧迫呼吸的苦楚，紧紧逼迫着身躯。为了迎接青年的气息，已经冰冻了的死亡，正在远方张开大口。

我知道，横笛这种乐器，是在毫无改进的状态下流传至今的。毫无改进，这一点至关重要。音乐如果能真正忠实于自己生命的延续（正如笛子如此这般忠实于人类的气息），那么，还能有比绝不改进更为纯粹的东西吗？

笛音持续不断蜂拥而至，恍若涌来退去的波涛。但，这也是转瞬即逝。

笛音有时也会奇迹般地停滞下来。

业已听过的笛音，会被多次重复奏起。重逢的笛音中，充满了怀旧的回声，在某种悠然自得的笛音流淌中，与深沉的焦虑纠缠在一起。

无数次！无数次！被多次重复的情感，以及每次情感中所包含的不尽相同的殷切的爱！情感百种，真情各异，一切都似黑暗中的清流，闪闪发光地逝去。白天看到的那座小桥下的湍流，如今也仍在黑暗中，以不变的潺潺水音流动吧？

当自己意识到时，笛音已不再折回，而是奔向某个深邃的远方。我看到了笛音那苍茫润滑的脊背。不知它是一种怎样的深邃心境。大约是想穿过心境，闯入更为深邃透明的幽暗境界，犹如鹰攫猎物一般抓住我们的世界，像孩童若无其事将掌中的酸浆果攥碎时一样，捏碎它吧。

——吹奏完《兰陵王》后，我和四个学生全都感慨万千，一时间默默无语。

一人说，这是一个世上万物都适合倾听横笛演奏，适合欣赏《兰陵王》乐曲的夜晚。大家所见略同。

S也兴高采烈地讲述了许多有关横笛的故事。

演奏雅乐时，横笛的音声会在笙篥之音周围，宛如盘蛇一般缠绵不断，是以谓之为"龙笛"。S的这番话，使我立刻联想起早晨看到的盘踞于树上的那条蛇的形象。

S又继续说道，横笛如果持续练习几个小时，可能是一直向外吐气的缘故，据说就会见到幽灵。

"你见过没有？"我问他。

"没有，我未曾见过。都说若是能见到幽灵，那就是一个成手了。可我尚未见过。"

S回答。

俄顷，S突然对我说：

"如果我知道你心目中的敌人和我心目中的敌人不一样，那时我就不会和他开战。"

三島由紀夫
鍵のかかる部屋

图书在版编目（CIP）数据

上锁的房间 /（日）三岛由纪夫著；帅松生译 . —
上海：上海译文出版社，2023.5
（三岛由纪夫作品系列）
ISBN 978 - 7 - 5327 - 9209 - 2

Ⅰ . ① 上… Ⅱ . ① 三… ② 帅… Ⅲ . ① 短篇小说 - 小
说集 - 日本 - 现代 Ⅳ . ① I313.45

中国国家版本馆 CIP 数据核字（2023）第 038083 号

上锁的房间 　　　　　[日] 三岛由纪夫 著　　　出版统筹 赵武平
　　　　　　　　　　　　　　　　　　　　　　责任编辑 董申琪
鍵のかかる部屋 　　　帅松生 译　　　　　　　装帧设计 柴昊洲

上海译文出版社有限公司出版、发行
网址：www.yiwen.com.cn
201101　上海市闵行区号景路 159 弄 B 座
上海信老印刷厂印刷

开本 890×1240　1/32　印张 9.75　插页 2　字数 147,000
2023 年 4 月第 1 版　2023 年 4 月第 1 次印刷

ISBN 978 - 7 - 5327 - 9209 - 2/I · 5730
定价：48.00 元